中 国 短 经 典

牛人

田耳 著

人民文学出版社

图书在版编目(CIP)数据

牛人 / 田耳著. —北京：人民文学出版社，2021
（中国短经典）
ISBN 978-7-02-016588-9

Ⅰ.①牛… Ⅱ.①田… Ⅲ.①短篇小说-小说集-中国-当代 Ⅳ.①I247.7

中国版本图书馆 CIP 数据核字(2020)第 164447 号

责任编辑　朱卫净　邰莉莉
封面设计　李苗苗

出版发行　人民文学出版社
社　　址　北京市朝内大街 166 号
邮　　编　100705
网　　址　www.rw-cn.com

印　　刷　杭州钱江彩色印务有限公司
经　　销　全国新华书店等

开　　本　889 毫米×1194 毫米　1/32
印　　张　9.375
字　　数　177 千字
版　　次　2021 年 4 月北京第 1 版
印　　次　2021 年 4 月第 1 次印刷

书　　号　978-7-02-016588-9
定　　价　65.00 元

如有印装质量问题,请与本社图书销售中心调换。电话：010 - 65233595

目录

坐摇椅的男人	001
氮肥厂	027
弯 刀	055
牛 人	083
割 礼	111
鸽子血	143
老大你好	173
一统江湖	205
婴儿肥	237
聊 聊	269

坐摇椅的男人

小丁自小生活在这条街弄，除了外出读书的几年，他从没离开过，自后也不想离开。他熟悉这条街弄每一道拐弯，每一棵树。印象中，街弄里难得有新面孔冒出来，却有很多旧面孔暗自消失。消失的人，小丁很快记不清他们的脸。当小丁想强行记起某张消失了的脸，脑里却铺满深秋时节大槐树底下摇曳着的暗淡的影子。

小丁记得，五岁以前，视觉和听觉系统未发育完全，看见的景象和听见的声音都稍稍地变形。那时候，院门总是关着，小丁每天在院子里重复无聊的游戏。小丁的母亲不让小丁溜出去，把院门外的世界编排得很凶险。母亲去上班，就把小丁关在院子里。小丁每天都听见暗锁叭地一响。

有一天，母亲关门那一刻小丁没听见叭地一声。门没锁上。小丁鼓足勇气拉开门跑出去，一眼瞥见对面那个院子。那院子院门敞开，也许，根本就没有门。那天，小丁仿佛头一次看见对面的院子。小丁相信，从那一刻起视觉发育得完全，眼前景物忽然异常真实、立体。小丁看见的，首先是一棵树，很大。而小丁家院里没有树。树下有个男人，坐在一张摇椅上，摇摇晃晃。他脸上盖着一本翻开的杂志，正在睡觉。小丁怔怔地看着那个男人睡觉的样子，看了个把小时，也可能是半天。这期间有不少人从小丁身边走过，也有人叉开手摸摸小丁扁长的脑袋。小丁不理会他们，眼光奇怪而稳定地粘在坐摇椅的男人身上。

那以后小丁家的院门经常敞开，小丁得以自由出入。母亲交代说最远不能走出街弄子。小丁点了点头，也不敢走出街弄。据说出了街弄穿过那条四车道的马路，前面会有一座山，山上住着一伙土匪。他们吃人，尤其爱吃小孩。

再大一点，小丁背起书包，每天都数次横过那条马路，去一所小学读书。小丁的一个同学也知道土匪的事，还知道土匪搬到更远处的一座山上。"现在他们种菜吃，"那个同学告诉小丁，"因为他们打不赢公安局那一拨人。"潜在的危险都解除了，小丁心里有了安全感。这个时候，小丁留意到对面那家院里有个小女孩。她比小丁小一岁，每天被母亲牵着去幼儿园。某些早晨小丁走在那对母女的后面，看见母亲把女孩拽得异常牢固，那样子，似乎还想在女孩脖颈上套一个狗项圈。小丁从女孩身边走过，女孩眼巴巴地看着小丁。她羡慕小丁不被母亲牵着，那么自由。小丁忍不住回头看她一眼，走几步，回头再看她一眼。

小丁很快学会了玩玻璃弹子。在一堆男孩中间，如果不会玩玻璃弹子，那差不多就是块废物。母亲不肯给小丁买带花的玻璃弹子，小丁只好和大一点的男孩去工艺厂后墙外，捡形状不规则的玻璃滴子。把这些玻璃滴子磨成弹子很费时间，小丁上学和放学都得贴着墙走，把玻璃滴子搁墙面上，一路走一路磨。小丁听见玻璃滴子划动墙面的声音。在他背后，墙面上留下一道道波浪线。磨制的玻璃弹子，每一颗得来都很不容易，小丁懂得珍惜。在和别人赌弹子之前，小丁在家门口土路上挖几眼浅洞，反复练习，想让自己百发百中。他的手很瘦，屈起来像一把弓。对门那个小女孩明显大了一点，夏天的时候穿起了裙，白色的袜子，红皮鞋。小丁低下脑袋打弹子，不经意抬起来，时常看见她从对面那道门进出，有时候去帮她母亲买盐买酱油，有时候去帮她爸买火柴。小丁勾下头打弹子，眼角的余光直铺到她家门口。红皮鞋映入眼帘，他就抬起头瞥她一眼。

小丁很快知道女孩叫晓雯。晓雯的父亲很胖，就是坐在摇椅上的那个男人，成天把摇椅摇来摇去。听着摇椅衰弱的声音，吱嘎吱嘎，小丁以为它很快就会散架。后来他发现自己错了，这种声音一直延续下去，那把摇椅一天一天苟延残喘。那男人很胖。当时，大多数人瘦得像是患了甲状腺机能亢进，晓雯父亲却那么胖,有点不合时宜。他躺在摇椅上,挥着蒲扇,冷不丁叫一声:"晓雯!"晓雯就知道该怎么做了。她从屋里捧出一只巨大的搪瓷茶缸,往里面放一撮茶叶,再滗开水。胖男人老跟晓雯嘀咕些什么,骂骂咧咧。晓雯脸上终日愁苦,轻轻噘着嘴,锁紧了眉头。当时小丁还没学过"苦大仇深"这词,心里是这个意思,觉得晓雯还处在万恶的旧社会。他老早就怀疑晓雯不是那个胖男人生的,而是几个铜板买来的,或者端午节涨龙船水的时候从北门汀码头捡来的。

　　胖男人留给小丁模棱两可的印象。街上的人叫他老梁,小丁父亲回来也会这样子称呼他,但小丁母亲从不与他打招呼,她只喜欢某些晚上把耳朵贴到院门那里,听对面老梁和他老婆吵骂。小丁看见母亲隐在晦暗中的嘴脸,不时闪过一丝笑容,那是听见了新颖别致的骂词。但老梁在街弄里人缘还不错。他胖,胖得富态,大家都说见到胖人显得喜气,坐一桌吃饭胃口都会好一点。他跟谁都打招呼,走路时步子迈得很宽,摇来晃去,天气稍热就套上短裤衩,穿一件印着机械厂字样的背心。他一路走来,嘴里不停地说"老张好啊""老李吃饭了吗"……老梁走过街弄,街弄就会很热闹。那时候小丁就盼着自己某一天能胖起来,这样好穿短裤衩和背心——他很瘦,脸颊上老有蛔虫斑,穿起裤衩,老觉得它要滑落下去。小丁一路走,一路扯着裤腰,趿着宽松的鞋,很是狼狈。

　　因为晓雯,小丁恨老梁,但这也不妨碍他下意识模仿老梁的言行举止。有一天，不知道哪根筋搭错地方，小丁扯着短裤衩的松紧带走在街弄里，仰起头，碰见了人就瓮声瓮气地说"老张好啊""老李吃饭了吗"……其实小丁不认得谁是老张谁是老李。路过的人大都不看他，仿佛没听见。有一个人听见了，他俯下身子差点没笑得岔气，说："老丁好啊，老丁怎么还穿开裆裤啊？"小丁往下看看，线缝还紧紧绷着，没开线。他奇怪地说："我哪穿开裆裤啊？"当这成为一个笑话传遍街弄，当很多人看见小丁就亲切地叫他"老丁"，小丁的童年突然有了尴尬记忆。他这才知道有些套话有些举动，老梁说得做得，但他不能照做。小丁一时还弄不清里面的玄机。

小丁还喜欢用两张藤椅模仿老梁的摇椅——把那两张藤椅放在自家门口，屁股坐一张，双脚搁在另一张上面，浑身一用力，也能小幅度地摇晃。但他心里知道，这和老梁那张摇椅完全是两种感觉。

和别人打弹子时，小丁打短洞差不多百发百中。他用打磨玻璃滴子得来的弹子赢了别人不少花心弹子，红的黄的蓝的绿的，那都是别人从家里的跳棋盘里偷来的，有些路边店也有得卖，要三分钱一粒。小丁捏着成把的花心弹子，很有财富感。尽管打弹子已经很少输给人家，他还是每天蹲在院门口练一阵。小丁时常看见晓雯出门买东西，她比几个月前又蹿个头了，两条腿愈加伶仃，眼窝子还凹进去了些，老远看去像是眼镜框。

老梁总是坐在摇椅上，那上面有他无尽的乐趣。看着老梁肥硕的身躯在衰朽的椅子上晃动，小丁就觉得夏天和初秋这一段时间特别漫长，耳朵眼塞满蝉噪的声音。晓雯和母亲成天忙个不停，和老梁形成鲜明对比。要是晓雯歇下来，老梁就会咳嗽一声，示意她走到跟前，帮他打打扇子。老梁爱看书看报，那都是从单位顺手拿来的。他花几个小时看报纸的一个版面，慢悠悠地看，舍不得一下子把上面的字看完。晓雯替他打扇子。老梁被风一吹，一个哈欠泛上来，就睡了过去，用报纸或杂志盖住脸，抵挡树荫漏下的那几缕光。晓雯的母亲弄好饭菜，把小方桌摆在院心，要晓雯把老梁叫醒了吃饭。有一次老梁醒来，看看桌上的菜饭，又把晓雯咆哮一顿——她把筷子插在米饭上面，老梁说那是给死人吃的。老梁把饭扒进高压锅，搅和几下，重新盛起一碗。此外，老梁每餐都要喝酒。

小丁不知道那母女俩为什么这么顺从老梁。他对老梁充满了阶级仇恨，对晓雯和她母亲有一种怜悯。看见老梁骂人，小丁就想操起一把机关枪，冲进去把老梁撂倒在地。"嗒嗒嗒"，小丁耳畔真实地响起打枪的声音，似乎还看见弹壳从弹盘里接二连三迸出来……但老梁仍安详地躺着。小丁想解放晓雯和她母亲。但是他没有枪，只有一把把玻璃弹子。

晓雯老早就看出小丁打弹子其实心不在焉，目光不时探进她家院里。有时候她正被老梁训斥，就很无辜地把眼神投来，向小丁求援。小丁觉得晓雯的眼神像猫，像月圆之夜在墙头上踱步的野猫。他绞着手，心情沉重。他无数次想要枪毙老梁，但他已在小学里混了一年，增长了知识，知道这是行不通的。于是，晓雯抛来的眼神变得轻蔑、埋怨，她讨厌小丁老站在门外旁观却无动于衷。她用眼神剜得他低下头去。他浑身被一种恶狠狠的情绪浸透，把躺在短洞里的弹子当成老梁，再弹起来，命中率却大大降低了。

不知哪天开始，小丁和晓雯搭上话了。也许是晓雯蹲下来看小丁玩弹子；也许是她在路边店买火柴，而他正好在那里买盐，老眼昏花的店主把她付的分币找给他……反正，有一天小丁和晓雯说话了。此后只要有机会，他就会去找晓雯说话。小丁和晓雯建立起所谓两小无猜的那种友谊，但晓雯有点怕小丁。小丁感觉到晓雯怕自己，很奇怪，思来想去，估计她害怕老梁成瘾了，顺带着也怕别的人。

有时候——老梁不在的时候，晓雯叫小丁去她家院里玩一玩。她家院子和他家院子格局差不多，只多了一棵树。小丁近距离地看着树下那张摇椅，大骨架用实木做成，中间镶竹片，扶手下钉着锯齿状的铁片，和对应的挂搭啮合，可调节靠背的高低。晓雯的母亲认得小丁，她慈祥地笑一笑，说了欢迎之类的话，还进屋去找吃的东西款待小丁。她只找到一匣宝塔糖和一瓶鱼肝油。她问小丁吃没吃过。小丁说不爱吃。晓雯的母亲进厨房洗菜，不多时把晓雯也叫了进去，打下手。院子里就剩下小丁了。小丁百无聊赖，仰头看着稠密的树冠。小丁低下头，再次看见了摇椅。摇椅被一阵风吹得略微晃动，很快又静止了。

小丁爬了上去。

由于小丁身体很轻，摇椅也摇晃得轻微，几乎摇不出吱嘎声，只有一种似有似无的鼾声。他恍觉这张摇椅欢迎自己的到来，等着自己坐上去。他眯着眼往上看，看阳光透过槐树叶子形成的光柱，光柱里浮动着尘埃。他衮心一动，突然从光柱和尘埃里感受到了时间的质地。还有一种虫从树叶间垂下来，扯着细长的丝，丝线在受光的地方突然一闪，在不受光的地方根本看不见。小丁不担心虫会落到身上，他不怕虫子。小丁很快睡着了。他本来并不累，奇怪的是，一爬上这摇椅，人就变得慵懒。仿佛一秒钟之间，他做起了梦……

做了什么样的梦，小丁没有记住。被一个声音惊醒后，他睁开眼，看见老梁滚圆的身躯挡在眼前。老梁惊诧地打量着小丁，嘟嘟囔囔说些什么。这时母女俩从厨房跑了出来，看着眼前的情景，脸上顿时没了血色，仿佛小丁闯下弥天大祸。他没完全醒来，感觉有些滑稽，嘴一滑溜，很清脆地说："梁伯伯你好。"老梁一张团脸立时挤出了笑容。他挥挥手，示意她俩仍然进去煮饭烧菜。小丁想爬下来让出摇椅，老梁却制止了，大度地说："没事没事。"他端起一张藤椅，在小丁身边坐下。那以后小丁坐不安稳，于是坚决从摇椅上跳下来，说："梁伯伯你坐！"老梁摸了摸小丁的脑袋，嘀咕说："看人家，真乖。"然后当仁不让地坐了上去。熟悉的吱嘎声再次响起，小丁的耳膜得来一阵阵锐痛。

那以后，晓雯不敢轻易把小丁领到她家院子。他俩尽量在小丁家的院子里玩耍，垒石搭灶、和泥砌屋，还捏了一堆泥娃娃。小丁是它们的爸爸，晓雯就是它们的妈妈。小丁家院子里没有树，但栽种了很多花草。晓雯喜欢小丁家的院子，她把指甲花捋下来，捣出汁涂在手指上，回家前会仔细清洗一遍。

有一次他俩聊到小孩子是从哪里来的。最开始是小丁发问，晓雯的回答不外乎是从北门汀码头捡来的。她说："我们都是从上游漂下来的，每个人睡在一只脚盆里。"小丁没有否认她的观点，只是追问："这以前呢？为什么会从上游漂下来？谁把我们放进脚盆？"晓雯就懵了，说不上来。小丁有些得意，附着耳朵告诉她："男人把种子种进女人身体里头，孩子就会长出来。"她不信，他向她发誓，这是真的，而且是倒着长：先长两只脚，然后长肚脐眼，最后长出脑袋。他的话让她突然拘谨起来，眼里是食多不化的困惑。她非常恐惧地看着他。那天她没待多久，若有所思地回去了。其后几天，小丁突然萌生一个想法，想把一粒花种子种到她的体内，让花种子在她体内发芽，最终长成一个胖娃娃。小丁不须隐讳，把这想法痛快地跟晓雯说了。她略作沉思，问他那会不会很痛。他也搞不清楚。一个星期后，晓雯主动找到小丁，让他把一粒种子种在她体内。这几天，她越来越想生出一个胖娃娃——这想法何尝不是一粒种子，在晓雯脑袋里生长起来？在选用喇叭花种还是蓖麻籽的问题上，两人争执了半天，最后小丁妥协了，答应为晓雯种上一粒喇叭花的种子。

晓雯在院子背光的一角脱下了裤子。小丁趴下去看看，发现那和自己的很不一样。他忍不住想笑，却憋住了，怕笑出声来她会不好意思，不干了。他往她身下塞进了喇叭花种。喇叭花种有黄豆大，黢黑的。塞好以后他找到另一处适合安放种子的地方，心里有些抓瞎，不知把花种塞在哪里才正确。小丁一摸裤兜，摸出一把花心弹子。他挑出一颗蓝色的——那是他最喜欢的颜色。小丁把它塞进了另外的那个地方。晓雯闷着嗓音叫了一声。他问她疼吗，她咬咬牙说不疼。他安慰她说："肯定会有一点疼，但不会很疼。"

此前，小丁刚看过的一本儿童读物，书名忘了，书皮是棕黄色的。书里面描写了一个冰雪聪明的孩子，是用玻璃做成的。

那一晚小丁梦见种子发芽，花心弹子也长出玻璃芽来。第二天，才知道出事了。对门传来晓雯尖锐的惨叫声。有人敲门，小丁躲进阁楼。老梁一脸怒色跟小丁母亲控诉起来。母亲脸色铁青，跟老梁讲了很多好话。小丁断断续续听见老梁骂骂咧咧，说什么"小流氓""狗东西"……老梁走后，母亲大声叫小丁的名字。小丁蜷缩在阁楼最晦暗的角落，瑟瑟发抖，不肯出去。父亲回来以后，小丁躲不过一顿痛打。

晓雯家院里安了个门，随时关着。小丁家是平房，瓦顶又高又陡，开几眼气窗。随着成长，小丁喜欢待在阁楼，透过气窗看向外面。阁楼很暗，所以外面的景物尤其显得明朗，鸽子们在瓦檐走动，发出咕咕的声音。他时不时看着晓雯家的院落。天气冷了，只要出太阳，老梁照样会躺倒在摇椅上，或者看报，或者打瞌睡。晓雯不必给他打扇子，但是，有时老梁会要晓雯捶捶腿，掐他脖子上埋在肥肉里的麻筋。小丁看见老梁时常弄几个猪爆肘，酱过的，一个人躺着吃，嘴角流淌着荤油。偶尔他撕下一块，赏赐似的把到晓雯手里。小丁看见晓雯吃相不雅，像是怕别人来抢一样，还差点噎着。这情景让他想笑，心里却是非常难受。

老梁还买来一个收音机，有一块火砖那么大，包着皮套，里面发出咿咿呀呀的声音。收音机里面的声音让老梁脸上经常挂着微笑。小丁希望老梁的脾气由此变得好一点，但放下收音机，老梁照样喝斥老婆和女儿。当晓雯想到高兴的事，在院子里蹦出几个跑跳步，老梁就不高兴了，搁下收音机，骂她说："发羊癫疯了是吧？"晓雯马上低下脑袋，虔敬地把骂话听进去。若脸上稍有不满的神情，老梁还会猛发一通飙。

小丁都看在眼里。

有的时候，小丁在街弄里看到晓雯。晓雯不愿意抬头看小丁，她把头勾得很低，低得小丁看不清她任何表情。小丁想叫她，却愣是没有开口。

很快几年过去，小丁升入初中，成了寄宿生，每星期只回家一次。小丁已经知道花种不会种出孩子，花心弹子更种不出玻璃娃娃。想着数年前干的傻事，还有几分难堪，同时他会想起晓雯可怜兮兮的样子。小丁和室友小心翼翼地谈起了女同学，逐渐把一些一知半解的话说得下流。他并没意识到是青春期到来，只当自个道德败坏。回到家里，小丁仍爱待在阁楼，还在上面摊张钢丝床。在阁楼里，他养起了鸽子。看着鸽子飞翔的时候，他视线仍经常滑进对面院子。老梁躺在摇椅上像一具尸体那样安静。他家买了电视，但他不看。小丁的视野里，很少有晓雯的身影出现。他感到有些寂寞。

阁楼那么暗淡，偶尔有一丝光漏进来，映亮了地板一角。地板上什么东西把光折进小丁眼里。他低下头寻去，见是以前玩过的玻璃弹子——自己磨制的毛玻璃弹子，还有赢来的花心弹子。当年这些弹子是小丁最重要的一笔财富，而现在，它们和灰尘一起躺在地上。

直到有一天，小丁发现晓雯也在自己就读的那个中学，但矮一届。她变化很大，更瘦了，长得像根葱。因为老梁老是凶巴巴的，晓雯性格免不了有些孤僻。在从学校回家的公汽上面，小丁挨近晓雯，叫她的名字，问她还记不记得自己。她看看小丁，点点头。小丁估计她老早就认出自己来，只是自己懵然无知。那天他俩下了车还并排走进街弄，不说话。在拐角处，老梁出现了，他很惶恐地看了小丁一眼，并把晓雯拧回家里，教训一顿。他说："你忘了那小流氓做过的事了？"这么些年过去，老梁还记着。他不让晓雯同小丁说话，说一个字也不行。隔天去学校，小丁在车上看见了晓雯，在晓雯的身边站着老梁。老梁警惕地看着小丁。

那以后晓雯又从小丁视线里消失了。小丁升入高中，去到另一个学校。小丁的脑子里很快有了另一个女孩的影子，她和他同届。他给她塞过信，但没收到回信。他还不屈不挠地写了好多信。有一段时间，小丁差点把晓雯忘掉了。

老梁却突然死了。那天小丁在家里待着，听见对面飘来哀乐。老梁死在摇椅上。小丁母亲过去送一份赙仪，小丁也去了，找一张椅子坐下。他听见旁边的街邻七嘴八舌聊起老梁这个人。他是睡觉时突发脑溢血而死，死在槐树底下，摇椅上面，死后脸上凝固着笑容。老梁是在酣睡中死的，于是有好几个人感叹：老梁真是有福气的人呐。

小丁看见了晓雯，她痴坐在一个角落，表情有些呆钝。他的眼光在院里打转。转了好几圈，他也没看见那张摇椅。

小丁考取了大学，在省城读四年书，每年回来过一过寒暑期。在阁楼里，小丁时常看到对街院中的晓雯。她坐在院心洗衣，一洗一大堆，洗完了晾满整个院子。晓雯的母亲老了些，记性变坏，做事不再像以前那样麻利，连煤炉子都时常熄火。

再也不会有老梁的暴喝声了。小丁看着那母女俩宁静地过着日子，心底涌着一阵欣慰。

小丁留意地看了看晓雯。她已经是个成熟的女孩了，长相不是很打眼，但耐看，身材高挑，胸前挂着两枚大小适中的乳房。她踮起脚晾衣的时候那两枚乳房轻微晃动，激起小丁心里阵阵涟漪，体内有一股热流上下蹿动。他突然对毕业后的日子充满向往。

毕业时小丁可以留在省城却坚持分配回来，进了政府的某个局机关。为这件事母亲差点和小丁闹翻，因为她办好了手续正要调入省城，和小丁父亲团聚。本来指望一家团聚，小丁却闹出这样一个横生枝节。工作后，小丁天生适应局机关死气沉沉的生活。他不爱说话，喜欢发呆，喜欢听别人指使，把分派的事办得又快又好，然后坐着继续发呆。同事都说小丁城府很深，是棵好苗子。回到家中，就剩小丁一个人，他想住哪间房就住哪间，想养多少只鸽子就养多少只，不会再有母亲的唠叨。小丁心中是一种说不出的舒坦。当然，小丁还可以看看对街的那院子，看看晓雯。拿到头个月的工资，他买了一只望远镜。透过望远镜，他看得清晓雯晾衣时哼曲子的唇形，看了半天，她哼的歌竟是《野花》："……拍拍我的肩我就会听你的安排……"小丁听见晓雯内心的寂寞。她没有读大学，中专毕业去老梁待过的机械厂做临时工,每天往机件上一匝一匝地绕铜线。

小丁找时间在街弄口等着晓雯。看见她穿着工装走过来,小丁迎上去,请她吃饭。她拒绝了头一次,但没拒绝第二次。两人开始了恋爱。她很内向。没接触以前小丁觉得内向应该是一个女孩的优点,但恋爱后,他感到有点枯燥,幸好,只有那么一点点。

提了副科,给小丁介绍对象的人很多。还有几大家里面的领导,想拿小丁当女婿。那些领导本人往往不是什么好东西,于是更想让女儿得到好的归宿。小丁这种沉默稳重的品性,加之父母在外家无累赘,都使他们倍感满意。晓雯有所耳闻,她觉得小丁难以把握,有时候会愈发冷淡。他仍然对她百依百顺,仿佛这是种补偿,如果晓雯能够开心,他内心深处某些东西会变得释然。两人接触了一段时间,晓雯对小丁很满意,因为他总是那么善解人意,遇事不焦不躁,尽量找最平静的方法把问题解决。晓雯的母亲也不闲着,通过熟络的人打听小丁为人,听到的也是众口一词的赞扬。某一天,母亲拍了板,让晓雯嫁给小丁。

小丁和晓雯顺理成章地在来年春末夏初结了婚。他把自家的房子卖了,搬进晓雯家的院子,得来的钱一半汇给母亲,一半交给她们母女。

小丁升任正科那天,丈母娘和妻子执意要多弄几个菜,庆贺庆贺。小丁做出无所谓的样子，嘴上说这有什么，在心底，也确实没把这当回事。他本来就是一个闲散的人。

母女俩在厨房里忙个不停，小丁坐在槐树底下，看着垂下丝缘的虫子，脑子忽然一热，蹑手蹑脚去到阁楼，楼板上的粉尘黑得像煤灰。小丁终于在旮旯里找到了摇椅，他把摇椅弄成折叠状态，搬下阁楼。晓雯和她母亲专注于把火钳烧红，烫猪蹄上的毛根子。小丁拧开水龙头，用湿抹布抹去摇椅上的灰尘。椅子上劣质的油漆散发出陈年光泽，很是暗哑。他想，再刷一道油漆，说不定会好点。稍微晾一晾，摇椅就干了。小丁把它移到槐树底下，心里却有些发虚。他暗自嘀咕说："我这是怎么啦？为什么要做贼心虚？"他吸一口气，坐上去，脚一蹬，椅子摇了起来。他闭上眼睛——必须闭上眼，才体会得到摇椅摇出的乐趣。

晓雯走出来时发出一声尖叫。小丁问她怎么了，她心情沉重地说："我还以为……"小丁打趣地说："我有这么胖吗？"他勾下头看看自己，身材很标准，不胖也不瘦。晓雯的脸色并没有好起来，迟疑地看着小丁，仿佛不认得眼前这人。小丁管不了那么多。既然晓雯看见了，小丁就让摇椅晃得更为剧烈，产生更多的吱嘎声。小丁突然记起来，小时候那次坐上来，自身太轻，连吱嘎声都摇不出来。现在可以了。

丈母娘端菜出来时，瞥了小丁一眼，菜汤便泼洒了一些。小丁赶紧从摇椅上站起来，抢前几步把菜盘接住。丈母娘的眼仁子里瞬间蹿过很焦虑的光。但小丁没有在意。

自后,小丁经常躺摇椅上,看看从单位带回来的《半月谈》,看看照进院子的阳光有时亮起有时晦暗,感觉很是惬意。困了,他就把《半月谈》翻开盖在脸上。小丁想睡,脑子却常常清晰起来,对于往事有一种水落石出的澈透。小丁忽然想,小时候看着老梁在这个院子作威作福的样子,感到愤恨,但与此同时,是不是夹杂着一丝羡慕?

在一种自我暗示当中,小丁越来越相信,那时候羡慕的心思也是有的。顺着这一思路,小丁意识到这摇椅以及晓雯家的院子,对自己有着说不清道不明的召唤。老梁死后,这种召唤来得愈加清晰,一声一声,短促有力。很多个晚上小丁在梦里真实地听过。听见这种召唤,他就会梦悸,会有飞坠之感,然后浑身痉挛,不能动弹,像是突发疾病。多有几次,小丁找到了解脱这种梦悸的法门:集中意念,只要让任意一根手指轻轻一动弹,浑身的紧箍咒顿时解开。然后小丁醒来,感觉像是活了回来,睁开眼缓一口气,心里得来劫后余生的快意。

为这事小丁问了好几个医生,他竭力表述那种梦悸的特质,但总是词不达意。医生们说不出个所以然。有个算命的老头告诉小丁:"这就叫'鬼压身',很多人都得过,不碍事。"老头推销自制的贴符,他买了几枚,但并不相信。他把符贴在摇椅底下。所谓"鬼压身"那种梦悸,仍时有发生。多有几次,他就不再害怕了。

小丁胖了。小丁说胖就胖，身上的肉一块一块鼓凸出来，先像救生圈，后是像梯田，六块腹肌之间的界线消失，像一块抹了棕榈油的大面包。他肚子鼓凸出来，而晓雯，肚子却一直瘦瘦的。一直以来他觉得让女人怀孕似乎很容易，几个同事一不愣神就把别家女人的肚子搞大了，为此焦头烂额。小丁给晓雯很多种子，给了比全世界人口总数还多的种子，但没一颗发得出芽。对此他只有些淡淡的惆怅，惆怅像溪涧流水一样不经意滑过心头。他不是很在乎。晓雯对此很感激，经过这些年，她发现他始终对她这么好。

小丁慢慢有了些酒瘾。在单位为了应酬，也喝，但从不过量。一开始小丁把酒当药，闭着眼睛往嘴里灌。现在，小丁在家也喝一点。因为肥胖，他胃口也发生了变化，看见肥肉就食欲大动。他喜欢啃卤猪爆肘，旁边再摆一碟过油的花生米，几两白酒。

有一天，小丁路过一家商场，心血来潮买了一块德生牌全波段收音机。小丁坐在摇椅上不断地调频道。他喜欢听好些个主持人煽情的声音，也喜欢听调频时哗哗的电波声，这声音乍听着空洞无物，却让那些未知的空间变得具体有形，真实可感。

丈母娘总是忧心忡忡地看着小丁。有几次，小丁睡在摇椅上，醒来，看见丈母娘怔立在几米开外的地方，盯着自己。他问她：“妈，你怎么了？”她浑身一颤，这才回过神来。沐浴着一个步入老年的妇女那凄冷的目光，他浑身硌出米粒大的疙瘩。

一有空，小丁便欲罢不能地躺在摇椅上，摇啊摇，打发那些只能用以打发的时间。

丈母娘其实是个好脾气的女人，对小丁没有太高要求，想说什么话，总是很委婉，很策略。有一天她说："是不是换张摇椅？那椅子太旧，声音难听。"小丁回头就去家具店买来一张，好几百块钱，涂着明漆，现出原木色和细致的纹理。新买来的摇椅式样比原来那张好很多，但小丁觉得硌背。他摇动着新的摇椅，它的机件之间的衔接是那样默契，还打了长丝润滑油，他摇不出吱嘎声，甚至连鼾声也摇不出来。小丁在上面躺了几天，总是睡不着。他觉得这很不正常——一张摇椅摇不出一点声音，这不是，有问题么？

不出一个星期，小丁把旧摇椅换了出来，把新摇椅放在阁楼上，一任它落满灰尘。小丁躺在旧摇椅上，舒坦的感觉又涌上脑门。他让它吱嘎吱嘎地响起来，这声音，像一个挖耳勺轻轻地掏弄耳朵。在他睡着的时候，丈母娘进来了。她在门外就感觉到声音不对，走进来，又看见那张衰朽的摇椅，明白了。

丈母娘打算把自己嫁出去。她刚六十，尽管素面朝天，看上去也顶多五十五。有个不太老的老头一直喜欢她，约她去老协打门球，或者去北郊的七号公园散步。小丁见过那个不太老的老头，很有派，穿着豆绿的衬衣军绿的裤子，裤线笔直。他头戴一顶软沿遮阳帽，稍微有点太阳就戴上墨镜。小丁当时就猜他是军队退下来的，一问果然住在军队干休所里。但丈母娘一直没给老头太多机会。她到了这样的年纪，一个人怎么过都行。再说女儿女婿对她不错。但那天她改变了主意，吃晚饭时说起这事，征求晓雯和小丁的意见。小丁当然没有意见。晓雯问是不是有什么做得不对的地方。丈母娘说："你们都对我挺好。看着你们过日子上路了，我就不想摆在这里碍眼。"小丁知道，丈母娘的心里装着别的原因。

丈母娘嫁出去的那天，那老头弄了辆吉普车来接她。她们母女本来都挺高兴的，分手时忽然悲悲戚戚，哽噎着声音说一堆废话。老头耐性十足地在槐树下等待着。小丁过去递了一包烟，老头摆摆手说不抽。老头等了一会，百无聊赖，就坐在了小丁的那张摇椅上。

"别坐那张椅子！"丈母娘的声音有些歇斯底里。老头反应极快地站了起来，那模样，仿佛要就势打个立正。老头很无辜地看着小丁的丈母娘，不晓得自己做错了什么。

夏天，小丁可以尽情地穿上短裤和背心，趿拉着拖鞋，在街弄子里走。碰见熟人，老远就打起了招呼，"老张昨天赢钱了吧""老李买了几注彩"……他们也亲密地和小丁打着招呼。电视上经常说起大城市里人情冷淡，门一关老死不相往来。但这条街弄子的人彼此太熟悉了，谁也不好跟谁板起脸。某些人开口就叫小丁局长。小丁嘴里分辩说自己只是把副手，但心里暗自喜悦起来。几年过去了，他知道人应该按部就班地走下去，有太多事情必须珍惜。

按照时下的流行，小丁把木质院门换成铁皮门，铆上钢钉，换了防盗锁。关上铁门，院子里更显清寂。槐树上有时有几只鸟，有一次不晓得是不是眼花，他还看见一只松鼠。

小丁和晓雯吵了几架，心生一种怀疑：自己原本就不爱她，追求她并和她结婚，是因为一些错综复杂的情绪，这情绪里包含有内疚、同情，和他自己都弄不明了的因素。在此之前，小丁把各种情绪都理解成是喜欢她，爱她。

那天傍晚小丁抽了晓雯一个耳光。当天他喝了酒的，忽然就动起手来。第二天醒来，小丁只记得动手这回事，但始终想不起来怎么引发的。起床后他透过窗玻璃看向院子，她在那里晾衣。小丁走出去叫她一声："晓雯！"她扭头过来，这样，小丁就可以看见她眼神那么皮沓。"昨晚出了什么事？我不记得了。"他歉疚地说。她嘴角挂出一丝嘲笑。虽然他第一次打她，她马上就摆出逆来顺受的表情，仿佛生活原本就应该是这状态。

但这只是一次意外，小丁想。小丁有理由相信自己仍然善良温和，就像和尚不会因误吞一只苍蝇就破了功业。他试图对晓雯好一点，拿出刚恋爱时那种温存。但她并不领情，眼底蓄满躲躲闪闪的光泽。晚上她搬到母亲的房间去睡。他听见晓雯从里面闩门的声音。

小丁心情烦躁,有时候整晚睡在摇椅上,故意摇出巨大的声音。过后不久小丁又打了晓雯几回,每一回都像是失控——也就是说,他内心并不想打她。他是个好脾气的人,从没跟谁红过脸,更不用说打人。但他失控般地打了她几回。她被打以后没有哭,只是嘲笑。小丁找出理由宽宥自己:既然不能和解,那就让彼此僵持下去吧。这样的局面,是两个人共同造成的啊。

有一次小丁平心静气地想与晓雯和谈。"我也不想这样,你总是不肯听我解释。"他说。可是她苦笑着回答:"我习惯了,以前我爸就是这样对我的。"他说:"你这是什么意思?别把我和你死了的那个爸爸扯到一起。"她打着哈欠说:"好,不扯到一起。"

当晚,吃饭的时候,小丁又喝了酒,比平时多一倍。他是故意的。喝完酒,他招呼她在身边坐一坐。她总是走进走出,端盘递碗,显出很贤惠的样子。他说:"忙了一天,你也坐过来。"她顺从地坐过来。小丁要她喝点酒,她就喝了。他说:"晓雯,原谅我吧。"她就说:"好,我原谅你。"他觉得她说话很勉强,像是小孩被迫背诵一篇课文。他又抽了她一个耳光,说:"好了,现在你习惯了吗?"晓雯还以冷笑的模样,像是把一切由表及里看个通透。

那以后两人很少说话,都想把对方憋一憋。他俩都极有耐性，都能适应沉默不语的生活。彼此疏远一点，反而减少了日常的摩擦。日子就这么憋着过下去。有时候，小丁坐在摇椅上，看着晓雯依然姣好的身姿，心里感到烦乱。他再次想同她和解，跟她道歉，讲些软绵绵的话。但话都哽在喉咙里，一个字也不会漏出来。一转眼，他又恶狠狠地想，就这样憋下去吧，人活着谁不感到憋呢？倒要看看，谁会憋坏了谁。

小丁在摇椅上睡的时间越来越长了，要是晓雯不在家，小丁经常睡过饭点。他想，也好，省了饭钱。那以后，摇椅上经常挂着两只酱猪肘，哪时饿醒了，就摸出一只啃着吃。

小丁喜欢在摇椅上做的那些梦。他喜欢美梦、噩梦，还有那些醒后让自己恍如隔世的冗长梦境。小丁觉得梦是对生命的扩展，甚至感觉得到，睡着后仍有一部分思维在活动，但这种思维显得古怪，和梦境一碰触，又导致梦里荒诞不经的情景不断繁衍。那种名为"鬼压身"的梦悸来得更频繁了，他突然就着了魔一样，感觉浑身往下飞坠……但他早就不再害怕，知道要加强意念，让一根手指动起来。牵一发而动全身，那根手指轻轻一颤，他活过来了。小丁一次又一次地活过来，一次又一次体会着劫后余生的快感。有几次，他醒来，看见晓雯坐在自己身边。他以为是她把自己喊醒的。她坦白地说："不是。我不敢叫醒你。"

小丁开始担心，有一天会死在摇椅上。但是，有了死的威胁，躺在摇椅上仿佛又多了一层快感——犹如吸烟，不光是烟碱的提神作用让人着迷。小丁总觉得,吸烟会让人不断感受到死的存在,从而更加欲罢不能。

那天,小丁上午就开始在摇椅上做着连篇累牍的梦。中间他醒来两次,睁开眼没看见晓雯,又继续往下睡。当梦境过渡到某个场面时,又一个"鬼压身"突然袭来,他像往常一样,往下飞坠。与此同时,他觉得自己正从身躯里拔出来,脱离出来,变得轻如青烟薄如蝉翼,往上飘飞。飞升出来的小丁在槐树的伞状树穹下停住了,往下看见躺在摇椅上的躯体。那摇椅还在摇,摇啊摇。

飞升起来的小丁想掰开与自己分离的那具躯体左手上某根指头,用力地掰。他要救活自己,就必须把指头掰开。但今天有点不一样,指头攥得铁紧,老是不肯松开一分一毫。慢慢地,小丁把心悬了起来。他难过地想,莫非我再也醒不过来了?

掰了好半天,那根手指终于动弹了。小丁又继续掰躯体的另一根手指。随着手指松动,有些东西从指缝间滑落。小丁终于看清了,那是各种各样的玻璃弹子,自己磨制的毛玻璃弹子,或者赢取别人的花心弹子。它们接二连三掉落到地上,那声音却在心底响起。

氮肥厂

现在，但凡小丁回忆起住在氮肥厂的日子，首先脑袋里会蹿出那个姓苏的守门人，以及他在空旷、灰暗并且嘈杂的厂区内来回走动的样子。大家说老苏是个倒霉鬼，但老苏脸上一天到夜都挂着笑，比别的所有职工的笑脸堆起来还要多，还要欣欣向荣。倒霉的老苏以前在县政府当守门人，难得有笑的时候，一到氮肥厂，他就开心起来，仿佛这氮肥厂是他一个人的天堂。

老苏的左腿虽然比右腿短了十几厘米，但能够凑合着用；右腿看上去显得完整，其实是条累赘。于是，他走路的姿势就成了这样：左腿永远摆在前头，右腿作为一个支撑点，只在左腿腾空时勉为其难地撑几秒钟；左腿往前挪了几厘米远，我们的老苏身体借势往前倾，就把右腿顺带着拖动几厘米。其实还可以讲得形象一些：就好比男人单膝跪地向女人求婚，女人却掉头走了,男人则保持着这一跪姿向前追赶。大概就是这个样子吧!

当老苏行经眼前,小丁好几次听见岳父老陈说,我看着眼睛都蛮累。小丁揣摩到,老陈往下还有一句没说出来的话:他老苏何事能活得这么快乐,这般滋润?

这也是氮肥厂几十号职工共同的疑问。1977年的氮肥厂厂区,触目是一片暗灰的颜色,围墙、厂房、烟囱、蓄水池……造气车间开工时,蓄水池里那圆柱状的气柜就会上下夯动,收集气体并将气体泵入压缩车间。建厂那年,圆柱体的气柜分明是涂着赭石色,这才两三年时间,就灰得和蓄水池池壁毫无差别,在氮肥厂,这种死灰仿佛可以传染、渗透、蔓延……小丁记得,住在氮肥厂的日子里,顶头上那片天穹大多数时候也成了这种颜色。但天色毕竟灰得轻淡一些,犹如氮肥厂在一方水面上的镜像。

在这号环境中,老苏脸上的笑容就尤其显得突兀了。他独特的走姿进一步加重了这种突兀之感。职工们歇气的时候会走到厂坪里,抽一支没装过滤嘴的纸烟,看看老苏一脸喜色,不晓得应不应该羡慕这个人。老苏时不时会哼哼曲调,用心去听能听出来,是《三大纪律、八项注意》。小丁有次就说,还《三大纪律、八项注意》呐,毛主席写头稿时有一条"大便下茅坑",这老苏可从来没把大便对准了茅坑里拉。

小丁这么说,就有些强人所难了。老苏大便的时候,屁股免不了是要往左边倾斜。小丁这么说,是因为他看不惯老苏怎么一天到晚笑呵呵地。1977年的时候,在氮肥厂,似乎谁都没有理由成天到晚地傻乐。

老陈刚调到氮肥厂当厂长不久,通过调研认识,氮肥厂作为临时政策的产物,投产以来一直都在亏损——用不着什么调研也能晓得这厂在亏损,其生产成本高于生资公司的牌价。这是明摆着的事实,就犹如老苏两腿都瘸一样,是明摆着的事实。

老陈把小女儿和女婿小丁安插进氮肥厂以后,就着手写文章打报告,摆事实讲道理,请求上级部门酌情关闭氮肥厂,并转产上其他的项目。

如果老陈不是那么急于搞垮氮肥厂,就不会把老苏这个废人弄到厂里来。

老苏原本不是个废人,自从他落成现在这个样,谋生就全搭帮向副县长照应了。向副县长从前娶了老苏的姐姐,作为姐夫,他有义务给老苏弄碗饭吃。老苏被安排在县政府大院看门。看门就只能看门,扫地的人还得另请。他有一只胳膊也残了,像煮熟的挂面一样成天耷拉在肩膀上,只有一只手能用——其实他看门也看不好,他以半跪的姿势走过去,要拖沓几分钟才能移到门边,用仅有的一只手拉开一扇门,然后再移动着拉开另一扇门。幸好那时车不多,只有上面领导检查工作时才会坐吉普车来到政府大院。伻城的几位正副县长出入大院，一色的二八锰钢单车。

有几次，上面的领导来到门边，左等右等等不及了，烦躁了，就跳下车来帮着老苏打开那两扇门。

老苏很内疚。虽然那些领导回头就被随从们写了一篇亲民啊随和啊关爱残疾人啊之类的文章发在地市党报上，老苏还是很内疚。他是个蛮有上进心的人，遇到困难，就会发挥主观能动性，去排除困难。他脑袋挺灵便。那两天，他始终在纸上画来画去，鬼画桃符，别的人看不出个所以。两天后，他买了几股麻绳、几只定滑轮和一个绞绳的轴把子，用了两个多小时，就把县政府两扇沉重的木门改造成了自动门。摇那轴把子的时候，人感觉不是很费劲，老苏可以一边抽着烟一边把门摇开。当他要关门的时候，就反向摇动那轴把子。

门一旦弄好，各个机关的守门人都跑来睨几眼。不看不晓得，一看都恍然明白过来，操，原来是这样的啊。他们回去折腾一番，把门都折腾得自动起来。

但向副县长一直盘算着要把老苏调走。老陈拿着一沓关于请求关闭氮肥厂的报告去找向副县长时，向副县长就把这层意思讲给老陈。办公室里当然不便说，向副县长拉着老陈去招待所吃饭，碰了两杯，向副县长就说想拿老苏和氮肥长的门卫对调一下。

……其实，老苏是个蛮好用的人，脑袋里拽得出一把一把鬼主意，人又蛮听话，像给你当崽当孙一样听话。向副县长一派推销员的口气，然后又说，他的情况你晓得，摆开了说，虽然我一个党员不好讲鬼信神，但我这妻弟确实有点霉，有点衰。老陈你晓得的，早几年一帮副县长里头，仿佛我是势头最好的，眼看着……日他妈，自从把老苏带到身边以后……

我晓得我晓得。老陈看着向副县长有些伤心了，赶紧举杯过去和他再碰两碰，然后知冷知暖地说，我都晓得。

向副县长追着老陈问，帮不帮我这个忙？要是我能扶正，我肯定投桃报李，帮你关掉那个衰厂。他敲了敲桌子上老陈写的那沓报告。

换就换好了，卵大个事。老陈这往自己口里抹一杯酒，有些解嘲地说，老向你是要运气，我啊，倒正需要点衰气咧。就不晓得老苏这个人到底有多衰。

向副县长说，各取所需，各取所需，呵呵哈哈。两人干掉了剩下的酒。

就这样，老苏从县政府来到氮肥厂。

到氮肥厂没两个月，老苏就彻底变成了一个快活的人。当氮肥厂的职工们头一次看见老苏一张苦瓜脸挤出笑来的时候，都觉得很稀罕，就像看见了昙花一样。老苏的笑容是很打动人的，试想，老苏这样的人都能对他惨淡的人生报以一笑，那别的人，再垂头丧气的话是不是奢侈了些呢？氮肥厂的职工都从老苏的笑容里得来些感悟。那年头，人们还是蛮愿意在生活里有所感、有所悟的，先进人物报告会时常有得开。但从老苏那里，得来的感悟还更多一些。

再过去几个月，大家看见老苏每天都没完没了地面带微笑，感觉又不一样了。他们想，老苏凭什么笑得这样起劲？老苏的笑，把整个氮肥厂的氛围都改变了。这似乎不太正常。运动时期虽然结束了，人们的警惕性还是蛮高的，觉察到不正常的气味，就免不了去追本溯源。

小丁有时候也会琢磨着老苏的笑容。他对老苏的笑容没有太大热情，也不是漠不关心。有时闲着无聊，比如说骑单车行在一条空旷路上的时候，他偶尔地想，老苏何事这样开心呢，而我何事总也快活不起来？

有时候阳光照在眼前黑油油的沥青路面上，路面泛着幽微的光，映在小丁的眼底。小丁时快时慢地踩着单车，把老苏的笑容回忆得多了，就会得来一阵烦躁。他在心里嘀咕说，先人哎，我四肢健全，老婆蛮漂亮算得上氮肥厂的厂花，孩子长得跟洋娃娃似的蓬松白净，何事还快活不起来？

有一天一个朋友骑在另一辆单车上从后面追来，和小丁打招呼。他们以前是同学。他的同学问，小丁想什么呢，骑车还走神。小丁一想那同学是在政府工作，就问，老苏你记得不？就是以前在你们政府守门的那个。同学就说，当然认得。怎么啦？小丁说，这个人真是心态奇好，都那个样了，每天有说有笑，开心得不得了。那同学也奇怪了，他说，你说老苏现在有说有笑是吧？他以前在我们那里，可从不这样。我都不晓得他笑起来会是什么样子。

小丁说，那就更奇怪了。他一转到我们氮肥厂，就像是跨进了共产主义一样，有享不尽的福一样。

那真是怪事。那同学说，改天我去你那里蹲蹲，看看老苏笑起来是个什么样子。他说些什么呢？

小丁说，他什么都说，你问他怎么弄瘸的，怎么成了个残废，他也脸上挂笑，一五一十地摆给你听。他讲得蛮生动，像英模做报告一样。

那同学翻翻白眼，说，是吗？以前他可是三脚踹不出一个屁来的呀。你说说，他怎么搞成了现在这副样子？

老苏确实是面带微笑地告诉每一个前来关心他的人，他怎么搞成了现在这样。早几年他还是个完全健全的人，身体板实，做起活来样样拿手。1973年的时候他谈了一个女朋友。那女的是城郊筌湾村的人……

筌湾村？是不是现在被叫作寡妇村了？老苏刚说起这个名字，别的职工就大概明白了，会是怎么一件事情。前几年发生在筌湾村的事，还是尽人皆知的。没想到老苏也掺和进去了。

……对，就是那年秋后的事。老苏舔了舔嘴皮，抽起别人递上来的烟，还用嘴唇把烟杆子濡湿一些。

那年秋后，老苏去找他的未婚妻，正碰上筌湾村的男人们庆丰收，一齐去河湾里炸鱼，闹一闹气氛。

笙湾是个特别小的村落，十几户人家，男人加起来二十几个。那天，几乎所有的成年男人都去了河湾。他们从乡供销社拉关系搞得两坛炸药，拿去炸鱼。第一坛炸药被点燃导火索后放进河湾，等得一刻钟，没有响动。于是他们把第二坛炸药扔进河湾。很快，这一坛炸药在水底下开花了，水汩汩地翻涌上来，很多鱼漂在了河面上。笙湾村的男人们乐开了花，他们一个个脱得精赤，像一条条大白鱼一样钻进水里，捞起炸死或炸昏的鱼，用柳条穿着。

当他们全都潜进水里的时候，刚才哑巴了的那坛炸药，这时突然也开了花。

老苏喷着特别地道的烟圈，说，那天我去晚了些，刚走到她屋里，她就把我推出来，要我去河湾捡鱼。她说她家里就她一个老爹，水性又不蛮好，捡起鱼来肯定要吃亏的。我到地方的时候，别人已经捡了不少。我脱光衣服，刚一入水，那坛炸药就炸了。算好，我还没潜进水底。要是早入水十秒钟，我肯定也死在那里了。

别的职工就说，啧啧，不幸中的大幸，老苏，你还是一个蛮有运气的人。

老苏苦着脸说，这还叫有运气？我入水的地方正好是爆炸的正上方，一股水柱把我掀起来老高，可能有丈把高，搞得我整个人像是飞起来一样，腾云驾雾……

那蛮爽的嘛。有人说，老苏那么大的一堆，竟然能够飞起来。啊哈，老苏两只脚一长一短地飞了起来。

老苏辩解地说，不是的。那时候，我的两条腿还一样地长。掉下去以后就昏死了，醒来的时候，人躺在医院里头，手脚都不能动弹了。喏，出院就成了现在这样。

别的职工拍拍老苏的肩头，安慰地说，老苏呵，往好处想，能捡得一条命在，就不错了。

我晓得我晓得。老苏说，我这人，经过这事情特别想得开。李小莲一脚把我蹬了，我眼都不眨一下。老苏吧唧了一大口烟，那烟没有滤嘴，一下子燃到了手指捏着的地方。老苏把手指拿开，还争分夺秒地吸进去两口烟子。

别的职工说，老苏你是个角色。我们是不是叫厂长老陈开个英模报告会，抓老苏上去把这些事摆一摆？老苏可是保尔·柯察金式的人物呵。

老苏就憨厚地说，哪里哪里，别灌我米汤了，我这人呐蛮有自知之明，哪敢跟那个保尔比呢？我比他一根卵毛都比不上。

小丁记得那一年老是停电。前几年停电不是这样频繁，1973年氮肥厂建成以后，停电才变成了隔三岔五的事。俐城的人都把停电怪罪到氮肥厂头上，说是氮肥厂设备起动时耗电量太大，常常把变压器烧坏。有一次，刚一停电，一帮子人汹涌着往小丁家走来，说是要抓老陈去坐班房。他们有个家属正在做手术，突然停电，导致了病人死亡。

老陈走出来拦在门口，说，你们放屁，医院是一号线的电，跟氮肥厂没关系。

这样，老陈就挨了一顿饱揍，那些人不由分说冲上前来揍了老陈。公安局来了以后，老陈也指认不出是谁。他说，同志，不是一个，是他们一堆。

结果那一堆人都被放走了。

老陈很窝火，他更加坚定了决心要让氮肥厂关张。氮肥厂是当年的政策产物，全凭某个领导一句。那领导在某个会上学着毛主席的范，大手一挥，跟台底下的人说，每个县都得有小氮肥！这句话一直刷在氮肥厂厂房的一面墙上，用鲜红的油漆写上去，还用黄油漆勾边。但俚城是个缺煤少电的县份，根本不适合搞氮肥。

老陈甚至把转产项目都找好了，他觉得把氮肥厂关闭了以后，可以在原址上办一家烟厂。俚城特产的白肋烟在全国都有名，这就是优势。要搞氮肥，俚城就只有一把把的劣势可言。

但上面管工业的副县长很不同意。这个副县长认为，要是搞氮肥，大家不会偷这东西放屋里去。要是搞卷烟，氮肥厂这帮子烟鬼一边搞生产一边抽不要钱的纸烟，一天抽到晚，那还得了？

氮肥厂的职工几乎都同意老陈的意见，倒并非想抽不要钱的纸烟。稍微有些头脑的人都看得出来，老陈的意见是符合现实情况的，也肯定能扭亏为赢。反对老陈的人，可能只有老苏一个。但他不会表露出来。

老苏知道，如果氮肥厂关闭，烟厂办起来的话，他肯定得卷铺盖走人。老陈把他弄来的用意，他已经听别人说了，是要借他身上的一股衰气尽早地搞垮氮肥厂。一旦烟厂建起来，老陈可以随便找个理由，比如说，加强保卫工作严防偷盗啊之类冠冕堂皇的理由，把他踢出去。

老苏现在很留恋氮肥厂，他甚至想如果能老死在这个地方，也蛮不错。

别的职工从老苏脸上永恒的笑容里，逐渐看出些名堂。因为氮肥厂里，近期还有一个人也容光焕发了起来。人们免不了把另一个容光焕发的人和老苏联系了起来，顺着思路理一理，把两人摆在一起做些比对，仿佛就有一些端倪显露了出来。

另一个人是个女人。当然，要是也是个男人，那和老苏摆在一起就没什么戏了。必须是个女人，她就恰好是个女人。小丁记得那女人滚圆滚圆，像是墙上挂画里的苏联女康拜因手那样壮硕。那年以后，氮肥厂的人们给女人取了个名字，就叫"容光焕发"。这听上去实在不像一个人的绰号。但要知道，当时老苏已经获得了一个绰号叫"防风涂的蜡"。这听上去也不像绰号，两个不像绰号的绰号摆在一起，就全明白了。

容光焕发的脸确实很红，像是永远处在经期一样。老苏的那张脸也是整个氮肥厂里最最黄的，蜡黄蜡黄。

容光焕发本名洪照玉，是管蓄水池和气柜的工人。她那工作在氮肥厂里是最轻松不过的，就是每一个钟头看一眼气压表，时不时拧一拧气压阀。她作为一个因公死亡的职工家属招进厂里，找来找去，除了当守门人，也就只能做一做这最简单的活计了。说白了，看在她那个死鬼男人的面上，国家供养着她。她这人有点"万佛来"——这又是伥城独有的说法了。伥城方言里面把痴、呆、傻一律不加分辨地叫作"朝"，但直截了当说出个朝字似乎有些伤人，于是大家就说，这人有点"万佛来"。

她在男人死后没几个月，生下一个遗腹子。据说这个遗腹子葱头蒜脑白白胖胖蓬松得很，看上去没有一点"万佛来"的迹象。但是孩子长到三个月的时候，洪照玉一天晚上翻个身，把孩子压死了都不知道。所以，她不但"万佛来"，还很衰。

伥城人的观念里头，"万佛来"不是你的错，爹妈得负主要责任。但你要是很衰，给别的人招来灾殃，那就很不是个东西了。

洪照玉就是在孩子死后发胖的，不可遏抑，每天都会胖上一圈。她的食量也不大，但人硬是胖了起来，像是一团老面遭遇适宜的湿度温度，最大限度地发酵了。那时候难得有几个人胖起来，都认为胖是福相。但搁在洪照玉身上，就显得矛盾。

她能算是有福相的么？

现在，洪照玉不晓得为何事，容光焕发了。氮肥厂的职工这才发现洪照玉其实长得还不错，笑起来，两个酒窝幽深地就像是被谁剜了两刀。她的笑容提醒别人想到，这个女人，已经守寡好几年了。这几年里她总是很阴郁，想找个人说话，别人总是拿她当祥林嫂看，勉强地听一听，一脸厌弃。现在，她这个人的精神面貌发生了彻底的改观，背后肯定藏着什么事。

氮肥厂的职工很快把老苏联系上了。于是，这两人，一个是防风涂的蜡，一个是容光焕发。职工们都能很熟悉地模仿《智取威虎山》里的腔调，"防风"两个字一字一咬很是清晰，而"涂的蜡"三字像冰糖葫芦一样串起来念，又快又含糊，听着像只有一个"踏"的音。

老苏再往厂坪里走过的时候，站在厂房阴影里的男人们就会跟他嘬口哨，打招呼。老苏不敢逆了他们的意思，要不然他们会提起他的双手双腿玩打油棰的游戏。他拢过去，那些人就拍拍他的肩，暧昧说，防风踏，脸色越来越好了呀，采阴补阳吧？

老苏一脸无辜地说，你们说谁？

别跟我们装一脸"万佛来"的样，你其实蛮狡猾。那些人说，躺在容光焕发身上，是不是像躺在正宗的美国沙发上面？

老苏从人家兜里掏烟，嘴上仍说，你们说什么，一点都听不懂。

别人就在他后脑壳上敲一下，说，得了便宜还装乖。老苏一脸傻笑，吸着烟，移动着步子离开那伙子人。

这些都是大家口头上讲起来的，就算讲疯了，凑在一起全讲的是这回事，也查无实据。但说得多了，大家就越来越相信有这回事，仿佛既成事实了一样。于是，氮肥厂里的一帮子老光棍还有些艳羡老苏。容光焕发在容光焕发以后，打扮上了，涂脂抹粉。本来厂长老陈最看不得这个，一个职工，上班时间，擦什么脂抹什么粉呐？把氮肥厂当成文工团了是不？老陈是个很严肃的人，严肃得都有些拧巴了。

一帮子老光棍不眼馋洪照玉整个人，只眼馋她胸前那几斤几两油水。七几年的时候，所有的书里面但凡画到女人，胸前都是一马平川的，除了《妇女保健手册》等仅有的几本书，画女人的胸部多少还有些起伏。而俥城的女人们，也印证着书上的插图，一个二个干瘪平板，一枚像章是她们胸前唯一的亮点。

洪照玉是个例外，也可能正因为她这个人比较"万佛来"，所以发育起来才不受革命形势的干扰，不和别的妇女整齐划一。氮肥厂的光棍都认为，谁弄了她，就像是躺在正宗的美国沙发上，就是享受苏联老大哥的待遇。

但光棍们只是说说，没有谁就真的打起她的主意来。

这种传言早晚落到了老陈的耳朵里。有一天，他趁女儿不在，把女婿小丁叫了来，问他，最近，都听见别人说什么没有？我是说，关于老苏，都听见什么说法？

呃。小丁舔舔嘴唇，欲言又止。他其实蛮喜欢过嘴巴子瘾，成天拿老苏和洪照玉打哈哈，见到洪照玉，也免不了往她胸前狠狠地杵两眼。但现在面对是岳老子，他得把这些话憋着。他说，好像是有些说话，我也不很清楚。

老陈就循循善诱地说，现在小莲不在，没关系，听到什么就跟我说说。

既然老陈这样坦诚相待，小丁也就没什么不能说的了。而且，他发现跟岳老头摆这些苟且之事，格外得来一种惬意，大是过了回嘴瘾。

哦，原来是这样。我把他照顾进来守一下门，借他身上的衰气。搞来搞去，整个厂就数他一个人活得滋润。这真是咄咄怪事。老陈听完之后，身体往后一仰，依然是一派深思熟虑状。在他面前，桌子上，摆着一摞摞的材料，都是请求关闭氮肥厂的。老陈沉默了一会，然后说，这事我看纯属造谣。你想呐……

老陈看见外孙站在门边，眨着好奇的大眼睛。小丁就说，爸，没事，这崽子什么也听不懂。小丁拿手在儿子背后掀了一把，要儿子站远一点。

于是，老陈就讲，你想呐，这两个人，老苏和洪照玉，他俩即使要搞事，怎么个搞法嘛？

小丁照岳父的思路一想，就呵呵哈哈地笑起来。还真是那么回事。老苏要跟洪照玉搞那种事的话，他们应该采用哪种姿势以及哪种体位呢？要知道，老苏只有一只手一只脚能够勉强用用，这一手一脚都位于身体同一侧，还不能很用力。他身上再也找不到第三个支撑点。这样，当他伏在上面，想干坏事都干不出来。小丁拿出自己的两只手，左手看成是老苏，而右手就成了洪照玉。小丁把两只手掌挨在一起摆来摆去，摆出各种各样的形状。

要是，洪照玉在上面呢？小丁只消这么一想，浑身就激灵灵打颤。洪照玉起码也有一百大几十斤了吧，而老苏因为前几年大失血，一直都干瘦枯萎，一张面皮好几年都抻不开，皱巴巴的样子。要是洪照玉压着他，一不留神，还不得，把老苏像捂她儿子一样捂死了呀？

小丁想，这可太危险了。他跟老陈说，爹哎，你讲得在理。他们两个即使要搞事，有挺大的技术难度，可不比你要弄垮这氮肥厂更容易。

老陈点了点头说，是这样的。

蓄水池和气柜这两样东西，在氮肥厂的职工嘴里，也衍生出了性的意味。气柜是圆柱体的，顶部有二三十个平方米的面积；蓄水池套着气柜，也是圆形的。蓄水池池壁和气柜之间，只有半米的距离。造气车间开工的时候，气柜就不停地在蓄水池里上下夯动。这样的情形，哪能不在氮肥厂一帮光棍嘴里繁衍出性的意味？这着实太象形了。

氮肥厂的职工们，有时候喜欢把男人叫作气柜，把女人叫蓄水池。某些早上一上班，彼此看着对方憔悴的脸色，就会问,你这气柜,昨晚在你家蓄水池里夯了多久?

有好多词汇往往都在小范围内流行,就像菜票一样,在一个单位里能当钱使,出了这家单位,用去擦屁股都嫌小。气柜和蓄水池只在氮肥厂的职工嘴巴里才活络起来。他们每天都看着这两样东西。蓄水池高达五米,气柜升起来,最多可以升到九米高,再上去,就会脱离蓄水池。

每当看见气柜在蓄水池里有节律地、底气十足地夯动的样子,氮肥厂的那一堆光棍难免会心生一些烦躁情绪。

守蓄水池和气柜是整个厂最轻松的活,全由上些年纪的妇女干,洪照玉算是最年轻的一个。她们分成三班倒,每班八个小时。而检查、维护、保修是由小丁去干。基本上是五天一检,检查之前,要先抽干蓄水池里的水,再放个绳梯下到底部,这里敲敲那里敲敲。气柜是笨重耐磨的物件,从来都没出过问题。

那天有人跟小丁说,听见气柜夯动时的声音不对劲。小丁说,怎么个不对劲?那人说,响声没有以往那样匀称,结结巴巴地,隔一两秒钟,就会咔地响一声。你晓得的,以前没有过这样的情况。小丁回忆了一下,觉得以前似乎没有这样的情况。

造气车间生产的时候,小丁顺着蓄水池池壁梯级爬到池顶,看到气柜在近在咫尺的地方铿铿锵锵地起伏着。当天,气柜最高可以升到三米多,造气还是蛮足的。升到最高点,气柜又会回落下来，每个回合大概有半分多钟的时间。他听到了那人所说的那种声响，但用眼睛看不出什么异常。当气柜落到最低点，和蓄水池池壁顶端在一个平面的时候，小丁就跳到了气柜上去。然后，气柜顶端那二十多个平方米的平台，升了起来，把小丁托了起来。他觉得他像一个领导，环顾了整个厂区。那是造气车间。更远一点，是压缩车间，最远的那间，是合成车间。合成车间的墙上写着：每个县都得有小氮肥！那个惊叹号，被厂里某个绘画爱好者添了寥寥几笔，就呈现出男性阳具的模样，雄赳赳气昂昂，仿佛也想跨过鸭绿江去。

没有办法，谁叫氮肥厂有这么多的光棍呢？工会又不能一一解决掉他们。

在气柜上稍稍站得有一会儿，小丁就发现确实出了状况。气柜升降得并不平稳，西侧总是升得快些，使整个气柜发生倾斜。倾斜到一定程度，就卡住了，迫使东侧有个跳跃性的上升。两侧升到一个平面之后，西侧又开始抢跑似的上升。而下降的时候，也是西侧降得快一些，东侧老处在一种被动的局面。气柜过于巨大，若不是站在顶端，不可能发现这种微小的状况。

小丁叫造气车间在换班时停工一个小时。他放干了蓄水池的水，下到底端，很快查出故障的原因。

东西各有两根定轴，轴套子焊在气柜上。当气柜上下夯动时，轴套子也就沿着定轴上下滑动。小丁发现问题出在轴套上。西侧轴套和定轴之间的垫胶调得挺松弛，而东侧的垫胶则和定轴挨得很紧。小丁三下五除二地排除了这一故障。

但过不了一个星期，又有一个职工找到他反映，那种咔咔的异响又出现了。小丁再次下到蓄水池顶部检查，发现故障和上回一样，只不过上回是左松右紧，这回反了过来，像是要找回平衡一样。小丁看得出来，这是人为制造的故障。

小丁爬出来以后，那个职工问他怎么样了。

没事，一点点异常的响动没事。小丁说，我说没事就没事。

其实，他发现了这个故障，什么也没做。当时，他脑子里突然想到了一个人，接着想到了另一个人。他恍惚间把这些事串起来，又联想到了别的什么事。

当天晚上，小丁有些不安神。他爬到离蓄水池几十米远的一只烟囱上去，潜伏在月光照不见的一侧，看向气柜顶端。小丁晓得，他的等待不会落空。他忍受了两个多小时的蚊叮虫咬，还按捺着不去抽烟，怕暴露自己的所在。终于，有两个人爬上了气柜的顶端。他们把一张席子摊开，然后就在月光下脱去了衣服，露出两副极不和谐的身躯。然后他们做爱，夯来夯去。

小丁一点也不奇怪。当那两人做起爱来，他也就抽起了烟。他晓得，那两人现在心无旁骛，不可能看向自己这个方位。

当小丁彻底弄清了是怎么回事，就不得不佩服老苏这家伙真是有头脑。现在，困扰过小丁的那个问题很轻易地解决了。老苏和洪照玉即使要搞事，又怎么个搞法嘛？

回答很简单：让气柜的轴套松紧不谐调，使整个气柜颠簸起来。借助这颠簸的力量，老苏自己不要花费力气，就能把偌大的一个洪照玉夯得死去活来。

啧啧，真他妈的聪明。小丁仍然待在烟囱上面，赞叹不已。他看了看天色，月亮亮得一塌糊涂。整个厂区，都是平房，除了小丁，没人能看得见，没人能想得到气柜上面有这样的事情正在发生。

然后，小丁又为自己的聪明而暗自得意起来。通过一些蛛丝马迹，他就洞穿了那两个人的秘密。但他一个人待在烟囱上，很寂寞，还有些无聊。他想，我得把这事情告诉谁，让他和我一起爬上来看这西洋镜。随即，小丁又想，我可不能轻易就便宜了谁，他起码要请我吃一顿饭，或者请我去看两场外国电影，才能把这事告诉他。

但小丁没把这事告诉别人，他独自守着这一秘密，一有空，就爬到烟囱上，看着那两人如痴如醉的夯动。过得不久，小丁听得出来，那咔咔的声响愈来愈大，气柜也颠簸得愈来愈厉害了。他晓得，一定是老苏把轴套上的垫胶又作了一定的调整。看样子，两人就像吸鸦片烟一样，瘾头在不断地增大，而剂量，也不得不随之加大。

小丁发现了问题，只是会心地一笑。那时候厂里的职工都还残留了一点主人翁精神，听见响声不对，会反映给小丁。小丁不断地跟那些人解释，我晓得，这没关系，我心里有数。

那一晚下着暴雨，小丁又看见老苏和洪照玉相约着往蓄水池上爬去。老苏穿着一身黑衣走在雨中，当时小丁已经下了班，在自家外面的走廊上。他抽着烟，眼并没有看见什么，但分明感觉到夜色中有老苏的迹象。小丁折转回房里，问老陈借了身雨衣，往蓄水池的方向走去。他跟老陈说，爹，我还得去查查蓄水池，最近那里老有些响动。

你去吧。老陈对女婿以厂为家，一心扑在工作上的态度蛮赞赏。

这次，小丁没有去爬烟囱，而是直接爬上蓄水池，爬到头平行于池顶的位置。那两人果然又开工了。两人在大雨里喘着大气，互相调动着情绪。黑色的雨衣很好地隐藏了小丁，当气柜落到最低位，他可以看见两人。但转眼间，气柜又升起来了，把两人隐没掉。

小丁还听见那两人说话。他们开始动起来的时候，洪照玉就说，苏哥，我想叫几声，我很憋啊。

老苏就说，玉妹子哎，想叫就叫吧，趁着下雨，想叫就叫出声来。我喜欢听你的声音，比广播里的声音还要好。

是吗？洪照玉肯定是甜美地笑了一下，小丁无法看见。然后，洪照玉像一只鸟一样高一声低一声地叫起来，无比快活。

听到这样的声音，气柜仿佛都颤动得更为有力了。小丁听见那种咔咔咔的声音，在耳朵里面串连起来，余味悠长。

大雨把洪照玉的声音严严实实地盖住了，或者说，像一块海绵一样，把洪照玉的声音全部吸收了。

小丁趴在那里又听了一会，觉得自己很多余，就爬了下去。这时候，他忽然很想念自己的老婆。

有一天，小丁莫名其妙地梦见了老苏和洪照玉。这两人，在小丁的梦境里交臂叠颈合抱太极图，还讲起了情话。

前一天小丁上的是晚班，早八点下了班，就在家里补瞌睡。梦见两个人讲话的情况，还不多见，奇怪的是，他梦得很清晰，两人说出来的字字句句，都那样清晰。

他梦见老苏说，玉妹子哎，他们都说你"万佛来"，其实，在我看来，你是最聪明的人。那些自以为聪明的人，其实一个个都很"万佛来"……

老苏又说，玉妹子哎，我晓得，他们表面上对我好，经常发我烟抽，其实骨子里是喜欢看我笑话。我跟你说，他们越是想看我的笑话，越是想看我们的笑话，我们就越要过得很快活，比谁都更快活……

老苏还说，你其实比谁都漂亮。我不骗你，你确实很漂亮。每个人看法都不一样，在我的眼里，没有谁比你更漂亮……

洪照玉什么也不说，她像一张美国沙发一样躺在老苏的身子底下，一长一短，一短一长地呻吟着。

再次梦见老苏张开口的时候，小丁听见一声巨响。小丁就醒了，醒来以后小丁万分地奇怪，他想，老苏的嗓门有这么大吗？

外面很热闹。他听见很吵闹的声音，所有的职工都聚在厂坪上。小丁晓得是发生了什么事，赶紧爬起来往外面去。怎么啦？他逢人就问。走几步，小丁看见了岳父一脸的喜色。小丁问，怎么啦？

这两个衰人，给我带来的却是福气。老陈把手中的笔狠狠一扔，兴奋地说，我不要再去写什么狗屁报告了，他妈的，氮肥厂这下是彻底完了。

小丁又问，怎么啦？

很多职工都围过来，争先恐后地告诉他怎么回事。他们说，小丁，你这个猪真划不来，错过了一场好戏……

接下来他们就说起了这场好戏。

气柜突然爆炸了，往天上笔直地冲去。他们初步估计，是气柜卡住了，但造气车间还把气源源不断地送进来，下面的调压阀，没有得到及时的调整。气浪把气柜整个掀了起来，一掀十几丈高，像火箭一样被发射了出去。

当气柜被掀到最高的点，往下回落时，底下的人们就得以看见，气柜顶上还有人。

——按照自由落体的原理，要是空气阻力忽略不计的话，人应该和气柜同步往下掉才对啊。但事实上，气柜顶上的人像是被空气托了起来，浮在半空中，以很慢的速度往下坠落。

厂坪上的人们都看见了这一幕。那是个很胖的人，胖得像一只氢气球，所以才飘得起。

有人眼神好，看清楚了，就尖叫起来，喔唷，是容光焕发。

接着，洪照玉旋转了180度，人们又看见了另一个人原来和洪照玉黏在一块儿。现在，那个人翻到了下面，洪照玉在上面。那个人可能比重大一点，两人抱在一起，在飘浮的过程中，自然而然就发生了翻转。

喔唷，那苏什么……眼神好的人一口叫不出老苏的名字，没几个人晓得老苏的名字，只能说，防风踏哟。

两人都光丢丢的。他们的衣裤，就像一面面风筝一样在半空抻开了，被风吹到了厂坪以外的地界。两人的腿大幅度踢蹬着，以游泳的姿势浮在气流当中，减缓了下坠的速度。再往下落一点，人们得以看清那两人的表情。洪照玉的眼神是惊惶的，无助的。老苏则很镇定，半空中，他把嘴巴嗅到洪照玉的耳根，喊喊喳喳地说着什么话。

他们告诉小丁，当时半空中的老苏脸上堆满了微笑，像是在吹枕头风，亲昵地都有些淫秽了。他无疑在安慰那个女人。

两人各自的重力加速度不一样，再往下落，就无可奈何地分离了。老苏坠落得快一些，洪照玉落得慢些。人们非常惊奇，若不是亲眼目睹，谁又会相信这样的事呢？

人们齐刷刷地仰头望天，并惊叫着，喔唷，扯脱了，扯脱了……

现在，人们都走向那两人的残骸，七嘴八舌地讨论着应该怎么处理这件事。

小丁走在所有人的后面，燃起了一支烟。他想，刚才的梦，说不定是真的。他又猜测，在半空中，老苏定然是说，玉妹子哎，已经这样了就不要害怕，他们越是想看我们的笑话，我们就越是显得无所谓，显得快活，非常非常快活……

小丁这么想的时候，耳边真真切切地响起了老苏说话的嗓音，伴之以洪照玉汗涔涔的喘息、呻吟。

随着这样的声音，小丁忍不住抬起头往天上看去。天上是一团团的云。不需细看，小丁就知道，在所有的云里头，肯定有一团云像洪照玉，在离那团云不远的地方肯定还有另一团云，活脱脱就是老苏。

弯刀

那女人又一次来找我。早晨，我的房里还一片漆黑。她到我租住的这间房子，先是拉开布帘，再就是坐在床沿，问我醒了没有。我被迫睁开眼睛，她开始大骂她的男人确实是个废物。我以为她不会再来找我了。记得下雨那天，她痛心疾首地跟我说，以后不要再纠缠我了，我现在一看见他，就感觉自己不是人。他对我其实很好，没有做过一件对不起我的事，但我却这样对他。她说着哭了，还示意我拿纸巾给她。

但我的房里已经没有纸巾了。作为一个光棍，我一直就是这样过的。

她说的他是指那个废物，即她的男人。我认识那个男人，中学老师，教物理——面积越大压强越小，反之，面积越小压强就越大，生活中我们经常要磨刀，其实就是这个道理；自由落体运动的加速度能保证一个人跳的楼层越高死得越痛快，所以埃菲尔铁塔是自杀爱好者的朝圣地；还有，给我一个支点和一根足够长的杠杆，我就能把地球撬离亘古的运行轨道——以前我们读书时，物理老师总是有些神经质。过去了这么多年，我怀疑她那个废物男人跟学生灌输的，仍是这些屁话。在课堂上，他应该是很有激情的。这我从他那张神经质并且缺乏血色的脸上轻易看得出来。现实生活中，他无疑是个孱弱的家伙。有一天我兴致很好，就独自开了老板的车一路尾随这个物理老师。他在离学校两里外的一家牛肉面馆敷衍了事地搞了一顿中午饭，牛杂粉再搁一个虎皮蛋。我坐在车里，看见他坐在靠里墙的一个座位上。他不要命地爱喝醋，这让我怀疑，他所有内脏的 pH 值都严重大于 7。同时他又是一个很自觉的人，当他往粉碗里加足了七钱至一两重的米醋，就隐隐不安起来。以后每次添加米醋，他都会朝面馆老板觑一眼，找个空隙，做贼似的抖起那只醋瓶。

他的这一系列动作让我感到放心，肆无忌惮地和他老婆发生了那种关系。这以前，我浑不觉得他老婆对我有几多吸引力——当奸夫偷人也不容易，不动动脑子审时度势，那还不如去找个姑娘谈恋爱来得安全。偷人绝对是一种技术含量不低的活。

但是，有时候我想，偷人这事本身所带有的不道德感和不安全感，恰恰是它的吸引力所在。如果从这观点出发，我偷这位物理老师的老婆，简直就是系着绳索跳崖了——对，我知道那又叫蹦极，玩出心跳了，又能保证绝对安全。如此一来，我怀疑我也是个孱弱的欺软怕硬的废物——老板包养的女人一个比一个漂亮，我却从来没动过哪怕一秒钟的歪心思。

我对自己感到悲哀，回头又想，我只不过是个开车的，是个没有道德可言的奸夫，所以没必要去想这些形而上的破事。

她还在大骂她的那位物理老师，并表示再也受不了他了，要搬过来跟我长期厮守。

我不置可否，这个问题我一直没有考虑清楚。她忽然又说，幸好我还没有给他生下儿子。我问她，你不是想和他离婚吧？她用食指在我脑门上戳了一把，说你真是想得美，见缝就想钻。离了婚也没有你什么事。我改嫁也不会嫁给一个开车的。我偷偷地松了一口气。

这时我发现她带进我屋子里的，是两个巨大的包，大得像两具尸体横躺在地上。房内的光线依然暗淡。她刚把拉链拉开一条线，我就能看出来她已经铁了心要住进我这破屋子。从那个包里面，她拽出了一个木猪头存钱罐、几张硝制好的尚未制成袋的蛇皮、一盆一尺半高的发财木，还有就是她心爱的老麻猫……看着这些零乱的东西堆满了桌子，我有点心惊肉跳。我拉开了床头的灯。随后，她拽出来的是衣物和日常用品。她带了很多纸巾，看来她已经摸透我是个懒得买纸巾的人。最后，我听见一个东西撞在桌面上，咣地一声脆响。

我看见一柄弯刀，刀身约有两厘米已经滑出了刀鞘，反射着我床头的灯光。

她抓起刀，有些疑惑，自言自语地说，我怎么把这东西也带来了呢？她拎起在桌面上散步的麻猫，并用刀在猫的脖子上比画。麻猫伸了个懒腰，是一种很惬意的样子。随后她扔掉那只麻猫，一把掀开我的被窝，用刀比向我的阳具，并问我这几天是不是在搞别的女人。隔着那层裤头，我感到自己被寒光一凛。这无疑是把好刀。我没有完全醒来，只是惶恐地摇着头说，没有，没有，我天天都在想你，谁骗你必遭天阉。

她对我的回答表示满意，说，你这个狗东西，又开始在想我了。她把刀随意地扔开，我听到它撞击在地面上的声音。她以为我是想她而有了勃起。我心里十分清楚，不是那个纤瘦的女人，而是那柄弯刀的寒光把我一下子搞硬了。

这柄弯刀一直放在她的家里，这以前我听她提到过，不止一次，也并非反复说起。很奇怪，我对这柄弯刀的印象很深。

弯刀是在一个风景区买的。她和物理老师在那个地方玩得并不开心，因为被宰了几道，心情没法好起来。临走时，按惯例要挑一两样纪念品。她当时还问他，纪念什么呢？这破地方有什么好纪念的？他想了想，说，就算到此一游。她最终看上了那家小店正柜陈列的几柄小刀。说是蛇皮的鞘，吞口包银，刀身全是用缅甸钢打制。物理老师不免怀疑，他说玉是缅甸的好，钢未必也是缅甸的好？小店老板说，这种钢里面掺得有玉，硬度奇高。物理老师就笑了，知道小店老板是个彻头彻尾的科盲，就懒得跟他理论。但是这刀确实做得惹人，简练，精致，血槽子又窄又深，线条柔和流畅，一看就知道是行货。价钱也不贵。

他看中了那种有着东洋风格的直刀，但她喜欢的是那柄弯刀。弯刀有着来自中亚的异域情调，而且她清晰地说，这柄刀，性感。物理老师麻木地说，刀子能有什么性感呢？她看着他呆头呆脑的样子，嫌恶地说，你知道个鸟性感。

于是，两人就买下了这柄弯刀。

我想起来了，我之所以能记住这柄刀，是和它形似弯弓有很大的关系。某一天我和她像往常一样，在天一阁旅馆208号房里偷情。出于一种奸夫们共有的龌龊心理，我问她是不是嫌那个物理老师性能力不强。她说，也不是。他看起来很斯文，实际上，晚上也是非常厉害的。你要知道，我是和他先同居然后才结婚的，如果那废物是个快枪手，那没法蒙混过关。

我被她的精明搞笑了，旋即又糊涂起来，说，他既然这么厉害，那么你为什么还要找我当奸夫呢？我的意思是，我只属于那种交配能力一般的男人，如果我是一头猪的话毫无疑问会被煽掉的，不可能获得成为种猪的资格。所以我庆幸我是一个人。

她没有回答我。我更加地疑惑，因为我坚信世上的任何事都不会无缘无故。我嗅着她的耳朵，和她耳鬓厮磨，并不停地追问着这个问题。她的耳根燥热起来,眼里有一种迷乱。她轻轻地说,是啊,我干吗要找你呢?开车的不像个开车的,成天东想西想,倒像个神经病。

那天我开始抚摸着她,她也逐渐回应着抚摸。当我几乎忘记那个问题的时候,她两只眼睛一同放起了光,一脸恍然明白的样子,兴奋地跟我说,知道啦知道啦,因为他是直的,而你是弯的。

我是弯的?她的回答让我有些意外,直到那一天我才认识到,跟物理老师的差别究竟在哪里。我也是头一次知道有人竟能以"直的"和"弯的"这个角度,把男人们划分为两拨子。同时我也发现,在此以前我有多么可笑,竟想当然地以为,是自己某种内在气质吸引着她。她又说,以后我就把你叫作阿弯,把他叫作阿菜(这里的方言把直念做菜)好啦。我说,怎么听上去我在偷我嫂子?

她没有说话,只是嫣然一笑,打动了我。于是我们开始了新一轮的揉搓。她不可避免地发了情,讲话变得不再连贯。我耳边响起她的声音,正在嬗变为无语义的呻吟。她说,阿弯阿弯,我说阿弯,你他妈别偷懒呵。阿弯,弯弯……她在床上的呻吟乍听有些钝,再仔细听听,有点像关牧村的那种女中音,浑厚,醇净,绵绵不断,很有品位。

女人对性感的体认,我是永远琢磨不透的。但是对于刀,我却有很强烈的感觉。也许一个正常的男人，对于刀都会有一种不可名状的感情；否则，这男人很可能是性器官一不小心长错了。

很小的时候，只要看见刀——除了四方形的切菜刀，我就会莫名地兴奋起来。父亲有把刀，说是抗战时缴日本人的，两尺长，刀身是亮白的，而刀口因为打磨而成为钝白的颜色。在刀口和刀身——钝白和亮白之间，是一道起伏缓和的波浪线。这道波浪线是如此惹眼，以致拿起它，就有一种往前捅的恶狠狠的感觉。

在我小的时候，父亲很会讲关于刀的故事。比如说杨志卖的祖传宝刀，有三大高科技含量：砍铜剁铁，刀口不卷；吹毛得过；杀人刀上没血。没毛大虫牛二就说，OK，前两说算见识过了，这杀人不见血我是不信，今天倒要辨个真假。你拿个主意，要么我杀你，要么你杀我。说着，牛二扯开衣领，梗起脖子，跟杨志抛了个媚眼，仿佛在说，你不敢砍你是小姨子生的。我喜欢杨志，也喜欢牛二。这哥俩要是没有这道过节，搞不好会在梁山上一个碗喝酒一把刀涮肉，晚上玩同一个女人。后来我还喜欢听田七郎的故事。田七郎这人我没印象了，但记得那柄刀，能自行跳出刀匣数寸，铮铮作响，光闪烁如电。

当时我以为杨志和田七郎的故事，都是父亲编出来的，让我听着有趣，这样我就不会成天嚷着要买糖吃。我成年后，有一天父亲死了，那把刀挂在一面潮湿的墙上，一个月没有擦拭。当我再次拔开那把刀，沿着那道波浪线长出了锈迹。其他的地方，还亮白依旧。刀的这种状态使我战栗。我把刀贴在脸上，有一种砭肌伤骨的寒意，那道锈迹犹如蚂蟥在刀与面颊之间蠕动。有一段时间我揣着它，仿佛是为了纪念父亲。这是父亲的爱物，就像母亲，其心爱之物是一个白铜顶针。母亲死后顶针一直套在我小指上。

又有一天，我和别人发生一点点口角，就拔出刀轻轻捅了那人一下。这使我失去工作，被拘留几天并赔光了准备结婚的钱，也顺其自然地失去了未婚妻，沦为一个司机。

我这人脾气不坏，在同事当中口碑不错，赢了牌经常同意输家赖掉尾数。如果不是怀揣着刀，我想，我不会有那么大的暴力倾向。完全可以说，是怀里揣着的那把刀使我脑子发蒙，让我在突然间失控。

干吗说自己这些破事呢？说那个女人。她坚持在我的屋子里睡了一个星期。我们每天晚上做爱。做爱前，我会把那只麻猫扔到阳台上，再把玩那柄弯刀。"一泓寒光在刀身流转不定"，不记得是在哪本武侠小说里看到过这样的话，记忆深刻，同样，也可以用于这柄弯刀。弯刀可以帮助我神经绷紧，可以让我兴奋起来。我抓住这种兴奋的状态，再去她那里找感觉，常常是事半功倍，成效显著。

我现在已经不能把各种不同的兴奋截然分开，老是杂糅在一块。在做爱之前，我有意无意地，总是要把那柄弯刀放置妥当。有时，我会把它挂在另一间房的门背后；有时，我会把它放在厕所水斗上面，并压上一块烟灰缸；还有一天，我把刀顺手放在了床下。我发现，弯刀放在床下的那一夜，我们特别地激情，不仅是我，还有她。

他们学校相关的领导——管妇女工作的老大姐及有高教职称的女性教师若干人——把她叫去，苦口婆心，劝她不要跟物理老师离婚。她们说虽然时代不同了，但家庭责任还是要担的。并且举出离婚的实例若干，痛陈离婚这桩事实在是弊大于利。那天晚上，她到我这里，明显地魂不守舍。到了凌晨一点钟，我们还没有调情的心思，平日的状态一下子丢了。她连绵不断地想起那物理老师的好来，比如说，温柔，从来就没有跟她吵过架，两个人的衣服从来都是他洗，等等。物理老师的工资本现在还攥在她的手上。她说，他从来就没弄清楚过自己一个月到底有多少工资。然后她反问我，你办得到吗？我说，我没有工资本，都是老板开现钱。

她坐在床沿那个位置，看着窗外一片漆黑，没做声。她是一个挺容易内疚的人，而这种品质，似乎也和一个淫妇的身份不搭调。这个时候，那物理老师在她心中可能逐渐完美了起来，所有的缺点都变成了优点，而我则恰恰相反。我以为她会哭，准备好了纸巾，随时递过去。可是她没有哭。她决定要走。我没拦她。凌晨三点，她开始打包。那两张犹如人皮的布包，又逐渐鼓囊起来，恢复两具尸体的模样。她把发财木装了进去，把木猪头装了进去，把我屋子里所有属于她的针头线脑都装了进去，最后拎起那只麻猫装进去。凌晨六点，她要走了，我这才想起来，那柄弯刀放在床底下。我匍匐进床底捞出弯刀，还给她，说，拿着。她感激地看了我一眼，把这柄弯刀妥善地放进其中一个包的腹部。然后她对我说，我以后再也不会来找你了，真的。你也不要再来缠着我。我不能再对不起他了。

我说，好的。

她这时却又要哭了起来，说，你怎么一点也不难过？你这人怎么这样？

我于是让整张脸挤出一片难过的样子，她这才心满意足地离开。

其实上一次她说不会再找我了，也是发自内心的。当时她并不知道，事后自己会出尔反尔。我们一开始发生关系的时候，做得非常隐秘，不像一小撮奸夫淫妇，偷了起来还唯恐别人不知道。相对于这些家伙，我和她还不算过分，所谓盗亦有道。

她的心理素质不是很好。我们刚认识那会，到天一阁开了两次房，她就忧心忡忡地问我，说，我男人知道以后，会怎么样？我说我怎么知道？而他又怎么会知道？只要你不说我不说，就没人会知道。她说，不是的，这一阵我觉得我脸色特别地红润，像是以前做姑娘的时候，真的。他早晚会看出来。

我看了看她的脸，觉得发黄得厉害，和我第一次看见她时没有区别。我告诉她说，这叫作贼心虚，其实你的脸一点也不红润，还有些憔悴。

呀，我看上去很憔悴吗？她又有了新的忧虑，说，如果他问我怎么搞得这么憔悴，我又该怎么回答呢？

你可以说最近工作忙，或者干脆告诉他说，你月经不调，更年期提前，甲状腺功能亢进……如果她不打断我，这样的理由我可以无穷无尽地找下去。她笑了，她说你真是不老实，一直都在骗人。

过了几天，她第一次严肃地告诉我，要结束我们之间这种狗男女关系，要一刀两断。她严肃的样子，仿佛头一回让我意识到，她是个为人师表的中学老师。我表示尊重她的意见。她还说，她打算把这一段"小插曲"告诉她的男人，并求他能原谅自己。

我想了一下，说，你看着办。不过，一般女人有了这事情，99.9%都不会主动告诉男人，要不然，男人会觉得你有点宝。你能够那么真诚，他说不定一感动就原谅你了，但是发现你原来宝里宝气，以后，你在家里的地位就不会像以前了。她说，你还不理解我，我是心里藏不住事的人，这么多年，也从来没干过对不住人的事。我想，人总是有错的，坦白从宽，我既然主动说出来，就表明我有改正错误的决心。他是个很好的人，和我一样，是个老师，不会不明白这样的道理。说完，她天真地笑了，这样的决定，让她有轻松之感。

我说，如果他问奸夫是谁，你会说出我来吗？她说，放心吧，打死我也不说的。我说，我不是这个意思。这事毕竟是两个人做下来的，让你一个女人背，也说不过去。如果他逼急了，你扛不住了，就把事情往我身上撂。我应该分担一半以上的责任，因为一开始确实是我勾引你。她说，没有什么扛不住的，大不了他打我一顿。要是他真的打我一顿，说不定我心里会好受一点。

我拿这个中学老师没办法，天天诲人不倦，却说不定让她的学生教傻了。

她那次离开我后，我替她担了不少的心。我想，她不会真的那么傻，把这事告诉那个物理老师吧？她这是缺乏最基本的生活智慧。当然，很可能她只是跟我说说，回家以后仍然装着什么事也没发生。

我在想象着，如果她跟他摊牌，那会是怎么样的情形？不过我相信，物理老师那张四平八稳的团脸，怎么看他都不会是一个走极端的男人。这使我稍稍心安一点。回头我等着她能够给我打电话，把情况告诉我。我不会打电话给她。

她没有打电话给我，而是在其后某天直截了当地来找我，要我找个地方吃饭。我看出来，她的表情有些沮丧。我看看她的脸，脸上没有伤口或者血淤。我想，也许伤在衣服遮盖的地方。物理老师总不至于想让学校每个人都知道这件事。

我问她，挂彩了吗？她摇摇头。于是我明白了，说，你没跟他说是吧？这样就对了。可她又摇起头来，说，我已经跟他说了。轮到我这个自以为聪明的家伙发蒙了。她跟我说起当天晚上的事。

当天晚上她满怀愧疚地回到家中。物理老师做好了饭菜，等待着她。她几乎没有犹豫，把自己有外遇的事情告诉了他。物理老师乍一下没听明白，要她再说一遍。她说第二遍时，变得有些结巴，但是物理老师彻底听明白了。物理老师发呆了约七八秒钟，然后说，知道了，吃饭吧。她当然吃不出饭菜的味道。她等待着他说出对这事的看法，可是他没有说出来，仿佛转眼就把她说的事忘了。她又想，他保持沉默也好呀，说明他正在拿着主意，来对付她。可是物理老师滔滔不绝地说着后天参加公开课的那个教案，还希望她能够提出一些修改意见。她看得出来，他非常担心餐桌上的气氛因沉默而尴尬起来，所以把话说得满满地。她有几次想岔开他的话，把被人偷的事摆上台前说个明白，可是物理老师每次都挺机巧地回避开了。他没完没了地说起那个教案、教案、教案，完了还是教案。

他给她盛好的那碗饭，她顶多扒拉了三口，然后一摔碗走开了。她拧开电视机，电视机里面是一个叫刘仪伟的光头教全国人民怎么做小葱拌豆腐。她听见他在身后收拾好了碗筷，拿到厨房去，一道道地清洗。生活中他是个很有规律并一丝不苟的人，碗筷他会冲洗七遍，还说这是日本餐馆标准。天知道他从哪看来的日本标准。然后，把碗碟竖直放在木架上。木架下面是一个沙盘，用于吸水，五天一换。沙子是买来的，两块钱一袋，有八公斤。

……对，她的叙述到这里就变得絮叨了，而且语速放慢，看向餐馆外面的行人，忘了我一样。我能听出来，她对她现在这个家，以及那个物理老师充满了依恋。也许他不浪漫，但他的一举一动都是过日子的气息。我也能想象那天的夜晚对于她来说，有多么地漫长。事后她和他坐在两张相对的沙发上看电视。遥控器从来都是拿在她手上，她专门寻找最闷人的节目，最后她找到了中央一套，有个楷模在做事迹汇报。不光是楷模，接下来还有楷模身边的亲友若干，一个个声泪俱下。物理老师看得很入味。于是她啪地一声把电视关了。

……我忽然记得，那一晚的电视节目确实糟糕透顶，没有足球没有篮球，也没有欧阳震华演的电视剧，电影频道为节约成本播着原声电影。后来地方台播了个印度电影，红头阿三们挥动着战刀砍人，战刀绵软得就像鞭子，砍人的动作舒缓得像是在跳慢三，可是人头还被砍下不少，真他妈咄咄怪事。那天晚上我简直要疯掉了。

她说到这里，我忽然猜测，当时，她肯定想变成最大功率的喇叭，再一次跟他挑明地说，我有了外遇，我和别人搞上了。你就不想知道那个奸夫是谁？她要让整栋楼的人都听得见,逼迫他对此做出反应。事实上她没有说出来,她说她只是双眼直勾勾地盯着他,而他的眼神则躲躲闪闪,游移不定。接着他拿起桌上那张过期的报纸,重新看了起来。

她看着他聚精会神看报的样子,忽然心里面很委屈。——她是这样跟我说的。早先,她一回到家,心里面满怀的是内疚,要倾吐出来,求得他的原谅;或者,只要他愿意,尽情地把她揍一顿也行。她是不怕挨打的女人,这个我知道,我甚至可以说她是有一点受虐倾向,因为有时候我们的做爱激烈得完全是柔道加散打,这样她才会兴奋不已。她抱着强烈的认罪伏法的态度回到家中,等来的却是物理老师不杀不剐,甚至想大事化小小事化了。

于是,悄然不觉中,她突然变得很委屈。我靠在椅背上,脑子因为阳光的照射和她的叙述而变得紊乱。吃完了饭,现在要一杯雪碧。雪碧在我的嘴里发出咝咝的声音。我想,从内疚到委屈,这是怎么样的一种心路历程呢?想这些问题,的确是超出了我的能力。

那天晚上,她百无聊赖地睡了。他上床时她还醒着。他拖着枕头在床的另一头睡下了,两人当天没有洗澡,互相闻着脚丫的气味。第二天她醒来,发现他不知什么时候已经移到了这一头。他非常温驯地把头抵住她的肩,小半个身子覆盖住她的半爿胸腹。他的手死蛇一样环着她的腰,他整个人在她身上生了根,仿佛担心她突然一下又不见了。她推了推他,没有推开。他比我胖了两圈,压在她瘦骨伶仃的身上活像是塌下来一扇门板。于是，她慢慢地，慢慢地，使出了当年练就的瑜伽功，把脚弓不断往上提，脚掌终于踩在了他胸口上。最后，她暗吸一口气作死地一蹬，好不容易把物理老师踢翻过去。

他醒了，问，你醒了？她站起来，脱下睡衣把胸罩还有小裤头往身上贴。他想必来了晨勃，开始抚摸并拉扯她的裤头。她用了同样的力道再一次把他蹬开，并且嘀咕一句，废物。她跳下床，洗漱一下出去了。

其后几天，他更是不会再提到这事。他的特长在于不管出了什么状况，都一心维持这个家庭。她感到烦闷，终于，又拨通了我的电话。

她第二次提出要和我断绝关系以后，我又找回单身的快感，并打算暂时不找别的女人。我安下心来为老板开车，有时候送老板的崽上学，会在沿路碰见她。她装作没看见这车，我也继续往前开，除非是老板的崽叫我停下来，然后探出他肥硕的脑袋，招呼他的老师上车。

那次她上了车，也不和我说话，而是关切地问老板的崽有什么问题还搞不懂。老板的崽憋红了脸想问出有水平的问题，却憋不出来。我不喜欢老板的崽。他的牙齿不停地咂磨着，仿佛咀嚼肌在抽筋。我不喜欢他，纵使他老子没少开我工资。通过后视镜我看见她脸色不错，只是眼光游移。她穿着领口较低的衣服，四分之一强的乳房蹭了出来，害得老板的崽不太安神，嘴角抽得更厉害了。我想，就这么去给孩子上课，校方怎么也不管管。

我相信那物理老师又一次原谅了她，尽管有些芥蒂，他仍能装得什么也没发生。

有一天，我陪老板还有另一个老板去一个地方。老板和另一个老板在二楼喝茶，我在一楼看见了一柄弯刀，和上次她带进我家的那柄弯刀几乎没差别，只是没有开刃口。我拿起刀挥舞几下，听着刀割破空气的声音，决定将刀买下。卖刀的老板说，看你就是会家伙的人，今天没开张，贱卖了。198块。我给他两张老头票，他找我一包价值五块的烟。晚上，我一个人在家里，看着老没牙的港产功夫片，并玩味着那柄弯刀。我又想起了以前父亲留下的那柄直刀，后来作为凶器保留在了拘留所。也不知道警察们会把它怎么处理。

这时我的手机发出牛哞一样的声音，是短信来了。我拧开手机。是她发过来的，上面说，我终于把他惹冒火了。真是不容易。我这才知道，这么多天以来，她并不是要和他和平相处。她一直在激怒他。我甚至可以想象物理老师被激怒的样子，其实有多么地窘迫，多么地无奈。他可能会悲愤地说，我都说无所谓了，你还要我怎么样吗？她则会喋喋不休地说，我不管，你反正要教训我一下，要不然我老是像欠你的一样。她说话的神态，应该有够撒娇的。我见过她撒娇的样子，面纹会陡然细密起来。

于是我回复：他要把你怎么样？

她发来的短信2：我睡了，我躺在床上给你发的。他在屋外。知道他在干什么吗？

我回复：我怎么知道？我又不是你的物理老师。

她发来的短信3：他在磨刀，对，就是那把弯刀。你喜欢听磨刀的声音吗？说老实话，磨刀的声音其实很耐听的。

我回复：他干吗要磨刀，杀你吗？

她发来的短信4：也许吧，我也不知道。我还是打电话，让你也听听他磨刀的声音吧。

我想了想，回复说：好的。

于是她拨通我的电话。我摁下OK键，她没有说话。我听到一片空洞的声音。我估计她正擎起那只手机，对准磨刀声音传来的方位，像一个专业录音师操控着一套价格不菲的定向录音器。可我依然只听见细密而空洞的杂音，也许是电波的声音，也许是风声。我把耳朵里的听觉神经都绷得生疼，还是没有听见任何磨刀的声音。

她的手机一直没关。我也就一直把手机搁在耳朵上。约莫十几分钟，我听见了她打起一串串哈欠。又过了十几分钟，我听见均匀的鼾声。于是我把手机关了。

据说一个老实人的发怒是不可小觑的，所以有一句很智慧的民间话语说，不叫的狗才咬人。那天她和他终于爆发了，两口子头一次吵架，并很快升级为对练。他们的对练是真练，彼此都不含糊，这可以从砸碎的东西看出来。电视机也砸了，电脑也砸了，电冰箱主要是拿不动，要不然也砸了。物理老师还捉着麻猫撒气，擎起来往地下砸。她看着心疼，把当年他送给她用于定情的玉镯子砸个粉碎。那只麻猫竟然没有跑掉，他捉住猫往地上又磕了一次。于是她把他养的那一缸鱼砸了。屋里一下子被水泡得一败涂地。

最后物理老师眼冒凶光地说，要杀了她。她像牛二一样，把脖子倔强地一抻，说，你敢吗，我鄙视你。他于是抓起了墙上那柄弯刀。她登时找到一种和做爱时截然不同，但一样刺激的快感。她渴望地说，狗日的你朝老娘这里来吧。她夸张地指了指自己的心窝窝，又说，今天你这废物不弄死我，明天我又让你当王八。

凭我对她的理解，她绝对说得出这样痛快的话来。

你等等。物理老师拔刀出鞘看了看，很沮丧地说，我要先把刀磨一磨。他走到屋外，找出磨刀石磨起刀来。而她在屋里，睡到床上，并给我发短信息。听着霍霍的磨刀声音，她兴奋地睡着了。临睡之前，她有意地摊开自己的身体，呈"大"字形躺好。这样，他如果要动手，能很轻易地从她身体任何一个部位动下去。

……这么一说，我其实露馅了。我怎么知道她是"兴奋地睡着了"；又据什么说她"有意地摊开自己的身体"？我总是不善于把悬念憋到最后，然后抖开蓄谋已久的包袱。

这些都是她告诉我的。第二天早晨，她醒来，发现自己活着。除了昨晚两人开练时留下的几丝伤痕，身体是完好的。她看见他死猪一样睡在床的另一头，双手摊开，呈"大"字形。那柄弯刀，扔在床边靠近她的那一头。要命的是，中午她出来跟我吃饭时，说法又变了。她想把昨晚讲得惊心动魄，无奈早上已经打电话听她说了一次，再听一遍，就只能起到查漏补缺的作用。这一次，她说早上醒来的时候，发现那柄弯刀插在了一张木茶几上。

我听出了两次叙述的出入，忍不住问她，弯刀到底是摆在什么地方？她这才意识到两番说法不一样，但对我的这种询问很不满。她说，我差点就死在他手上了，你却只想着那把刀摆在哪里。我自顾地问，是不是，刀子掉在厕所的马桶上？问出来以后，我也有些犯傻。我想，怎么会有这么一问呢？

你真是有病！她受不了我了，大声咆哮起来。考虑到周围的人，她不得不压低声音说，吃饭时能不能不说厕所？我点点头。那天我们聊得难以为继，吃过饭就各自离开了。我发现我突然变得很兴奋，在我心中，那柄弯刀到底摆在什么地方，成了孜孜求解的问题。回到家中，我找出自己的那柄弯刀，并把它摆在任何一个地方。

昨天晚上，物理老师到底想干什么，她不知道，因为兴奋地睡着了。我又不可能去问物理老师。只有那柄弯刀遗落的位置，仿佛可以说明一些问题。如果照她第一次所说那样，是"扔在床边靠近她的那一头"，那就很危险了。这说明物理老师真的动了杀机，他应该是拿着刀，在床头考虑了很久。杀，还是不杀，这真他妈是个问题。他可能好几次地举起了刀，然后又放下去。最后，由于神经绷得太紧，他感到非常疲惫，随着几个哈欠不断地泛上来，他杀人的心思也渐渐淡去，最后把刀子一扔，倒头睡觉了事。如果弯刀是插在茶几上，那么，危险性似乎要小得多。我没有到过她和他的家，但凭经验，卧室里纵是有茶几，那也应该摆在离床几步远的地方。这就是说，物理老师还没走到床边，就犹豫了。他鼓起勇气，试探自己有没有宋公明手刃阎婆惜的胆量。稍稍这么一想，就露怯了。他的理性思维告诉他，杀人不是一件容易的事。于是，他痛恨自己，赌气似的把弯刀一撂，刀子由于惯性，以及压强的作用而插入了木茶几。

我不可抑制地在自己房里复制着这样的情节，也把自己的弯刀撂了两次。由于我的刀还没有开刃，相当地钝，所以两次它都从桌面上掉下去。

如果，那刀子遗落在厕所的马桶上，那又意味着什么？我既然这么问她，自有用意。对，坐马桶时，往往是男人最虚弱最难以自控的时候——不仅是因为，把自己腰腹那一截暴露在外，而且，坐姿使自己的大脑和命根子离得最近，人一收缩身体，血流就会加速，就容易冲动。男人把刀子带进厕所并搁在马桶上，绝对属于不理智之举。如果物理老师当晚把刀带入厕所，我几乎能断定，他有自残的倾向。

我有这样的体验。在我从拘留所出来，并且未婚妻离开我的那一段时间，心情是难以言说的暗淡。我左手所有的刀痕和烟蒂烙下的疤，都是坐马桶时弄下来的。如果当时左手不肯承担这份疼痛，那么刀子和烟蒂就会朝身下更要命的地方去了。后果将不堪设想。

我的猜测还在继续。如果弯刀仍然挂在墙上呢？这好像就没什么可资玩味的了。

如果，弯刀是丢在厨房里呢？

如果，弯刀是丢在电冰箱里呢？

如果，弯刀搁在她心爱的那只麻猫的肚皮底下呢？

如果，……

我有多少种想法，我的那柄弯刀就躺了多少个位置。这就像一种有趣的智力游戏，使我在那一晚乐此不疲。要睡觉的时候，刀子回到床头，第一种假设的地方。我睡不落觉，老是半梦半醒。这样到半夜，我才意识到问题的所在。于是我站起来，把刀子扔到门外一个炭篓子里，并到厕所追加了一次小便，才得以入睡。

过了没多久，他和她平静地离了婚。是他先提出来的。一如他一贯的品格，离婚也不惊动任何人。离婚以后，她住原先的房子，而他搬进学校的一间单身汉宿舍。

又过了个把月，他死了。死得很蹊跷，也许全国人民里，只有他是那种死法。那天课间，他从操场上走过去。这头是教室，那头是实验楼。操场上有高中的男孩在打羽毛球，两个人打，中间站了四五个男孩当网。当一男孩输了三分下场，其中一个当网的男孩子就补上。输球的男孩又去当网。当他走到人网中间，一只球拍忽然脱落，打球的男孩只抓住了木手柄，而铁梗和拍面呼啸而来。那截铁梗从他的太阳穴穿透进去。

被他替了一命的那个当网的男孩不是我们老板的崽。我一时冲动，原打算这么编排来着，回头看看这不能说明任何问题，便作罢。

他死后，她不想住在学校的集资房里。有一天她再次把私人物品打理成两个巨大的包，叫我开车，明目张胆地拖到我那里。她的表情有些陌生，失魂落魄，可见对那个死鬼物理老师还是念念不忘的。她嗤拉地一下拉开包的拉链，于是，那些熟悉的东西再一次进入我的房间：麻猫、木制的猪头存钱罐、蛇皮手袋、发财木……发财木不是从前那一蔸。她说，养死一蔸换一蔸。那只该死的麻猫身上贴满了伤湿膏，发出的叫声也虚弱得像母鼠下崽时的呻吟。

她掏空了那两只包，忽然看见墙上，我买的那柄弯刀，于是很奇怪。她问我，我把这东西也带来了吗？我说，当然不是，呶，还没有开刃。我抽出了那柄刀，这样她就可以看出差别。我这柄刀还没有经过一次打磨，刀口呆钝，形象温和。她收拾着东西，把我的衣服从衣柜里撤下来，再把她自己廉价的衣服挂进去，并且问我，你买这把刀花了多少钱？我说，198，差两块就是两张整钱。

贵了。她说，你这白痴，我只花了168块。以后买东西，要讲价钱，觉得丢面子就把我叫上，知道吗？我应了一声。

她有好长一段时间不来状态，老是跟我讲起那个死鬼物理老师。她最后悔的是，早知道他那么快就会死掉的话，真不该离这个婚。早晚的事。但是她又说，会不会，离婚这事对他有刺激，他才走得这么快？我反复地想来想去，离婚这事和他的死应该没有任何关联。因为即使不离婚，那一天也会去上班，上班的话，就免不了在教室和实验楼之间穿梭——谁叫他是个物理老师呢？再者，即使不离婚，那些个小孩子也会在操场上打羽毛球，而球拍也随时随地会发生质量问题。这一切都无可避免地堆积在那时那地，等待着物理老师。

我一次次地跟她分析着所谓的可能性，一次次开导她不要给自己背包袱。她听我说了那么多，总是说，我心情好些了。但是说完了，眼泪仍然夺眶而出。

她变得失眠。晚上，她总是睡不着，说是看见那死鬼在黑暗中某一角叫着她的名字。她要我抱紧她，但是我一抱紧她，她又会推开我。她说,不行,他看着哩。

她拒绝吃任何安眠类药品,因为担心自己脑子会受药品影响,过早地痴呆起来。而且,她还没生过孩子,想生。她说,女人没生过孩子,这一生会是残缺的。但不吃药怎么行呢?她捱了两天,看看墙上挂着的弯刀,忽然灵机一动,对我说,你去外面磨刀吧,我听见磨刀的声音,说不定就会睡着的。——对,那天晚上,我听他在外面磨刀,睡得好极了。

我没有办法,只得出去磨刀。我那柄刀从来没有磨过,我家里也没磨石,还得敲邻居的门借一块。我把磨石放在阳台上,蘸着水,非常均匀地让刀身滑动。这办法一开始效果很好,磨上半小时左右,我再走进去,发现她已经睡了,发出轻微的鼾声。于是我把刀挂在墙上,睡在她身边。

过不了一星期,这剂量就得加大了。我过半小时走进去,她还醒着,看着我,看着刀,说,拜托,再去磨一阵好吗?我说,当然,没问题。

二十二天以后,那柄弯刀被我彻底地开好了刃口。如果有砂轮,可能二十二分钟就能开刃,但是,那和我手工磨制出来的,绝对是两回事。那天我磨了一个半小时,心里一直为弯刀锋芒彻底显露的那一刻暗自期待。它没有辜负我的等待。当天,天上有一弯上弦月,磨好的刀和月亮彼此辉映,倒让我成了一个多余的人。

当我带着刀走进卧室,卧室没有亮灯,于是刀身通体散发着幽蓝的光,在我眼里不规则地跳跃着。那只麻猫本来伏在床前不远的地方,二十多天以来,它基本没有走动,像在等死。现在,刀身散发的蓝光从猫眼仁子里折射回来。麻猫站直身子,踉跄地跑向阳台。

我走近了她。我看见她已经睡着了,浑身摊得很开。我想起她跟我说过,那一晚,她也是彻底打开身体的门户,如果那物理老师动了杀心,他可以很轻易地从她身体任何一个部位喂刀进去。

刀在我的手中轻轻跳跃,发出一种类似于溪涧流水的声音。

终于,我后退着走出了这间房,这才发现,背心处已经有一层冷汗了。我走出楼层,去到后面一片树林子里,把弯刀藏进一处再也找不到的地方。

我并不急着上楼。我在林子外一张石椅上坐了下来,感受着寒气从肛门处幽幽进入体内。我抽烟,想事情。女人还睡在我房里,她醒了之后,说不定会需要我。我感到很虚弱,开始考虑明天晚上的事情,到时候得找另一把刀来磨出声音。

牛　人

在不远处，那个长脚妹子撮响榧子告诉我，晃晃哥，你老乡又来找你。我正拉开一瓶啤酒，金属气味比泡沫先涌了出来。一个形容猥琐的男人从幕布后面冒出来，他眼睛黏滞在跳舞妹子的臀部。我举起易拉罐冲来人说，找我吗？这边。来人用了一把力气才把胶质的眼光从妹子身上扯脱，借着扭动脖颈的力道一摆，啪，两道眼光黏在我脸上。

来人说，李牛人，又见到你了。我是锅村的王二拐。我说，原来是你啊。但我对他毫无印象。锅村人应该认得我，他们都把我叫作"牛人"，但我没能把整村的人都记住。锅村这个村，大多数人明明姓郭，比如村长郭丙朝，比如村会计郭丙昌，等等。村口的牌子上却写着，锅村。我觉得这毫无道理。当然，我不会深入探究诸如此类的问题。我只要锅村人把到我手里的纸钞是全国通用的，就行了。来人又说，郭大器的妈下午四点去了。你现在能不能去？这个叫王二拐的人惴惴不安地看着我，等待答复。我只好绷着脸，佯作犹疑不定的样子。其实，我哪能不去呢？算一算账就全清楚了，南部酒城给我开的工钱是每晚上六十块。现在城里的酒客越来越紧手，不肯点唱歌曲，所以小费也很难搞到手了。而去锅村，每一晚我的收入都不会低于四百块钱。我哪有不去锅村的道理？除非我幼儿园没有混到毕业，长了十个手指头却不会用来掰着数数。

我跟王二拐说，呃，这个这个，今晚上单位虽然派我演出了，但你来了我还能说什么呢？我去安排一个傻徒弟顶班。我装模作样走向后门，在卫生间里抽一支烟撒一泡尿。再回到原处，我告诉他，摆平了。王二拐如释重负地笑出来，告诉我说车就在外面等。不用看就知道，又是郭小毛的农用车，"龙马"牌。现在酒城里的人都说我有一辆专车。那些跳舞的妹子，索性就把我叫作"龙马晃晃"。山路是那么崎岖，龙马车的底盘又那么地轻若无物，一路跑着，能晃得车里面的人肉都颤起来。要是连续坐上三个小时，很有一部分人会被晃出脑震荡来。

去锅村顶多一个小时。晃到那里的时候天已经全黑，我头有点晕，于是把长头发扎起来盘好，戴上帽子。村里那一团较大的灯光就是停灵的地方，很热闹，他们有一些在打牌有一些在嗑瓜子有一些在讲话，还有几个女眷在嘤嘤哭泣。很多人我都认识，脸熟，但名字记不得，一张口叫人基本上都张冠李戴。所以我只有学着一个小领导的模样,频频挥手并不停地说,嘿,你来啦;嘿,你也来啦。我一打招呼锅村人总是热烈地回应。有后生要我把长头发放出来,甩一甩,我就照办。场面上的气氛更是热烈。锅村人喜欢看我的长发,因为锅村的后生不敢蓄那么长。其实蓄长头发事出无奈。南部酒城的老板跟我说,你既然唱摇滚,却剃了平头,你以为你是臧天朔呀。我只好任头发自由生长,慢慢地就长了。其实,头发一长麻烦事就多。难洗。现在洗发水越卖越贵,我都有点吃不消了。有一天早晨我甚至拿洗衣粉洗头,试一试效果,感觉还不错,药死一大把虮子。

死者家属暂时还没叫我唱。我挤进牌堆,却没人让我替牌。有人在搬动音箱、碟机、彩色电视机这些乱七八糟的东西,堆在离死人三丈开外的地方。有人接线,并调试效果。他往话筒吹一口风,吹风的声音按比例放大。接着他不小心吸了一口痰,吸痰的声音也按比例放大了。那只乡镇企业制造、锈迹斑斑的话筒已被我使用很多次。锅村有人结婚的时候、死了人的时候和生了孩子置办满月酒的时候,都是用那只话筒。它擅长把我一个人的嗓音跑成许多人的嗓音,把独唱跑成合唱;有时候这话筒超常发挥,跑调以后效果显得更好,通俗跑成了意大利进口的美声都未必可知。我一直能够在锅村混下去,这只话筒是功不可没的。有时候我很累,或者心情不那么好,就会把碟子上刻好的原声放出来,自己只消对一对口型。淳朴的锅村人暂时还没有抓假唱的概念，他们总以为我擅长变嗓音，一下子变成刘德华，一下子又变成张学友……在他们的认识里，这也是我作为牛人的一个方面。

郭大器让我唱刘德华的歌曲。我说，好，就刘德华。其实唱刘德华的歌非常省力气，是轻活，更何况还有卡拉OK伴奏，真有点闲庭信步却弯腰捡钱的快感。我坐在一把藤椅上唱歌，眼光追逐着电视屏上的字幕，看着字迹由白变红，嘴巴就活动开了。锅村人也不怎么听，打牌的打牌，扯淡的扯淡。至于要我唱歌，只是在人多的场合要制造一点声音，这样才显得热闹，才算主人家尽了待客礼数。

仅仅是坐这里制造点声音，我也没有几块钱赚。行情基本上固定下来，唱一晚八十块钱，主要收入还是在于小费。而且，到锅村以后，小费我可以全拿，不必像在南部酒城，会被金老板抽取四成。令我宽慰的是，锅村的演唱生意被我一个人包圆了，别的地方歌手即使也能吼几嗓子，纵是削尖了脑袋也钻不进锅村来。

喝水不忘挖井人，每次来到锅村，我都会想起村长郭丙朝。搭帮他的脸面，我才能在锅村混开局面。我只在心里感激他，却不能当面有所表示，因为一旦我出现在他眼前，他说不定会扑过来咬我两口。要是感染上什么病毒，那就麻烦了。

我把一个碟的歌都唱上一遍，郭大器就叫我歇歇气，同时一帮道士打着鼓唱起了经。每一次死人，都是我和这帮道士轮换着上场,轮换着休息。我们都混熟了,见面时会打个招呼。

道士们把经念到十二点过一刻,经书就翻到底了。郭大器走到我眼前,说,李牛人,唱一首五十块钱的歌。我点点头,随手捡一块砂礓在地上画了一横笔。我每唱一首五十块钱的歌就在地上画一笔,唱完五首地上就会长出一个"正"字。虽然我的字写得不很惹人喜欢,但每一画都毫不含糊地代表着五十块钱。有一次有一个光长球不长毛的小孩故意要考考我,他指着地上那颗正字,问我,牛人叔叔,这个字念什么?我告诉他,二百五。这个字念二百五!

五十块钱一首的歌并非增加难度,并非要吊起嗓子搞一搞美声唱法。同样还是刘德华的歌,《来生缘》。看着供桌上郭大器母亲皱皱巴巴的遗像,面对遗像后面门板上尚未冷透的尸体,唱这首缠绵悱恻的歌多少有点难为情——电视屏上是刘德华和一个漂亮妹子搞亲热行为的画面,我却要把歌唱给一个死去的老年妇女。但是,既然郭大器本人浑无觉察,我又何必拘泥小节呢?他付出五十块钱,我就有责任不比刘德华唱得更丑。这是最起码的职业素养和道德呵。

看见我在遗像前摆起架势,锅村人就明白我要唱五十块钱的歌了。他们集中精神把眼光向我抛来,打瞌睡的人也被身边熟人捏醒,并且被交代说,打起精神,李牛人要唱贵歌。刚才我坐着唱卡拉OK,他们可听可不听;一旦唱起五十块一首的歌,他们若是错过了会觉得很不划算。在唱之前我酝酿一番情绪，并叭噗一声跪了下去。伴着我跪下去的姿势，人群里飘来嘘声。我对着遗像唱上半分钟，便用膝盖走路，走向人扎堆的地方，冲着小妹子或者大姑大婶含情脉脉地唱：……痛苦痛悲痛心痛恨痛失去你，啊啊啊。唱到这一句时我的舌头总有点打滑，使不上劲。我讨厌这个喜欢拿痛字造句的词作者。往下就好了。场面上袅袅地飘起鼓掌的声音，像小孩学拉屎一样，由稀渐稠。最后我面对着一个肚皮微凸的妇女唱着：……只好等到来生里再踏上彼此故事的开始。然后余韵徐歇，刘德华就是这样，我也只能这样。声音一停，我晓得今晚第一个五十块钱算是捏到手了。很多人都吆喝起来，说牛人再唱一个。肚皮驮了伢子的这妇女也叫起了好，微笑地看着我。我觉得锅村的人民是这么可爱，晚风中送来了五十块钱纸钞的绿色体香。

郭丙朝听到我的声音了吗？我突然想到这个问题。回答是肯定的，锅村这么小，所有的人所有的房子都像是被同一口潲锅煮着。只要郭丙朝还待在锅村，他就没法不听见我的声音。

第二天上午我即将离开锅村时，郭丙朝远远地站在一棵苦楝树下等我。他脸色肯定不好。以前几次来，他也会在那个地方等我，想跟我说些话什么的。我害怕和他说话，因为他总是语重心长。我受不了只靠年纪长别人几岁就自以为可以语重心长的人，在这一类人里头，郭丙朝又是这么的典型。每次我总是等龙马车做好准备了，再往村口那地方走。即使郭丙朝守在那里，我也仅仅打个招呼，说郭村长你好。他会抛来一支烟，准备等我抽稳了再说话，但我总是一边点烟一边朝着龙马车飞奔而去，并说，郭村长今天我事急，下次再去你家里拜你。他猝不及防地看着我走掉，皱纹板结了起来，嘴巴皮开始抽搐。在他嘴皮底下我看不见的地方，也一定用力咬紧了牙关。

这次我已远远地看见龙马车，司机郭小毛已经坐在位子上，只要我上车他就会开车。有两次郭丙朝试图让车子停下来，好跟我说话，但郭小毛显然跟我是一条心，他说他很忙，就把车开得更加快了。我跟郭丙朝打个招呼，照样说下次有空我去你家里拜访。其实我去过郭丙朝家里一次，送他一条蓝壳的烟，价值一百块钱。但郭丙朝微笑地跟我说他一般不抽这种烟，抽中华抽顺了，还是中华牌的烟抽着有感觉，一团烟雾下去轻轻柔柔地给人暖肠暖胃。他抛给我一根中华烟，软壳的，烟杆子永远皱着，像是被洗衣机绞过。我就很奇怪了，一般的人抽烟都往呼吸道里送，郭丙朝偏偏是往消化道里送。

我坐上了车正要走，郭丙朝却坐了上来紧挨着我。郭小毛说，丙朝叔你也进城？郭丙朝说，不，你等等，我有点事情找李牛人讲。郭小毛说，我忙，你能不能快点？郭丙朝很不耐烦地说，我都不说忙你还忙，你是领导？

……李牛人，你没必要躲我。郭丙朝很直接地跟我说，我又不会咬你一口，你何必像躲鬼一样的躲着我？要不然就是你心虚。你有什么心虚的？见这个人在气头上，我只是笑了笑，不作回答，反正我也不晓得说什么才好。心里却说，是啊，我为什么要在你面前心虚呢，这好像毫无道理，我又没有欠你钱。郭丙朝递给我一支烟，说，李牛人，我找你只会有好事，你躲我就太不应该了。下个月三号，你记住是阳历并非农历，我家的老太太过生，要请你来唱唱歌。钱一分也不会少你的。我有言在先，现在就把你承包了，到时候一定要来！他把最后那个字咬得很用力。我问老太太多大年岁，他掰了掰手指才告诉我说七十九。这就有点奇怪了，我晓得七十九岁一般不会大搞文章，再怎么说也会捱一年做整寿。何况他还要请我给老太太唱歌。我只会唱流行歌。老太太喜欢听的歌我肯定不会唱，也唱不好。再说，我可从没有听说谁家老人过生日要请歌手当堂唱歌。我没有当即答复郭丙朝。郭丙朝开始翻着眼皮看我。昨晚他没睡好，眼白里泛着太多暗黑的血丝，给人感觉非常脏。

……好像我要迫害你一样。郭丙朝没得到我的答复，就冒出这么一句。我看向虚无之处，回避他诘责的眼光。他只好奋力地扭过头问郭小毛，小毛，你说我妈过生是不是喜事？郭小毛说，好事好事，老太太命长。郭丙朝又说，我请李牛人去唱歌，难道我还会少给他钱吗？郭小毛说，哪会少给呢，只会多给。

说这些话时，郭丙朝眼睛一直盯着我。我感到很不舒服，车子又老是不能发动。我只好答应了，郭丙朝这才下了车，并狠狠地交代一句，我们可是说定了。

郭小毛的车抖动起来，我得以离开锅村。我问郭小毛，你怕郭村长吗？郭小毛用力地扭着方向盘并坚决地回答我说，怕他个鸟。我又问，你们锅村人怎么都看他不顺眼？郭小毛说，别人看他不顺眼，我也跟着不顺眼。要不然别人也会看我不顺眼。

我问，为什么别的人看他不顺眼？

郭小毛说，我说过了，我晓得个鸟。

其实他心里清楚，不肯说而已。

去年郭丙朝的儿子结婚，郭丙朝提前一段日子就开始考虑，到时要请哪个牛人来为这场婚宴压阵。锅村人以前不晓得"牛人"这说法，谁要有本事，就拿他叫"狠人"。"牛人"这词是跟着电视里喊出来的，演小品的都是北方人，开口闭口带牛字。锅村人以前若干年里完全可以说是穷怕了。通路通墟以后，手里只要拽着几个钱，锅村人也是不知好歹的。搞起喜事丧事办酒席，请客越请越多不算，慢慢地还讲究去请一个四乡八村都有名气的牛人来当压席的座上宾，显摆主人家的面子。其实，这牛人也有个水涨船高的标准，最初的时候，把乡长镇长请来，请酒的主家就觉得自家堂屋敞亮了，来喝酒的人能够和乡长镇长磕磕杯沿，一杯冷酒也就喝得出滚烫火热的滋味。但过不久，锅村人就冷静地认识到乡长镇长算不得牛人。他们长见识了，觉得把乡长镇长这号在党会上喷嚏都打不响的官苗苗当成牛人拽上桌面，并不能起到让蓬荜生辉的作用。后来，锅村人再有酒席，牛人就不再到乡镇请了，而是直接搭农用车去到县城，再打的士把牛人载回锅村。运气好的，甚至能够把一个副县长搬到酒桌上。通过寻牛人这事，锅村的人渐渐对官场一些规则有了认识，比如同样是副县长却不能一碗水端平。哪个县的副县长都是一大堆，管常务的固然最大，分管文教卫的就算是坐冷板凳了。

要是没有请牛人撑脸面这样的习惯，锅村人哪能长这么多见识？

锅村的墟场红不了两年，就冷了下去，锅村人能拽到手的钱渐渐又少了，但酒席上要请牛人的习惯却保留下来。习惯就是这样，无形无体，一旦形成就会有一定强制性。要是娶亲不寻个牛人在首席上当席长，新媳妇就觉得自己是二嫁了一样；要是家里死了人不请个牛人来撑场面，死人的脸上都是吃冤枉死不瞑目的样子。

村会计郭丙昌跟我讲起当时的情况。按郭丙朝的心思，想请分管工业的孙副县长坐镇喜宴。郭丙朝把郭丙昌叫来跟他说，你去一趟县城，把姓孙的那个副县长寻到村里来。我拿他当牛人用。郭丙昌打听了一下，孙副县长最近正在办调动。郭丙昌跟郭丙朝说，他分管工业。郭有权家里去年办酒，把贺副县长都请到手了，你把孙副县长寻来，不是要矮他一截嘛。郭丙朝这才记起来，郭有权不晓得仰仗了哪层关系，竟然搬动了常务副县长。贺副县长前脚来过以后，就把孙副县长身上的牛味道比掉了。在请牛人这一茬事上，若被郭有权压制住，这么多年的村长简直是白当了。但是再往上请，只有去请县长了。县长哪是随便能请动的？郭丙朝把自己在县城的熟人都捋了一遍，仍然没法和县长套上关系。

当天，郭丙朝脑筋不转弯，不停地想怎么能搬动县长。但县长不是一张靠背椅或者一块石头，想搬动就能搬动，否则他也枉为一县之长。郭丙朝想不清白时，郭丙昌就提醒说，按现在年轻人的想法，不一定当了官就是牛人，有时候搞别样事搞出名堂了，把他自己的名字弄得很多人都晓得了，也应该算牛人一个。郭丙朝觉得这思路是对的，老去请当官的人，级别越请越高，也不是个办法。他问，那你说年轻人喜欢怎么样的牛人？郭丙昌说，现在嗓音好会唱歌的，都是牛人。只要台子上有个人在唱歌，台下的年轻人就发得起疯。郭丙朝也看电视，他晓得郭丙昌说得没错，这年头唱歌的出风头。

郭丙朝把寻找牛人的事交给郭丙昌办。他说，呶，那好，你去寻个会唱歌的牛人，要县城唱得最好的。这样，郭丙昌就来到县城寻找牛人。郭丙昌这人眼不瞎但是耳瞎，什么才叫唱得好他根本分辨不出来，找了一个熟人帮忙。他的熟人恰好认得我，事先跟我谈好回扣以后，就把生意让给我做。

我头一次去锅村之前，这个熟人提醒我说，你这不是去唱歌，是去当一个牛人。我心领神会地点点头，晓得平时在南部酒城低三下四的做派要收拾起来。我用心揣摩着"牛"这个字的含义，用这个字指导我的形象和行为，因为我要对得住郭丙朝付给我的钱。以往锅村人搬动一个副县长要付五百块钱（在这穷县，一个副县长的出场价也就五张老头票），与之对比，郭丙朝用三百块钱就把我请来了，他觉得蛮划算。当然，其中一百五十块钱是要作为回扣付给那个熟人。

花这么点钱把我请来，还是蛮管用。郭丙朝儿子娶亲的婚宴上，气氛果然一片大好。年轻人都要走过来看一看我，看我的长头发和衣服上缀着的金属亮片。李牛人唱得一口好歌，所以牛。所有人预先听到了这样的介绍，都事先打扮好耳朵，等着听我唱歌。当天，我甚至觉得是自己在结婚，而不是那个叫郭友光的衣着光鲜的后生。虽然写着"新郎"字样的胸花别在别人胸口上，穿了红衣红裤的新娘也没有依偎在我身侧，我仍然好几次误以为是我在结婚。这样的感觉当然是蛮好，有人敬我酒我都喝。在南部酒城我是个贱人，如果有酒客点歌我就要跪在他（她）前面唱，唱完后他（她）视心情给我撂五十块或一百块钱。有一次一个穿着意大利西服的家伙扔给我二十块钱，我很想拿电吉他朝他脑门中缝磕一下，不会很用力，能磕出脑仁子就行。实际上我把那张纸钞捡起来，摆着仿佛很有礼貌的样子说，谢谢。这二十块钱还拿不全，金老板照抽八块不误。

而现在，在锅村面对着这么多的笑脸，再加上酒劲开始打头，我真的想哭，想发自内心地跪着唱一首歌，唱《父老乡亲》。虽然这首歌我记不全词，但我会很有感情。又喝了一杯，我看见郭丙朝给我撂一个眼神，示意我可以唱歌了。因为我是作为牛人被请来的，所以当天也并不是非唱不可。郭丙朝希望看到的状况是：牛人兴致一片大好，他自己憋不住要唱一首，以回馈主人家的盛情款待。于是我就唱了，唱刘德华的歌。坐在席上吃饭的人都端着碗挤过来看，尽量向我靠拢。他们刚才就一直在讨论我，说现在一个会唱歌的牛人比一个当副县长的牛人更难寻到。我脑袋被酒泡坏了，唱得好不好已不得而知，但我十分下力气，把周围树上的鸟都掀出了窠。我听见潮水一样的叫好声，气氛好得郭丙朝的嘴定型为卵圆形。这个时候，他肯定相信花三百块钱请我来是明智的，我带来的气氛比他预想的还要好。如果是请一个副县长来呢？副县长操着官腔说几句祝福的话，锅村人已经听得不新鲜了。

宴席中间，主婚人叫新郎新娘向各席敬酒。这新娘已经喝了不少，一时有点心血来潮，非拽着我跟她一起走不可。于是新郎新娘各在一边，我夹在中间，我们三个人一同向来客勤敬酒。要命的是，来客们更愿意举着杯找我碰。新郎似乎有点受冷落，但他显然是个大气的年轻人，依然乐呵呵地，以我这牛人为荣。

事后郭丙朝掀着牙，付给我讲定的数额。后来才听说，郭丙朝很少这么爽利地把钱付给别人。那一天我很开心，真正体会到了做一个牛人的快感。我很少这样开心过。离开锅村我还恋恋不舍，贪心不足地想，这种生意要是多有几次就好了，又有钱，又满足了虚荣。

很快又有了去锅村唱歌的机会。倒不是说，那次在郭丙朝家的喜宴上露了一嗓，使我在锅村小有名气了。完全不是这样。

是郭小毛和郭小唐看见我在南部酒城的跪式演唱。我以为锅村人不会进到南部酒城看演出，但那晚他俩偏偏来了。那晚上有个女人甩出五十块钱，她要我跪在她面前唱张楚的《姐姐》。于是我就跪着给她唱。我唱歌时女人浑身颤抖，并和身边一个老男人拼酒。我闭着眼睛唱，一曲唱罢睁开眼，发现两个人盯着我看。

你们是谁？我走向后台，这两人还跟在后面。我只好拧过头问他俩。郭小毛——当时我还不认得他，问我说，你是郭丙朝家上次请的牛人对吗？我想起了那事，点点头。郭小毛似乎很高兴，他的堂兄弟也很高兴，说，你跪着唱一首歌赚多少？我伸出一个巴掌，告诉他们是五十。结果他们回到锅村以后，就把这事还有这个价码当成新闻传开了。

我在锅村的演唱生意那以后就突然好了起来。我还记得第二次去锅村，是郭小唐娶媳妇。去的路上我听郭小毛说，真他妈奇怪了，上次喝酒的时候，郭小唐还说并不是很喜欢这女孩，但没几天工夫又打算和人家结婚了。再往下，他告诉我说，跟郭友光结婚的那女孩，以前是跟郭小唐好，谈了几年。但郭丙朝手段多一点，把锅村墟场上最好的几间门面给了女孩的父亲，这女孩转天就和郭友光好上了。郭小毛总结地说，我们乡下人搞对象，差不多就是这回事。我告诉他，城里人其实也一样呵。

郭小唐的婚礼上郭丙朝当然来了，他发现我在，还主动打招呼。我也就跟他打招呼。郭丙朝对郭小唐说，小唐，你看你看，只要人把事情想清楚了，一切就很简单。我看你找的这个妹子，是锅村最好看的，又细又白。郭小唐你好福气咧。郭小唐回敬着笑脸，但我看出来他笑脸上闪着阴狠的光。他说，大伯你讲笑话了，你一家人吃肉，我们沾沾油腥，不能比。郭丙朝说，你看你看，不知足了吧？今天是你的喜日子，你的媳妇是最好的，谁不肯承认这个事实，一村的狗都要咬他。

喜宴上郭小唐要我坐大席。一坪的酒桌，只有这一张大席。郭丙朝当然也在，我们还喝了酒碰了杯。郭丙朝摆下碗筷就要走，一派业务繁忙的样子。郭小唐就拉了他一把，说，大伯，忍一脚再走，等李牛人唱唱歌。李牛人也吃饱了，马上就唱歌。郭小唐一边说，一边就打起手势叫几个后生去搬音箱。郭丙朝说，那当然要听，我和李牛人的交情，要比你跟他交情深得多。要不是我上回把他请来，李牛人成了我的熟人了，你狗日的郭小唐随便能搬动人家？郭丙朝撬着牙齿，跟我交流眼神，显出很熟络的样子。郭小唐在旁赶紧说，搭帮大伯的面子，所以歌是一定要听的。

郭丙朝已经在位置上坐好了。有人给他搬来一张软椅，而大席上面还有别的亲友要接着用餐。流水席。唱歌之前郭小唐把我拉到一边，递来一张绿色的钞票，说，李牛人你知道我的意思吗？我是要你唱五十块钱一首的歌。

我忽然就明白了，看看郭小唐，这个新郎官有一张乍阴乍阳的脸。在我犹豫的时候他又抹了一张绿钞票递给我，并说，是不是到我们农村就不好意思跪着来？牛人哥哥，我给你加钱，翻个跟头。你唱不唱？我当然唱，他给我五十我都唱，何况是给双份。犹豫的那一会，我只不过在揣摩他这种奇特的心理。我有这样的爱好，没想到这使我多挣了一张绿钞票。郭小唐又说，你在我们锅村也肯跪着唱，我准保以后还有好多人要请你来的。说完他呵呵一笑，又走到前面去。我走到人堆里面，破话筒已被一只手递了过来。郭丙朝的眼睛打着晃，嘴里喷着臭嗝。他刚才喝得不少。所以我走到郭小唐身前，突然跪下去的时候，郭丙朝还没有反应过来。场面上忽然迸发出一阵讶异的声音，那些正在吃席的人也端着碗离开了酒席，以我和郭小唐为圆心围成一个圈。郭丙朝反应过来时，我已经闭上眼睛唱上了。当天我唱的是《祝酒歌》，这是我非常喜欢的歌，所以就唱得格外好。这也是应该的，谁叫郭小唐给了双份小费，唤起了我双份的职业道德呢？

郭小唐伴着我的歌声找人碰杯，脸上是畅快淋漓的表情。我这人在南部酒城这种鬼地方待的时间长了，很知道怎么让兴奋的人进一步兴奋起来。当郭小唐走几步跟一个络腮胡子的中年人碰杯时，我就用膝盖走路，跟在他后头，同时唱歌的声音继续保持高亢。郭小唐一扭头发现我是这样地卖力，甚至有点感激涕零。他又走了几步，我就很默契地跟上去。一曲唱罢我站起来，听见整个场面上都嘈杂了起来，有些人找身边的熟人证实，刚才跪着唱歌的，是否就是上次郭丙朝请来的那个牛人。

郭小唐又塞给我五十块钱，要我再唱一首刘德华的歌，指明要唱《中国人》。上次我在郭丙朝家的酒宴上就是唱了这首歌。我怀疑某些人要拿这首歌验明正身。于是我又跪了下去，扯起嗓子唱起来。刚唱不了几句，就听见或远或近的地方有几个声音同时在说，是的咧，就是他！

我看不见郭丙朝的脸，他可能还坐在那张软椅上，我和他之间站着许多人，这些人被我的演唱煽起了极高的情绪。

当我唱完歌从地上站起来，身边那一帮村民哄地散开，又回到酒席上吃菜。我有点遗憾，刚才的场面如此热烈，在我演唱生涯中可以说是头一次，以至我误以为唱完以后会涌过来几个半大小孩要我签名。虽然我跪着唱，但找我签名的事情偶尔也碰到过。更多的时候，我听见请我跪唱的人微笑地跟我打趣说，歌星，帮我签个名咯，就签在皮鞋上，顺便帮我擦一擦皮鞋。

我坐下来喝水,有人自背后拍拍我。我扭头一看是村会计郭丙昌。他说有人找我,我就知道是郭丙朝。还会是别的谁呢?我并没有马上站起来,他说在郭小唐屋背后草垛那里等我。听他的语气,我是非去不可。于是我就去了。郭丙昌正跟郭丙朝解释些什么,他语气急促,似乎想用一句话就把意思说清白。我挨近了,他俩忽然不作声,齐刷刷地看着我。郭丙朝的脸色绯红。郭丙朝问我,李牛人,我郭某人待你怎么样?我说,很好啊。他继续问,我该给你的钱我是不是拖着不给?我说,没有啊。

那你为什么要给郭小唐那杂种下跪?问到第三个问题,他嘴巴开始喷口水了。这实在不是一个好习惯。我仔细想了一下,觉得这些事没有前因后果的联系。我说,郭村长,跪着唱歌又不犯法。

是呵,又不犯法。他猛吞一口唾沫,说,但你是一个牛人,是全县唱歌唱得最好的人,怎么说跪就跪下来?

这一点倒有必要解释,我说,郭村长,现在光会唱歌也吃不饱饭。我要吃饭,跪着唱,多有两个钱赚。牛人这样的讲法,是你们讲起来的,我又没有拍胸脯说我是牛人。郭会计,你说说我有没有说自己是牛人?我一句问话把郭丙昌打入了沉思状态。郭丙朝喃喃地说,你都是牛人了,怎么能跟郭小唐跪呢?

……说白了，我只是个贱人。此时此刻这样定义自己，竟使我得来些许快感。我又说，郭村长，话讲多了没用。要不然这么的，你拿出一份文件，上面要说我是牛人，而且说牛人不能跪着唱歌，我以后就保证只站着唱。我也吃政策那一套，遵纪守法，并有勤劳致富的打算。

郭丙朝被我几句话杵了回去。我晓得，村长往往最吃政策和文件那一套，同时又能从政策和文件里猛捞油水。郭丙朝又跟郭丙昌说，要不你去跟郭小唐说，别再让李牛人跪着唱了。郭丙昌说，那不行。说不定郭小唐本来就不打算再要他跪唱了，要是我去一说，他会让李牛人继续唱。年轻人脑壳上都长得有反骨。再说，李牛人这号人，只要给他钱，他就肯跪着唱。我补充说，嗯，我就是这号人。郭丙朝翻着眼睛看我，嘴皮嚅了半天，却没有讲出话来。我问他还有什么事吗，如果没有我还要去忙。

郭丙朝忽然语重心长地跟我说，年轻人我还是劝你一句，要自重，不要随便就给别人跪。他脸上挂满恨铁不成钢的样子，还挥了挥手，仿佛在撵我走。

当我扭头要走，心里却觉得有点亏欠郭丙朝。我从兜里掏出精白沙想递过去，郭丙昌掏了一支，但郭丙朝摆摆手说，我一般不抽这种烟，辣得很。

郭小唐说得没错，那次跪出效果以后（出于私心我把郭丙朝找我谈话的事也告诉了郭小唐，以扩大影响宣传自己），锅村果然还有很多人请我唱歌。当然，都是要看我跪唱的。每一次去到锅村，郭丙朝都会阴郁地站在村口盯着我。头两次我也无所谓，跟他打个招呼飞快地往村里钻，去到雇主家里听命。他老是在村口守候我，我就觉得挺窝心。幸好村子没有门，进村道也有好几条，我得安排一个眼线（通常就是雇主）先查出郭丙朝位置所在，然后拨手机告诉我。我找别的道路进到锅村。

阳历十月三号郭丙朝叫我给他妈唱歌祝寿，我总觉得里面有算计我的暗招。但人类已经进入21世纪了，即使要摆"鸿门宴"，郭丙朝这个国家干部总不能一刀捅死我吧？还有钱赚，我当然去。

去的那天，郭丙朝家里草草地收拾了一番，门板上贴了两个寿字。我推门走进他家院里，这一家人正乱成一锅稀饭。因为七十九岁的老太太从来没有做过寿，今年郭丙朝突然搞鬼搞神给她置新衣办寿宴，老人家心里没底，怕郭丙朝要玩别的什么鬼花样，所以老早就爬到山上躲起来了。现在郭丙朝正找了一帮人拉网似的去山上搜他妈。过了个把小时，老太太被这帮人搜着了，架着从山上回来。我看见老太太两眼哗哗地流着泪，说我不过寿，我从来都不过寿辰。郭丙朝跟他妈说，今天是你寿日，不能哭。你再哭的话，以后生病了我就不给你吃西药丸子，只安排你去打吊针。老太太一看郭丙朝的样子不像是开玩笑，真就把哭声掐住了。

寿辰酒不能发帖请人，当天来的人只有三四席，照样摆在院子里。饭吃差不多了，郭丙朝就给郭丙昌使眼色，要他去办什么事。郭丙昌捞着一只猪肘离了位，往村东方向走去。过不了多久，村子的大喇叭响起来，郭丙昌用鸭公嗓通知全村人：郭村长的老母今天过寿，城里的李牛人又来啦，等一会李牛人要唱歌。

郭丙朝就坐在我旁边，他在和一个年轻人比吃炖肥肉，各自吃了两碗，正不可开交。听到郭丙昌的声音他就没了心情，不肯比了。他说，这狗日的郭小六，明明叫他一家一家通知，他却学会了偷工减料。

郭丙朝家的院墙外还有很大一块晒谷坪，他叫人把那一套破音箱搬到晒谷坪，先是用碟机播放刘德华唱的歌，锅村人便像苍蝇集膻一样赶了来，很快把晒谷坪堆得七分满。几个年轻后生把两张高靠背的椅子摆放在晒谷坪中间，有一张是让老太坐的，另一张不晓得坐谁，因为郭丙朝的老子显然已经死了。人都来得差不多了，郭丙朝把他妈安置到左侧的靠背椅上，他自己一屁股坐在另一张椅子上。我觉得这有点不合适，转念一想这事也轮不着我去操心。

那天我穿一身红衣服，讨个吉利。一头长发怕老人看着不顺眼，就盘起来塞进长舌帽里。唱歌时我深情款款，发挥出自己应有水平。郭丙朝的母亲听着听着也支起耳朵，看样子我对曲目的选择还对路。以前喜宴和丧堂，我唱歌容易被各种礼仪打断，比如突然飘来了一伙客人，主家就要放鞭炮去迎接，我的歌声便被强行炸断。这个晚上在晒谷坪不会有这么多横生的枝节，我唱得很投入，锅村人也听得比以往投入，说小话交头接耳的都少了。我感觉非常之好，觉得明星办个唱无非也就这样。我坚信这数月以来，锅村人被我培养成了一流的听众。

当我唱了三首或者四首歌，郭丙昌突然走到我的面前，脸上挤满含义叵测的笑。我很清楚他不会是来献花的，果然，他借握手的动作塞给我五十块钱。又是绿钞票，有时候我很高兴看见钱，但现在我歌唱得正酣，这张绿钞票有点扫我兴致。作为一个酒吧歌手，能有几次见着这种聚足人气的场面？我没把钱接过来。郭丙昌是个执着的人，他向前跨半步，仿佛是要拥抱我，实则咬着耳根狠狠对我说，拿着。我说，为什么给我钱？他威严地说，别装蒜，我晓得你不是白痴。

我退后一步，没有将钱接过来。郭丙昌的脸上很快显出些焦急，他又欺上来一步，手一晃，登时多出一张钞票，却不是绿的。多出来那一张，是十元钞。我心里暗自好笑，想这人真不愧是一个会计。下面就有人喊话了，说郭会计你他妈的闪开一点，让李牛人再唱几首。一开始是一个人喊，接着好些小年轻都起哄。我微笑地看着郭丙昌，向他表明，钱我不会拿。郭丙昌脸色稀烂的，悻悻然走开了。

往下我还唱了两首歌，喉咙有些干。我走过去喝水的时候郭丙朝亲自抓住我的手，把我拽到他家的院门里面。

他问我为什么不把钱拿过去。

……本来老太太过寿辰，不拿钱我也应该跪着唱。人活到那么大年纪是很了不起的事情。可是最近我腿脚不舒服，痛风，还经常性抽筋。也许是长年累月给人下跪，有报应。郭村长，我这碗饭其实也不好吃，三十来岁就有后遗症了。我有什么办法？

他黑着脸对我说，另外找个理由。

我就笑了，说郭村长，我不想跪，你总不能逼着我跪吧。我这人是很贱，宰了还卖不到猪肉价钱，但要是我心里不愿意，有些事情也不会去做的。

说这话时我已经挨近他家大门了，一手抓在门把上。我说，郭村长，我来锅村来得多了，对锅村是非常有感情的。你对我的好处我是念念不忘，今天老太太寿辰，我也没有什么表示，借花献佛，雇我的那三百块钱我也不要了，送给老太太买两身衣服。说完就拉开门往外走，迎面碰见郭丙昌，就大声对他说，天色还早，我赶回城里还有演出。他试图张开满是枯皮的爪子抓住我。我把他轻轻一推，他就闪到一边去了。

我叫郭小毛开车送我回去，车钱我付。但郭小毛这个人当时心情特别不错，他说，牛人，我也要去城里会相好，顺便搭你。我也不推辞，说，那好兄弟，要是等下你那个相好睡觉了不肯出来，我在南部酒城里给你介绍一个就是。郭小毛呵呵哈哈地笑了,说他不要,他要搞搞爱情。

半路上,郭小毛说,牛人哥哥,其实你蛮聪明。我谦虚地说,只是不太笨而已。他说,郭村长会怎么样呢?我说,你们锅村又没有门,我想去就去,他也没有办法。他说,郭村长……他说着又不说了。

我宁愿和他说女人。

我在锅村的生意还在继续,有时淡有时旺,但基本上没断过。每一回还是郭小毛来接我。他把龙马车换成了江铃双排座以后,南部酒城的熟人们都改口叫我"江铃晃晃"。他们都是见风使舵的人。我有什么办法?为了生计,我还得在去锅村的路上一直晃下去。

那年冬天郭丙朝突发脑溢血,被郭小毛用车送到城里,医生们竟然七手八脚地把郭丙朝救活了过来。那以后郭丙朝走路就走不稳了,走一步摇三摇,嘴巴也咿里唔噜,没法再把话说清楚,而且经常哭。

有一次搭江铃回城,前面的双排座挤了七八个人。现在我都忘了人是怎么严丝合缝地把车头塞满。人一多就热闹,有话说。他们首先说郭小毛。有个人说,小毛,郭丙朝活过来了,第一个感谢的是你,而不是那些医生。……但又不是你,是江铃双排座。

郭小毛说,怎么说?

那个人说，要是你舍不得买新车，继续开龙马，那么郭丙朝没到城里，就会被龙马车晃死。搭帮江铃车头大底盘重，郭丙朝才能留一口气进到医院。

有人点头表示赞同，有人就在叹气。

接着那个人又说到了我。一眼看去，他就是乡村百事通型的人物，一脸皱纹就像密纹唱片的磁道一样，记录着大量信息。我听出来了，他试图把郭丙朝的脑溢血和我联系在一起。因为郭丙朝那次给他母亲过寿辰以后，他显然就再也没有好起来。我赶紧申辩地说，这跟我一点没有关系。你们要是懂一点医学知识，就知道他有这病，是因为老跟人比吃肥肉。像他那么喜欢吃肥肉的，不得脑溢血，那才叫毫无道理。我把责任推给郭丙朝自己，有的人听了就点点头，觉得也有道理，但有的人还不肯信，仍微笑地看着我。

那以后我很少碰见郭丙朝，他不会老是站在村口。有一天，我傍晚赶到锅村村口，忽然看见了郭丙朝，他拄着一根拐棍。几个月不见，他看上去老了二十岁有多，仿佛比他妈还老。

在一片薄暮中，郭丙朝竟然认出我来。他想说话，嘴里却是一片咿里哇啦没有实义的发音。一同进村的人拽着我提示我绕另一条路进村，我却在原地站住了，像被噩梦魇住一样。别的人也不肯等我，很快都走光了。我和郭丙朝相距三十米，彼此觑向对方。郭丙朝不再用嘴发声音，他手打着哆嗦，抬起拐杖用力往地上顿，想在地里捣出一个洞来。

看着他那神态，我心里不免歉疚。我想告诉他，即使给任何人跪，眼下也不能给他跪。这只是出于经济上的考虑，其实我内心深处，却很想给他老人家跪一次。我身不由己地跪了那么多次，把自己弄贱了以后，很想真诚地、发自内心地给某个人下跪。如果郭丙朝有一天死了，我会买个铝制花圈到他灵前长跪，还会磕几个响头。这种出于本人意愿的下跪，是不要钱的。

割 礼

事实上，我待在界田垅改善了心情。此前一段时间，一直处在创作的焦虑中，在纸上写下每一个字都犹如难产。来这里后，投入火热的"冬突"工作，我得来某种充实。晚上，在镇政府临时宿舍里，只一桌一椅一张床，桌上一盏台灯，光线可调至柔和。这环境让我切实地怀起旧来，照例写信给果赢，也很有手感。那一晚奋笔疾书，写满五张 A4 纸的正反面，跟她讲述近几天的情况。

提笔写信是件奇妙的事，当我什么都不想写了，摊开纸我仍可以跟果赢不停地絮叨。茫茫人海，我俩不上微博，但一直写信互粉。我将她来信编了号，至今已破两百。信尾她不再顺颂文安，只落款：你的果赢。其实我没见过她，她不给我寄照片，偶尔 QQ 聊天，死活不肯接通视频。有一晚我借酒撒欢，心急火燎，说你再不让我看一眼，亲爱的，咱们"离婚"吧！

一阵沉默以后，她表示只此一次，下不为例。视频接通以后，我看见画报上范冰冰巨大的照片。这日进百万的富妞不改本色，穿衣尽量省布，眼底暗含媚态身段遍藏妖娆，一如既往地诱杀男人。但吾辈网龄十余载，被各型各款美女诱杀千百次，早已疲态。我说，这个早看烦了，就想看看你呀。她回：范冰冰你都看烦了，我还敢让你看么？

次日到镇邮政所，信没有寄出去。镇邮政所只有一个柜台，一个睡眼惺忪的中年男人。邮政所里摆的杂志基本都过期了，柜台里摆满地摊上常见的袜子内裤打火机一类东西。中年男人提醒我，平信基本收不到了。这个我知道，网上刚爆料，某企业到邮局平寄一批广告，隔天全在废收站找到，足有半吨，够那邮递员上牌桌放一两回响炮。企业诉他犯法，他肯定还想申辩：屏蔽垃圾广告，人人有责。

我说，那就挂号。他叫我过几天再寄，因为条码用完了。"要不，你用EMS？"他掏出专用封，深蓝底色上，刘翔永远定格在跨栏那一刹。我觉得不妥，倒不是钱，或者怕麻烦刘翔。我寄的可是情书，只能装在一至三号小信封，换成四号封便有公事公办的味道，不够私密，看着别扭。EMS相当于七号信封，果赢会被这一反常态的尺寸吓一跳，还以为我这边突发什么状况。

信暂时寄不出去，我不得已给果赢发去短信（我俩短信都慎发，怕发得顺手影响写信）。她问怎么了。我说我现在是

"冬突"分子，躲在一个信都寄不出的地方。她赶紧劝我：你也就是个作家，别掺和那些自己都搞不懂的事。有什么心事，说给我听，别瞎胡闹。我暗自一笑，趁机向她申请网聊。

"……看清楚了，此'冬突'非彼'东突'，全称是俰城市计划生育工作冬季突击行动。"上了网，我先给她一个安稳。她放下心来，说你那里不能寄信，但还有网络啊？我说我在一个破得像砖窑的网吧，网速追得上键字速度，真是令人喜出望外。她来了兴趣，提出要看看，我就举起视频头转了一圈。乡镇的小孩其实很潮，一个个五颜六色，发型打理得随心所欲，打游戏，聊QQ，上黄网，一边看A片一边摁死劈里啪啦不断弹出的窗口，就像他们的爷爷在裤裆里捏虱子……

"你不是不用上班，一直请创作假的么？"

我这女人，不枉多年鸿雁传情，对我多少有些了解。我只好沧桑地说："说来话长。"

我有一个素未谋面的老婆，关系发展了七八年。说来没人信，于是我只好解释，因为，我是一个作家。这么一说，有人就会哦地一声，仿佛顺理成章。如果我说我是诗人呢？那么，即使我说正用意念搭通阴阳两界，和某位古代美女谈恋爱，大概也有人信。我大概算得上作家，十几年前获一个省级文学奖，被调进文化馆当创作员，于是写小说成为我的职业，长年创作假，单位已撤掉我的办公桌椅。即使连逢荒年，好久没发出一篇东西，也没人砸我饭碗。今年文化馆换了领导，我日子就不好过了。前不久，老全摆出为我着急的模样说："袁馆长说馆里就这几个人，负责全县群艺，一个萝卜几个坑，怎么还长期养着闲人？一年到头都是创作假，什么道理？他发表了几篇玩艺？发表了，又对县里有哪样贡献？"我看着老全，怀疑都是他说的。老全最喜背后讲同事小话，我一直拿他当戏看。背后讲讲不解嘴瘾，现在，他正好当我面，借着新馆长的意思自由发挥了。他又说："袁馆长还说哩，养他一辈子，也不缺这几个钱。只是，他死后故居能不能开放成景点，卖卖门票？投资总要有回报嘛。"我就噗哧地笑了。我冤枉了老全，考虑那么长远，真不是老全说得出来。

其实，当了创作员却写不出东西，我的日子也不安稳，当年离婚就跟这有关系。我的前妻人不错，但她嫁错了人。我想复婚，但她第二回竟然嫁对了，看来，跟我过日子总还有一点好处：长眼。此后我长期打单身，以此向前妻聊表歉意。但因为我是作家，打单身也躲不开流言蜚语。这些年，我时常找个偏僻所在，闭关似的苦写，别人却说我又在哪里搞了女人。什么时候起，人们喜欢把作家和流氓看成一伙的呢？我怀疑这里面有个矫枉过正的过程：十多年前，作家被大伙当作明星搞，一发表就灵魂工程师，泡妹子也是手到擒来；眼下作家除了当官的、畅销的和编剧的，大都沦为穷人，想泡妹子挨白眼不说，还容易被当成流氓。那些老板企业家更爱泡妹子，但人家手不空，就和作家这号流氓有了本质区别。时过境迁，回想当年对作家的追捧，善良的人们难免有上当受骗之感，现在便捉着作家解气，至少也穷涮一通。我只得羡慕当年几篇文章混出头的那些作家，他们撞上时机，我们小辈到处挨涮。当然，再一想我好歹挂靠了文化馆，比比当年一起混的兄弟，还算多少讨些好处。当年为了文学理想同锅造饭的一些兄弟，有的一直混不上工作，日子过得紧巴巴，都懒得和人联系，像风一样刮不见了。

我只能在这种对比中提醒自己知足。

那天我主动找袁馆长要求回馆里工作，只要用得着，不妨把我当成万金油到处抹。我要争取主动，争取一个好的态度，以免馆长以吃空饷为由找我麻烦。恰逢佴城搞"冬突"，文化馆也要抽人去配合工作。佴城是少数民族聚居地区，山高林密适合打游击，计生工作开展起来困难重重。去年计生工作验收，佴城在全省忝列末座，市领导大为光火，要求各单位抽调人手充实计生前线，前年前后搭帮农民工返乡，"冬突""春突"两回，把报表上的数据搞得有尊严一点。

既然我主动请缨，袁馆长就说，那好，这事由你去！我揣摩那眼神，仿佛是给我一个戴罪立功的机会。

说到这里，果赢便问我，是你自己心里不踏实，疑心生暗鬼吧？我想了想，觉得大概是这样，虽然这些年我也拼命写，但艺术创作这种事没有苦劳只有功劳，发表不多，别人就当我是磨洋工混饭吃。虽然我内心不这么认为，但又做不到理直气壮。不到万不得已，我尽量不暴露自己职业。多年前，我在一本外国作家的创作谈里看到一句话，说作家就是打入生活内部的特务。当时揣摩不透，现在随时害怕暴露身份，突然理解了。

"其实，你们耍笔杆子的还算是老实人，别人看轻，你们也容易自贱。"果羸说起话来总是知冷知暖，只是，我经常看不出她是夸我还是骂我。

"呃，老婆，还是你好哇！"我发了一个求吻的图标。她赶紧回我一个。我们的恋爱，这大概能算一把高潮。

我认为，我和果羸算得上是柏拉图式恋爱，这东西存世稀少，我运气好，真撞上了。二十年前我还在乡下小学教书，一心想当作家，除了拿名著当教材，名作家的传记也读得不少，知道精神恋爱在作家群里并不鲜见——也许，这对我有潜移默化的作用，碰上果羸愿意和我手写书信，我就意识到碰上这种稀罕的女人，不必生活在一起，一直将信写下去就好。我很想她，也曾因她夜不能寐，但我控制得住见她一面的冲动。作家的精神恋爱，我自作主张将其分为海明威式和纪伯伦式。海明威生性喜欢追逐女人，唯有最爱的那个，一辈子只搞书信来往；纪伯伦除了和他没见过面的老婆书信传情，绝不招惹别的女人，忠贞守护这份爱情。我一开始是向海明威学习，和果羸写信，也泡过几个愿意跟我上床的女人；慢慢地，我就偏向纪伯伦。这是一个顺其自然的过程，我怀疑真正的精神恋爱，必将与自我阉割同步进行。

但有些人仍然喜欢将我当成流氓，认为我写不出东西就因为流氓成性。纵是只有果蠃一个人理解我，也够了。

多年前我的小说《春满道坪川》获省青年文学奖时，还能收到成把的读者来信，大多回一封就再无下文，只和果蠃一直交流下去。后来知道，那一年她死了男人。她男人也是当地小有名气的作家。她在我的小说里读出她男人的风采，一度认为我是她男人的转世灵童（原话如此），所以希望交往。一开始我就想知道她是不是美女，向她索要照片，慢慢地我们谈人生谈理想，谈生活里的柴米油盐，也谈性苦闷和对爱情的绝望。每隔半月，我必将收到她的来信，慢慢成了习惯，成了生活里不可或缺的一部分。我有了期盼，老远看见那秃头邮递员就开始亢奋。后来我在信里称她为亲爱的，她隔了一个月才回下一封。她说她爱我，但是不想见我，问我介不介意。如果介意，那我俩只好就此分手。

我马上回信：OK，没问题！

她男人大她二十多，笔耕一生没能写出代表作，没闹出影响，却是一个大好人，当县文联主席期间，看见一个栽培一个，帮很多文青搞到城里工作，搞不到工作的也倾全力接济。她男人活着时，那些文青常以弟子之礼侍奉，一口一个师父，一口一个师母。等他一死，那些文青言语常有不敬，甚至对这师母图谋不轨。她和他们断了联系，更觉得她死去的男人高贵。她一直未嫁，也因为总在思念死去的男人。

果蠃跟我交了这底，我就更明确了，要和她一直柏拉图下去。她为一个男人绝不再嫁，纵是不合时宜，依然显着高贵；她要是为两个男人绝不三嫁，岂不是晚节不保？

电话突然响了，网吧太过嘈杂，我只好走到外面接。再回到电脑前，果蠃问我谁打来的。网聊毕竟和写信不一样，她管起我的事情，我不禁暗自一笑。我告诉她，是几天前往乡镇开拔时，车上认识的一个人，一聊，也是个文青……我还说，认识这个文青，也是有故事。果不其然，果蠃叫我说一说。这女人爱听文青的遭遇，当然要算怪癖。

其实也没什么故事，时间还早，我只想和她在网上多泡一阵。

几天前计生局用一辆依维柯装下二十来个人，分别发送至道坪镇和界田垅。那种扁脑壳的车坐着闷人，马路还像二十年前一样颠簸。我想一觉睡到界田垅，几个缺乏下乡经历的年轻人却兴奋，不停地讲笑话，都是网上看来的，讲的人互相捧场似的笑。稍微一讲，笑话都成了黄段子，餐桌上讲这个有点过时，放在这辆车内，气氛到底是闹了起来。我只打算听，但计生局孙副局长点着名叫我讲一个，就像去 K 歌房，鬼喊鬼叫没关系，反正进去了就要唱首歌签到。我硬起皮头讲一个不光老掉牙，简直腐朽的黄段子，以此交差，孙副局长竟做点评，并介绍说老李是个作家。这倒是他职责所在，一车的人来自俚城各单位，上午刚刚集结，还来不及相互介绍。

"唷，作家呃！"这番介绍不知触动了后排那小子哪根神经。我早就注意到他，他的火鸡头很醒目，脑壳仿佛从正中间劈成两半。人很活跃，那几个小孩闹气氛，他俨然是主持人。火鸡头走过两排人要和我握手。"是吗，李灿老师，真是你吗？"我俩的手握在一起时，他脸上挤出周星驰的招牌表情，绷着脸皮不笑，但每根头发丝都透着乐呵。握不到半秒，他猛地将手缩回，像是被烫了一样，然后难以置信地打量着。很显然，火鸡头迅速进入表演状态，另几个小孩就继续捧场。

"李老师，你的笔名是什么？"

"懒得取，就叫李灿。"

"哇，行不更名，坐不改姓……记起来啦，你写的《边城》我可是读过 N 遍。"

不少人一齐喷笑起来，开始用目光找我。他们眼神暗含期待，大概以为作家都喜欢义正词严地教训小孩。要是我一来劲，车内气氛势必掀起一拨新高潮。我偏不。这些年，类似的场面我见多了。我同流合污地笑着，就像火鸡头正揪着别的谁来劲。等他回了座位，我就问："你好，我那本《边城》你既然读了 N 遍，荣幸之至，能不能指点一二？"

"……牛逼，有意境，有好几段看得我几乎跑马，"他撅起了拇指,又冲他那几个小兄弟说,"谁敢说不好,当面翻脸!"

他没得到预想中的回应,车内怪异地沉默下来。我夸他见解独到,算是收场。然后,我坐下来将头靠在头枕上。我有点累。这个如此聪明的后生,不难看出来我想休息。耳畔清静了,我看向窗外,阴云如毡,仿佛夜晚提前来临。

突然,火鸡头又说:"李老师,我还看过你的《红楼梦》。我的妈,厚厚七大本我都……"

"齐小虎,阴魂不散是吧?"和我隔着过道而坐的那男人无奈地睁开了眼,"欺负作家同志脾气好是不?再哼一声试试!你要是我崽我脱你裤子打你,你不是我崽,我扔你下车!"

"金老师,你是老大,你讲了算。"

"有种再哼一声!"那男人拔高调门,嚯地站了起来,大概担心脑门掀翻车顶,他脖子一缩。其实他没有自己预计得那么高。小孩彻底安静下来,男人又打嗝似的笑几声,示意他只是逗逗小把戏。

我用眼神向那男人表示感谢,他却没有注意。我只知道他是公路局一个科长,道坪镇那一组的工作由他负责协调。我合上眼继续假寐,心里却愤恨自己,我有什么义务配合那小孩的穷涮?年轻的时候,奔着文学,我简直有献身的冲动,现在怎么都不好意思发脾气?如果刚才那一幕重来,要是火鸡头再他妈涮我……我是不是该抽他?

"现在对这些小孩,用不着太客气。他们在网上练嘴皮,稍微会点油腔滑调，就以为自己是周立波。"金科长突然冲我说话，我愣了一下，旋即点头回应。他又说："我很早就看过你的东西。你出道早，《春满道坪川》是你成名作，就用不着说，一个字，好！但我更喜欢《苗岭归归红》那篇，虽然不太有人知道，我读了不下五遍。"

"谢谢！"

我活到这岁数，当然晓得什么是客套。当年，本县有个著名女文青韩梅梅，曾经当我面说她将《春满道坪川》读了十遍，我当时感动莫名，想着要是出同名小说集，就在扉页题赠给她。后来市作协主席伍德贵下到俐城搞讲座，韩梅梅上台索要签名，并声称将伍主席代表作，五十八万字的《绝不罢休》读了三十遍，以后还要读，不读到倒背如流决不罢休。伍主席激动得假牙崩脱，要和韩梅梅对情节，她便用眼神找我。我帮不上她，因为还没读。依我看，书名的第一个字，应是用错了。当然，书已经印出来，我不能说。

"这次下乡怎么不去道坪镇？那是你福地。"金科长又问。

"没办法，文化馆和界田垅结对帮扶。"

"哎，现在小说没人看了，当年，我记得你们一伙在城里办杂志办报纸，报纸贴得到处都是，真是羡慕。艾叶青老师是总舵主，还有你，还有白滔、周义达，写诗的林展平、银翘、韩梅梅，还有一个叫谯……谯什么来着？他身上劲头最足，目光随时瞪得像铜铃，看上去就像个烈士。"

"谯朱，本名叫秦放川。他一直有甲亢。"

"怪不得。艾老死得早，他一死，你应该算是总舵主了。"

我无奈地一笑，经他一说，一伙人倒像是搞黑帮，其实是一帮穷开心，在一起吃饭还要掏裤兜凑零钱。

"你们还有联系么？"

"基本上，都不联系了……都不写了。"

"可惜。那时候我想加入你们一伙，没那个胆。"

他说得认真，表情似在缅怀。以前憧憬富日子，而今怀念穷日子，文青就这点不好，两间余一卒荷戟独彷徨，哪里都安不了身。刚才我就确定，金科长若干年前也是一头文青。他说相对于《春满道坪川》，他更喜欢《苗岭归归红》，这是文青特定的口吻。这两篇，他未必喜欢。我心里清楚，这两篇看篇名就知道是时代产物，早Out了。要说哪篇更好，还不如问我左右两只袜子哪只更臭。金科长这么说，无非在告诉我他曾是文青，和一般读者不一样，对于文学作品有着独立判断。

那天我和金科长换了手机号，到道坪镇他们下车。他叫我，"冬突"的这个月，有空聚一聚，喝喝酒，就像当年搞文学事业那样。我哦地一声，知道也只是客套。现在喝酒时聊文学，讨人嫌的。

我说到这，果嬴就说："你这样也不好，当年激情澎湃，现在灰心丧气。人家也不一定是客套，你要相信人。"

我没有吭声。很多时候，果嬴是客观的，不像我总爱走极端。她又问刚才金科长打电话来,是邀你喝酒,你就抽空去一下。我说我肯定去,他在道坪镇发现了一头老文青,就是前面提到的谯朱,我已经七八年没见到这人了。

"这就对了,"果赢指示,"去会会朋友,他有什么情况,以后向我汇报。我跟老陈(她死去的男人)过日子久了,这些人都当成亲人。"

我说一定。我很乐意她就此又多一个亲人。

我赶去道坪镇,金科长和谯朱在一家路边店等我。他瘦得脱形,双眼像猫头鹰似的一睁一闭。问他怎么回事,他便讪笑说,还不是甲亢?药吃了几箩筐,眼睛治好一只,还有一只照样鼓凸。于是,治好的那只看着就像没睁开一样。

坐下来等上菜,谯朱忽然将我一只手拽了过去,捏得很紧,眼睛却瞟向别处。我的手被他捂热,想起有七八年没见面,不禁惭愧。我也想过抽空找他,毕竟有好几年我们朝夕相处。

我中师毕业就分在道坪镇教小学,他不知道听谁说我这里有蛮多文学书,找我借。他说他将道坪镇有字的书都找了一遍,和文学有关的不超过两百本,但凡能看下去的,譬如《俥城文艺》,他都从书名看到定价。我说那是内部刊物,有定价就是犯法。但他平静地说,有定价。找来一本验证,他是对的,杂志封底赫然印着:内部刊物,工本费本埠 0.48 元,外埠

0.50元。那是怎样的年月啊，各地市内刊可以定价搁在地摊上卖，要是有小说上了正规刊物，可以载入县志。当时他还是个劁匠，喜欢读小说，我也乐意与他交流，但他就说好与不好，只作判断，不给评语。我估计他只是看热闹，说不出个道道。那时候我刚写好《春满道坪川》，他认为一般，后面难得地多了一句评价：可能要花几年时间发出去，发表后这东西会给你带来好运气。他将小说看了一两年，越看就越给差评，后来按捺不住写起小说来。他拿给我，我一看，虽然错别字连篇，而且病句极多，但字里行间透着不可思议的天分。他这天分，足以让文中的病句化入语境，上升为某种修辞格。我鼓励他多写，因为我从他的文字里得来很多启悟，我坚信这人有天赋，而我只有勤奋。得到我的首肯，他更加来劲，三天劁猪两天闭门写作，赚钱少了，碰到断顿的时候就去父母家里撮米掐菜，扛到我那里搭伙。但他的东西发不出去，编辑和病句有仇，漏掉一处就要扣编务费。我帮他改正病句，在报纸副刊上发了两回，但文从句顺以后，他那独特的文字感悟力，基本体现不出来。他也不太在乎，写作上了瘾，取个笔名谯朱，就是谐音劁猪。在他的心里，写作已经代替了本职。

后来我调进文化馆，曾拉他到《俚城文艺》做编辑，他把这当成事业搞，那些自由投稿也一字不漏看完，不用的统统退稿，并注明理由。他还像以前那样，只看好与坏，错字病句扔给我搞。有些老作者骂他狂妄，批语都尽是错字，还敢指点别人。甚至，有人扬言要找机会抽他。他淡然一笑，照样我行我素。主编说退稿太费邮票，县财政拨给杂志的经费永远捉襟见肘，他就拿着稿子踩着二八锰钢单车，登门找作者，当面和对方讨论一番，非让对方心服口服不可。渐渐地，俚城的文青认可他。虽然他批语里错字挺多，但一俟讲出来，你仔细琢磨，就时有醍醐灌顶之感。我说过一定帮他搞到编制，调进城工作之类的话。那时候我还年轻，刚得一个奖把胆子抻大了，说话没有思前想后。谯朱倒是反复说，不必费神，能在这里编刊物，有份补助活得下去，我就蛮开心。多和有关领导接触几次，我知道自己不是走关系的料，更不用说帮别人。艾老已经死了，要是他还在，县领导会买他几分薄面。我轻率地表了态，后面见着谯朱难免尴尬。他是个明白人，有天留下封信走了，说父母身体不好，要回去照料。后来还撞着几面，再往后就没了联系。我心里一直欠着一块，想为他做些什么，但他人瘦骨头硬，从来不找县里的文友要好处。

酒一喝，我问他现在干什么。他说劁猪越来越没有生意，现在在道坪镇搞起一家配种场，进口种牛种羊，也进口冷冻精液。说到这里，金科长忽然笑了，插话说，那天一到道坪镇，就发现配种站的板壁上打油诗写得顺溜，恭楷也有底子，心想老板可能是个文青。没想竟是大名鼎鼎的谯朱。那打油诗，金科长看一遍就背得出来：洋种价不贵，冷热都能配。仅收三五十，无效双倍赔。

谯朱说:"以前当劁匠,天天挑断两根筋,现在搞配种,正好还孽债。"我问他生意怎么样,他就说不好。在这个镇,冷配是他头一个搞起来,但一有生意,别的人就纷纷上马和他抢。他技术不错,但没空走乡串寨拉生意,时间一长,找上门来的人就越来越少。

"专门吃这碗饭,怎么能说没空?你还在写?"我大概听出问题所在。

他点点头,有点不好意思,仿佛坚持写作是件丑事。当年他可不是这样,坚信文学是世界上最伟大的事业,不喝酒不说话,一喝酒就滔滔不绝,要是与谁谈不对路,他也敢豁了一把瘦弱的骨头和对方拍桌子掀板凳。当然,只要不谈文学,他就是个脾气极好的人,浅浅的一口微笑像是烙在脸上,回应周围一切。

当年他离开《佴城文艺》,不光是怕我尴尬,也是有种觉察。他走后这杂志很快停办了,一帮写作的朋友慢慢地也散了。文学也像蝙蝠衫喇叭裤,一阵风刮过慢慢就没人理睬。政府说经费紧张,办刊这事纯属扔钱,但接待一天一天铺张起来。谯朱年纪只小我两三岁,走的时候已经有三十好几,没结婚。我们也给他介绍过一些妹子,失败了几次,包括在韩梅梅那里也碰了灰,他就笃志写作,挂在嘴上的一句话就是:大丈夫只怕功名无着,哪愁妻儿不得?他发誓,不写出点名堂,这一辈子都不结婚。这些年没有联系,其实我时常想起他,想着他在一盏油灯下苦写的模样。其实，再怎么穷，他家里必然点起了电灯（烧煤油更费钱），但我一想到他，就有这么个情景浮现：屋内一灯如豆，窗外是无尽夜色，他的眉头时而紧锁时而舒展，不管紧锁或是舒展，他的双目永远炯炯有神……当年他跟我说过，他知道自己功底差，错字病句成篇，打算下功夫补一补基础科目，还去教育局买了全套初高中语文教材。我劝他用不着这么做，他不听。

我估计他停不了笔，这些年一直关注地方日报副刊和杂志目录，却没见他再有发表。仔细一想，他定然陷入一个悖论：基础不扎实，正好促使他依赖天生的语感将字词任意排列组合，很多意想不到的表达由此而生，但又发表不出去；为了发表，他将字句熨烫妥帖，但这样的文章也失去了特色，变得平庸，够不上发表档次。

这些年，我甚至怀疑当年对他文章的判断。他真有那么好，还是那时候我希望自己身边就冒出一位大师？我自知不是千里马，大概日行百里都跟跄，于是审时度势有了当伯乐的心思？我搞不明白，也没法到谯朱当年送给我的稿子再看一看。事实也证明着我对自己的怀疑，若我真有眼光，对文学有超越常人的理解，那么写作也不至于一直这么艰涩。再说，谯朱长期没有发表，是回避不了的事实。事实胜于雄辩，我的有眼无珠，我年轻时对他率性的吹捧，不负责任的鼓励，是否误导了他伤害了他？

"你结婚了？"我找他碰了一杯，问起我一直关心的话题。

谯朱羞赧一笑，话还没说出口，金科长抢着说："怎么不结？孩子都两个了。他是主动来结扎，要不然我和他还碰不了面。"

"结扎？"

谯朱还记得当年发的誓言，谈到结婚，仿佛愧对了我一样。他说本不打算结，但意外碰到这个妹子适合当老婆，就不想错过。

他从县城回家以后，父母替他急得不行。那年他已经奔四十去了，这个年纪，在乡下会被人看成老光棍一条。其实，村里面已经在传他小话，说秦放川这娃子小时候没读两年书，现在却一心要当作家，肯定是脑壳烧坏掉了。还说他这个状况，纵是想找女人，只能到离了婚的女人身上打主意。后来他和韩梅梅的事不知怎么也传到村人耳朵里。韩梅梅离婚以后成天泡在佴城文学圈里，众所周知，作家不是流氓，但也绝非有腥不沾的瘟猫。都说韩梅梅是个单细胞动物，其实在我看来她心地善良，不好意思拒绝别人，所以我们这一伙人在她身上找到了共同的歇脚之地。艾叶青艾老身体还够用时，韩梅梅主要依偎在他身旁。老汉稍微有什么疏忽，别的人便有了机会，一边偷腥一边和艾老捉迷藏，简直赚来双份乐趣。艾老的思维和这小城市井大不一样，看得开，发现韩梅梅做不到忠心耿耿，便经常借着酒意向人宣称，想进我们这一伙，先把韩梅梅弄上床再说。照他一说，新冒出的文青想混入本地文坛，也有一个打虎上山的仪式。谯朱瘦弱多病，一般女人看他不上眼，他也目不斜视。我们跟他说我们都跟韩梅梅有一腿，要他别例外，他只是笑笑。好在韩梅梅是块一点就燃的油柴，我们都说你是人见人爱，唯有谯朱没把你看在眼里。她大为光火，主动招惹谯朱。谯朱又不是柳下惠坐怀不乱，身体瘦弱，荷尔蒙分泌却正常。和韩梅梅上了一回床，他不忍看到她"自甘堕落"的模样，表示要娶她，把她吓得魂飞魄散，自后见到这位仁兄，老远避开。谯朱当年离开我们，和这事也有关系。

他们村里人搞不清来龙去脉，只知道城里一个离了婚的女人，一个任男人乱搞的破鞋都看不上谯朱，便说这娃子可能二婚头都找不上，以后眼睛放亮一点，找一找寡妇，还得是男人瘐死没人敢招惹的寡妇。

"回过头来想想，我老婆和我是有渊源的，渊源，我想要比缘分更准确。"谯朱小心地将酒吸进嘴里，稍微灌得大口他会呛。他以前是这样，现在仍是这样。他用袖口抹一抹嘴，又说："你知道的，我妈是界田垅那边人。"他说这话应该看我，但他一岔神看向金科长。金科长坦诚地说我可不知道。我赶紧解释，这是他的惯口，没有实义。

"……呃，老李知道，虽然我会劁猪，但我不爱说话。碰到小孩是个例外，我喜欢和小孩在一起，喜欢给他们讲故事。

那年我开始读小说,有很多曼妙的故事,等着讲给人听,但那些上了年纪、嘴巴蹿胡子的兄弟,甚至鸡巴刚发毛的小子,都不喜欢听。我只好讲给小孩听,他们喜欢听,我也喜欢他们听,要是能听完我就喂糖果球。城里小孩有见识,他们不肯随便拿别人的糖果球,所以我认为,在这一点上乡下小孩传承了淳朴的本性,他们痛痛快快地舔,他们更知道什么是甜。要是碰到拐先生他们也不怕。你知道的,界田垅那地方很穷,有幸碰上拐先生,带到外面去也是更好的地方。外面的世界很精彩。"

谯朱讲起话来就是这个味道,乍一听有些费脑,习惯了就好。他写东西也由着性情,总有很多意想不到的词,比如长胡子,他偏要说蹿胡子;说到坏人习惯性加个先生,抢劫犯是梁山先生,流窜犯呢,就是蹿门先生。他说他外婆从小这样教他,其实包含了"宁欺君子勿惹小人"的道理。但也不是一概敬着坏人,要说到强奸犯,他就称为狗日的,而杀人犯,他则称为狗杂种。他和马尔克斯一样,码字的天赋由一个满嘴鬼故事的外婆开启。

金科长一开始还如坠云雾,朝我耍来几个眼神,慢慢就习惯了。谯朱喝了酒喜欢讲话,他把所有的话都攒在酒里。我对他再熟悉不过,听他讲完自己的爱情毫无障碍,但他不认为是爱情,只是凑在一起过日子。那么爱情搁哪里了?是不是和韩梅梅一夜激情便挥霍一空?这个当然不好问。

二十年前他刚接触小说，找着小孩复述故事，一个小女孩就夹杂在小孩堆里，听得很认真。后来这女孩长成了小姑娘，应该是很漂亮。谯朱的父母急着给他找个老婆，他母亲就托娘家人访一访，看有没有合适的。小姑娘的母亲把谯朱叫成小老弟，听说了这事，也放在心上。她帮着联系了一个跑回娘家赖着不走的，还有一个寡妇，人家一听这人不爱干活，喜欢躲在屋里写东西，写出来又换不成钱，见面都免谈。小姑娘的母亲回家就唠叨，骂那两个女人不知饱足，还好意思挑三拣四。小姑娘听了母亲唠叨，就知道当年讲故事那个叔叔现在找不到老婆，很着急。

后面的事我和金科长都不难猜出来，小姑娘拒绝了不少小伙子的纠缠，却愿意嫁给谯朱，怕母亲不同意，她瞅着机会来道坪川找到谯朱。小姑娘是认真的，她初中没读完，写作文挤不出三句话，但很佩服有文化会写文章的人。找她的小伙子偏偏没有这能耐，她的视野之中，可能只有谯朱算是文化人。母亲当然不同意，她怪寡妇挑拣看不上谯朱，但自己女儿想嫁给谯朱，无异于羊入虎口。波折是有的，小姑娘认定了谯朱，谯朱也觉得这是自己福分，对小姑娘很认真，两人铁了心一起过，那边家长折腾几回也只好认命，纵非情愿，还是把小老弟叫成女婿。婚后生活似乎也幸福，小媳妇看不了谯朱满箱满柜的藏书，仍旧喜欢谯朱给她讲故事。谯朱索性拿着短篇小说读给老婆听，莫泊桑的《羊脂球》，契诃夫的《万卡》《宝贝儿》

《套中人》，欧·亨利的《麦琪的礼物》……可以想象，无数个夜晚，两口子就这么坐在乡间破屋里，男的念女的听，谯朱自己讲话跳跃紊乱，但嗓音不错，还带有老译制片那种刮擦声，最适合朗读发黄的小说。随着朗读，外面的世界时而十九世纪时而八十年代，他老婆总认为事情正在隔壁哪家发生，听到伤心处会掉一滴泪。

她最喜欢《麦琪的礼物》，要谯朱反复读给自己听，不下二十遍。这可实打实，不像韩梅梅那样虚头巴脑。

谯朱说到这里，我其实已经羡慕不已。我感叹说这哪是凑一起过日子？这不是爱情？这是纯天然无污染的爱情，可能把佴城翻个遍，都只有这个妹子跟你过得下去，偏偏你小子撞着了。金科长也同意，他痛快地问："你老婆有姐姐妹妹吗？她们的性格都是从你岳母娘那里捡的吧？你岳父大人身体还好？"

我们呵呵哈哈地喝酒，谯朱脸上就有些得意。结婚六七年，他老婆帮他生了两个女儿。有了两个女儿，就被划为两女结扎户，计生干部年初就上门动员结扎。谯朱和老婆恰在这事情上闹了矛盾，他两口子倒还好商量，偏偏两边家长卷了进来。谯朱的母亲认为结扎应该由女方做，因为乡间有个传言，男人结扎很伤身体，甚至长期犯腰疼，不能下地干活；女人的结扎术则成熟许多，伤害较小。加上谯朱身体虚弱，要是结扎搞得不好，写字都没力气。岳父岳母的观点也很明确：谯朱年纪大二十来岁，而他们女儿还没到三十。万一谯朱有什么不测，他们女儿免不了还要另找一个男人，把日子过下去。要是让她结了扎，不能生育，以后找男人就更不容易。两边父母吵得不可开交，到底谁去结扎定不下来，岳父岳母一气之下把他老婆拽回了娘家，把他的小女儿也抱了过去，摆开架势要打持久战。

"你想好了，你来结？"

谯朱点点头，说："我腰不腰疼没关系，当年劁了那么多畜牲，也该自己挨这一刀。我老婆真的还年轻，我呢，老觉得自己命不长久，说不定哪天一犯病，都懒得把钱白白扔到医院里。想来想去，肯定是我结扎更合适。我想把手术做了，再去接老婆回家。"

"几时动手术？"

"还要等几天。他腹部有些褥疮，涂几天药就差不多了。"金科长接过话，替他回答。又说："只是有些虚弱，体检一遍，没查出什么器质性毛病。老谯你也不要胡思乱想，别听别人乱说，结扎手术都是相当成熟的，真有那么大后遗症，老百姓还不把计生局拆了？"

我说："你老婆的相片带身上吗？能不能让我俩目睹一下弟媳的风采？"

"哪有，那都是年轻人的事，我俩婚纱照都没拍。"

"呃，那她叫什么名字？"

"何桃仙。"见我俩啧啧感叹，谯朱不免得意起来，一边说，一边用手指蘸了酒水，在桌面上工工整整写出三个字。

界田垅镇邮局新到了挂件条码，我给果蠃的前一封信刚寄，又将谯朱的事另写一封。谯朱的事写起来像是一篇小说，我记录着听来的情况，又照着小说思路，给他俩的爱情增加了不少细节。那晚上我挥洒笔墨酣畅淋漓，很久没找到这种写字的快感。

工作量还是繁重，我们每天下到各村，动员把指标生满的夫妇去做结扎。现在计生工作不像十来年前，那时候说到搞计生，有点像是上战场，村子里贴满语气决绝的计生标语，我曾趁着兴头收集不少，记在本子上。现在不一样了，上门动员里必须态度好，随时微笑，晓之以理动之以情。我以自己为例，说我家里就是我做，根本不腰疼。如果有谁要看伤口，我就亮出腹部切阑尾的疤让他们看，还说我做得早，切在腹部。现在手术技术升级换代，越加成熟，切在阴囊后面，疤仅有半厘米，基本就看不到（谁又会往那里看呢）。要是他们问会不会当太监，我就把挂图拿出来，用手指指戳戳给他们解释原理，让他们相信，不但不会是太监，而且高潮不减，快感依然。若工作需要，我会把作家身份亮出来，他们不但不会涮我，反而增加了一份信任。我发现这种工作倒蛮适合我，写小说打动不了读者，动员说服农民兄弟姐妹却有一手。当然，我也不敢把工作做得太出色，要是计生局发现我是个人才，想问袁馆长要人，袁馆长肯定抱拳致谢。

那天，我们一组人去到较偏的青泥湖，按照名单一家一家上门，倒还顺利。做通工作，医务组就跟进，把人领到村里的国策楼。

下午两点在村支书家里搞饭，一个妹子老远走来，长得俊俏，不禁多看了一下。她在门口停住，眼睛往里边瞟，冲着我们组的杨金桂打手势，示意她出去说话。稍过不久杨金桂走了进来，问计生局的专干老段，说有个妹子嫁到别的地方，生了两个女儿，现在想在娘家这边做结扎，问可不可以。她也是别单位抽调来的，具体的一些规定不是搞得很清楚。老段说："主动配合我们工作，那当然最好不过。她肯在这边做，就是我们的工作成绩。"老段盛了碗饭，走到桌前又说："要是她身体没有问题，今天下午赶紧做了。这种事情，经常会有反复。"杨金桂工作蛮热情，要了一张表跑出去让那妹子填。

"生两个女儿了？看着还像没结婚呢。"我不小心漏出一句。他们逮着话头又活跃了，因为一块待了这么几天，新同事们都知道我离婚的事，算是光棍一条。

杨金桂稍后进来，表都是她帮着妹子填的。她要交给老段，我从中拦截，拿了过来，定睛一看，姓名一栏写着：何桃仙。我扯开腿就往门外走，别的人一时反应过来，稍后就一顿爆笑。

"何妹子，你等一等。"

她在一棵苦楝树下站定，扭头回来。那天听谯朱讲事，脑子里就出现她的形象，现在看到真人，一对比，竟然出入不大。她眼光活泛地看着我，我不得不再次感叹，谯朱，还是你这家伙有福气。

"还有点情况，必须问明白。"

我不动声色地问她一些问题，她很配合地回答着。一开始只回答基本情况，没一句多话。我只好说出我的名字，一俟说出来，她就知道是谯朱的熟人。

她的情况基本问清，我叫她稍等，走远几步掏出手机拨给金科长。我问："老金，谯朱的手术做了吗？"

"还没做，褥疮好了，但前几天他又发起烧来。刚才我还打电话问情况，他说退烧了。要是今晚上稳定，明天就能做……怎么了？"

"没做就好，看样子，有必要让他两口子再碰碰头。到底扎谁，还是再商量一下为好。"

"碰到什么事了？"

"碰到他老婆，抢着在这边做手术。"我舒了一口气。这事还真赶得巧，要是没我，事故即将发生。计生工作毕竟人性化了，两口子一起扎，就是我们工作失误。

我给果赢发去短信：可以打电话吗？有事，忍不住和你说说。稍过一会她的电话就打了过来，问我在干吗。我说我在道坪镇，一家配种站门口。我和那个姓金的朋友在抽烟，两个小女孩在不远的地方玩我俩的手机。屋内有两口子久别重逢，免不了有很多话要说。

"是谯朱两口子？"

"信你收到了？"

果赢说昨天刚收到，看完了，今天其实也想和我打打电话。写信实在是有些慢。但这次，她收到信，倒是比我预计的快。

她又说："看他俩的事情，我又想起老陈，当然也想起你。"

"我也想起你！"这不是客套，谯朱和他老婆的事情，让我对果赢多了几分思念。她和何桃仙的经历其实相似，她们的幸福在外人看来，不说是笑话，总有几分悲催。所谓鞋子合不合脚，只有脚知道，这样的道理，也许给作家当老婆的女人，理解得更深。

"那个韩梅梅，和你也扯不清楚吧？"

"少疑神疑鬼，还当自己第六感发达。你们女人怎么全都这样？"我吓了一跳，信里写的全是谯朱的经历，果赢却举一反三。我差点忘了，她对地方文坛了解蛮透。我离婚那事，哪能跟韩梅梅全无关系？现在不是扯这个的时候，我又说："谯朱两口子，往下情况还有发展，想听么？"

"老谯一结扎，他老婆哭着跑回来的？"

"很聪明。"我心里想,你是好女人,所以不会把情节往曲折处想。我已将自个嘴皮濡湿,备着说话,要是她都猜出来,我只好又晾干它。

那天我见到何桃仙,她跟我说她男人身体不好,她父母逼着她男人去结扎,她也劝不住。这一阵住回青泥湖,心里一直不踏实。她知道,自己男人为了那些尚未写出的好东西,是肯拼老命的。要是结了扎,腰一疼,以后写东西就更加没状态。她想,别的地方帮不了他,这个节骨眼上去割一刀,也算帮了男人一回。她跟父母讲了几次,父母仍然坚持不让她做,她索性避开他们,悄悄找到我们工作队,把那一刀割下,先割后奏。到那时候,父母要怒要骂,也随他们去了。

"我也不跟他说,做完了再回家见他。"她嘱我别把这事情说给谯朱。

我和金科长通完电话,多了一句嘴:"老谯也去结扎,打算扎完了再接你回家。"

"割了吗?"

"明天。"

她脸上涌起焦急神色,掏出她的手机,没有找到信号。她赶紧问我借手机。这地方群山环绕,信号不好,我的手机看着破旧,却是手机中的战斗机,残留了一格信号。

我说完谯朱两口子的事情,果赢在那一头沉默了一会。稍后她肯定地说:"这女人受了《麦琪的礼物》影响,割自己一刀，当成给男人的礼物。这倒算是个不错的题材，你要是写成小说，取个题目叫什么呢？我帮你想到一个，就叫《阉割的礼物》，怎么样？"

"亲爱的，这可不是写小说，就是事实，他两口子还在屋里打商量哩。"果嬴给作家当了一辈子老婆，受了熏陶，脑袋里也老想着小说。我又说："你可真是的，结扎，可不是阉割。你也是有文化的人，怎么还和农民一样见识呢？"

"……你觉得，你做得对么？"

经她一提醒，我忽然语塞，犯起难来。

两个女孩正将手机玩得兴高采烈，她们是有福之人，用不着琢磨这些伤脑筋的事。金科长已往镇农贸市场去，打算买些菜，等下就在谯朱家里弄一顿饭。直到刚才，我都以为自己及时排除了一场事故，此刻却意识到，我只是把必不可免的抉择重新塞到他两口子面前。但有什么办法？重来一遍，我可能还是这样做。

鸽子血

两人手里都捏着矿泉水瓶，里面装白酒。这是为了敷衍老婆和女友，虽然生意冷清，毕竟是工作时间，女人冷不丁会冒出来。两人小心地碰一碰瓶，摆出吹瓶的样子，其实只呷一小口。两人一天到夜就这么喝，时间拖得长，纵是喝下不少，也没现出醉态，来了生意不耽搁。两人同乡，一个卖鸽一个修理鸡鸭鱼，卖鸽的姓边，另一个姓尚，他们那个村叫上边村。下酒菜用不着去别处买，两人轮流做东。轮到小尚，他就在地上扒一碗鸡鸭鱼杂，小边再添几挂精致的鸽杂。杂碎有时用干椒煸炒，有时用卤汤泡椒煮成一锅，肠子统统煮成了绶带状，取个名叫"海陆空三军仪仗队"。轮到小边，他就在鸽笼里挑拣一只看着孱弱、卖相不佳的，现招现炒。

爆炒乳鸽的味道袅袅钻进鼻孔。今天女人铁定不会来，两人争吵着说要搞口大的，不能老装嘴细，于是仰着脖灌自己。

小边说:"现在鸽子没以前气长,我小时候拧鸽子,要把鸽脖子拧足三圈,鸽子还扑腾。现在只消拧一圈半就断气了,翅膀不抖小脚不扑腾,乖乖受死。"

"美国香鸽,越娇贵越短命。"小尚盯着小边的广告牌说,"戏文里的小姐最容易死,打几个喷嚏感一场小冒就死,演丫环的粗手大脚好装扮,只要晓得怎么哭就能上台……你的鸽子真是美国进口?"

"肉鸽全都为了进口,是不是美国种,鬼才晓得。现在,三块钱买坨抽纸,也说是意大利工艺。"

"还是喝白酒好,不要挂外国牌子。"

"我俩搞口大的,谁喝得少谁当王八。"

"我喊一二三,预备,起!"

一口喝掉半瓶,挤出两张苦脸,好一会才舒展,像两张捏皱的纸在水里慢慢洇开。然后就说到生意,小尚的生意近来不行,在遥远的地方闹起新型禽流感,死了人。人死几个,鸡鸭屠宰了成千上万还不罢休,波及俰城,活鸡活鸭再掉价也卖不了几只。据说,有些专业户将鸡鸭苗按几分钱一只卖给养蛇人。小边也好不到哪去,俰城的人不爱吃鸽,说是大补,但都说吃鸽造孽。吃鸽造孽,吃鸡鸭鱼难道是修行?小边整理不出其中的逻辑,只晓得在俰城有人开过鸽肉面馆、鸽粥铺、卤鸽店,支撑不了多久纷纷垮掉了。现在俰城只剩小边一人卖鸽子,按说是独门生意,偏偏也没赚几个钱。小边也想过改行卖别的，但人那么多，条条道都爆挤，干哪一行又算阳关大道？

鸽笼里还有四只美国香鸽，白毛红喙黄爪子，米粒大的眼珠转得灵泛。小边想着，要是卖完，今天早点回家。

生意说来就来，那个干瘦的小女孩走过来买鸽子，递出一百块钱。

"全要？"

小边认得小女孩，她来过几回，每回都将笼中鸽子全部买去，今天只剩四只肯定嫌不够。小女孩十六七，个高，瘦得像根橡皮筋。她脸面应是嫩滑的，看上去分明有一层绒毛。小边记得住这大客户，暗自称呼她叫小猴子。小猴子不爱吭声，问话就点头摇头，或者用眼睛，用肢体语言回答别人。她身上每块骨头都突兀崚嶒，肢体语言丰富，嘴皮可以省下。小边不这么看，他认为小猴子不说话，是她知道自己是小猴子，在人群里找不到共同语言。

小猴子在闪神，她脸上总是挂着心不在焉的神情。小边问她："四只全要是吗？"小猴子点点头。小边把鸽笼里的鸽子一只只往外掏。

一个胖女人走到摊子前面，一看情况有些急，问小边："鸽子全都卖掉了？"

"刚卖完。"小边指了指小猴子。他也认得这个女人。佴城太小，几个年头待下来，街上一走，看到的大都是熟脸。女人却不认得他，眼神迅速贴到小猴子脸上，问她："小妹妹，能不能匀我一只？"

小猴子像是听不懂话，茫然无措地看着女人。女人身子矮圆，费力地将手搭到小猴子肩上，又说："小妹妹，我刚怀了宝宝，噢，宝宝，要用鸽子补一补。匀我一只好不？"她一边说一边轻轻拍拍肚皮，其实什么状况也显示不出来。她本来就胖。小猴子一扭头，求助似的看着小边。

小边说："你拿三只，还有一只给这个阿姨。"

"什么阿姨啊，叫我姐姐！"

"呃对，给这个大姐。"

小猴子点点头。小边把四只鸽子放进两个网袋，鸽子咕咕叫几声，就生离死别了。小尚帮人烧刮干净一腿野猪肉，过来又要喝，一看小边的鸽笼空了。他问："都卖完了？"小边点点头，指了指正要在巷口消失的女人和小猴子。

"又是那个女孩。"

"认识？"

"认识，就租住在我住的那条街，隔了几幢房。她爸妈我都认识，晓得是干什么的？"小边并不关心小猴子父母是干什么的，但小尚摆出吊人胃口的模样，他只好配合着问："干什么的？"

"鸡头，两口子都是。他们手里控制了几个妹子，十来个，晚上放出去接生意，白天关在房里毒打。她爸下手很毒，带几个马仔经常打得妹子鬼喊鬼叫，她妈也帮着打下手。别看这小女孩一脸老实相,她爸妈都不是东西。"

小边心里闷哼了一下,完全没有想到。但他不想多说,只想早点回去,要给女友弄一桌饭菜。他找小尚碰瓶,又搞一口猛的。碗里的鸽肉所剩不多,几筷子就能揿完。小边说:"总归是做人好,那些妹子顶多挨几顿打,比当鸽子要强吧。你看,我养鸽子,几时想喝酒了就去笼里摸一个当菜。鸽子一家老小,见天就少了一个,心里会怎么想?想也白想,投什么胎认什么命。"

屋子很窄,小猴子看着父亲坐在一张方桌前,桌上摆一盆温水和刀。刀是从药店买来的手术刀,状如柳叶,给人锐利精准之感。父亲戴上了眼镜,小心翼翼拈去鸽脖子上的绒毛。鸽子皮肤柔嫩,极容易撕破。父亲戴上眼镜,小猴子才觉得他有一点人样子,甚至有点像自己的真父亲。真父亲姓刘,眼前这个父亲姓庞,别人都喊他庞老大。大多数时候,庞老大像一只土狼,既凶残又狡诈,她一度怀疑真父亲是被这只父亲吃掉了。小猴子喜欢看《动物世界》,一听见片头电子音乐响起,她心头便闪烁起回家的喜悦。电视屏上奔跑着、游动着、翱翔着的动物,她都觉得亲切,又无比羡慕。她的梦也经常是一片动物世界,她成为它们中的一员,生活在遥远而又美丽的地方,没有父亲母亲,只有朋友和玩伴。白天,她看身边的人,总是忍不住拿来和电视里的动物一一对应。她觉得母亲有时像条蛇，有时像只食蚁兽；死去多年那个真父亲，她依稀记着长得憨态，像一头旱獭。至于住在楼上，经常被父母殴打的那几个姐姐，她觉得有的是孔雀，有的是绵羊，有的是鸽子，有的可能是刺猬——刺猬纵是蜷成一坨，浑身处处都是防御状态，仍然没法保护自己。

庞老大以前吃鸽子，是用手指生生地将鸽子掐死，再放温水里修毛——水稍烫一点，鸽子就被泡脱皮。最近才用手术刀，因为他要找准鸽子纤细的动脉血管，轻轻抹一下，一股鲜红的血水涌出来，突突突喷射一阵，稍停一会，流一阵，再一停，就变成滴漏状了。鸽子这么精巧，一点点血液就能润滑全身。庞老大很小心地将鸽血滴在脱脂棉里，再用镊子夹着脱脂棉放进真空袋，封口后抽空空气。这样一处理，鸽子血既不凝固，也不蒸发。至少，能保证一个晚上的液态。

门被掀开，小猴子看见母亲扭动着走进来。今晚上母亲是条蛇，等会她会扬起自己的身体，就像扬起一根鞭子，驱赶着孔雀、绵羊、鸽子和刺猬出去接生意。母亲往桌上扔了一只大号针筒。她说："蠢猪，可以用针筒抽血。你喜欢把自己装成医生的样子，装作懂得解剖！"

"麻二，我不晓得用针筒？我好几条兄弟死在粉上，我还不晓得用？扎准鸽子的血管有好难你晓得吗？你就喜欢把简单的事搞复杂，还当自己聪明得很。"庞老大已经处理掉两只鸽子，鸽子血浸透了四只棉球。他把两只死鸽递给麻二，并说：

"趁热炒香，加点花生，我拿来喝酒。"麻二还是怕庞老大。虽然庞老大教训手下的妹子麻二会卷起袖管帮忙，但有时候庞老大照样会揍麻二。

鸽子剁成螺蛳大小，加上花生米一通爆炒端上桌，那香味很容易勾出酒瘾。庞老大喝起了酒，多喝几杯，抬眼一看，小女孩坐在对面玩手机游戏。她似乎总也长不大，操着手机玩植物大战僵尸，玩了几年，还守着原始版本不肯升级。以前他看这女孩像只猴子，但今天看她竟有点女人味。她穿着短裤，裤一短，腿脚就长。他忽然想摸一摸。

"小颖，你过来。"他冲女孩招呼。小猴子不敢不听，拿着手机走到桌前坐下。庞老大要她吃鸽子肉，她摇摇头。她不爱吃肉，什么肉也不吃，有时不小心吃下一片肉，转身就哕掉。庞老大就觉得这女孩是个兔崽子。

"你几岁？"庞老大晃晃脑袋，记不清了。女孩仿佛是一夜之间抽条长到这么高，就像山间竹笋，水畔芦草。

"十六岁半。"

"别人问就说十七，十多岁了，不能再半岁半岁地算年龄，晓得不？小颖我再问你，你几岁？"

"十七。"

"对的。喝酒不？"

"不喝。"

庞老大的手不知哪时滑到小猴子腿上，还小心地往腿根子爬去。小猴子并不理会，她只觉得那手毛茸茸，有点痒。她平淡地看了父亲一眼，又去看手机屏。一个僵尸艰难地拖着步子走向她的金盏花。庞老大见小猴子没反应，有点索然。他又喝了一杯酒，她还乖乖地坐在身边。

庞老大把手伸向小猴子胸部，她甚至还没有戴胸罩，穿个文胸能盖住肚脐，那个应该算背心。一摸，庞老大只得来遗憾："他娘的，胸脯怎么还不长出来？"

"不知道。"小猴子随口答着，她攒够了小太阳，可以换一枚樱桃炸弹。

"自己的事，怎么就不知道？这么大的人了，你自己说说，怎么还没长出来？"

"……忘记了。"

"忘记了？你可真够忙。"庞老大嘟囔着，一只手又向下游走，摸到腿根处。小猴子觉得不舒服，想把身体挪一挪。他低吠一声："听话！"

小猴子身体抽搐几下，肠胃翻腾起来，又想哕。她哇地怪叫一声，什么也没哕出。麻二毕竟有一种敏锐，赶紧冲进来，不管不顾地冲这男人大叫："庞老大，你他妈真是个狗东西。"

"没你什么事！"

"小颖是我的！"麻二用身体护住小猴子，拖着哭腔，但坚定地说，"我什么都让着你，但小颖你不能碰。"

"她已经长大了。"庞老大涎着脸笑起来。

"她长多大都不关你事。你敢动她,除非你不要睡觉。你只要睡着,老娘就阉掉你那根王八东西。"麻二情绪突然爆发,小猴子奇怪地站一边看着。她觉得,这时的母亲既不像蛇,也不像食蚁兽,像只狮子。

"开开玩笑,看你急成那样子。"庞老大攀着麻二肩头希望和解。他又说:"阉了我,也亏了你不是?"

小边听见门响,女友陈凤拖着步子走进来。陈凤是医院聘用护士,干了两年,没考上在编护士,只能接受聘用,合同一签三年,伺机再考,争取在合同期内转正。她每天上班都搞得疲累不堪,小边看着她就像看见了万恶的旧社会。小边搞好一桌饭菜,守在桌边看陈凤吃饭的样子。

"又是鸽子肉。"

"补!"小边说,"今天你们科室那个姓阙的……"

"阙金媚。"

"嗯,是她,也来买鸽子。她也知道鸽肉最补身体。"

"她认得你么?"

"她哪认得我?但我认得她。"小边给陈凤夹菜,他有替别人夹菜的习惯,但陈凤批评说,你夹的都是自以为好吃的菜,但别人也许不吃,又不好意思讲出来。小边却说,你喜欢吃什么,我都清楚。

陈凤没考上正编,在科室里头总有低人一头的感觉,她不希望同事知道自己交了男朋友——还是菜市场禽蛋行里卖鸽的小贩。小边也理解，有时去接陈凤下夜班，不让她的同事撞见。告示栏里有工作人员照片，小边认得陈凤科室里所有人，虽然从没打招呼，但一看到她们，总有说不出的亲切。纵有亲切感，见着陈凤和同事一起出来，他不会迎上去，悄悄跟在后面。

"她要补身体？她都肥圆了，减肥是正经事……对的，她天天都说自己在减肥，恨不得去抽脂，又怕疼。"

"她怀孕了你都不晓得？补身体，让肚里的毛毛长个。"

"怀孕了？怎么可能呢，她还没结婚。"

"没结婚？看她样子我还以为结很多年了。"小边已经听出来，一说到阙金媚，陈凤就有种厌恶。

陈凤将小白菜一根一根挑起，垂下来像面条，再从下端吸溜进嘴。一边吧唧嘴，一边说起阙金媚这个人。在科室里，阙金媚是最让人难以忍受的一个。她也是聘用护士，却只与医生和正编护士说话，不屑与别的聘用护士为伍，要是护工和她讲话，她就会把脸板成领导样子，还指使护工给她买盒饭和卫生巾。

小边劝她："哪里都有这种人，不要看不惯。"

"你这种人太没是非观，见人都给笑脸，虽然不结仇，也没有过硬的朋友。你一辈子卖鸽子。"陈凤将鸽腿放进嘴里，抹了一下，就吐出细长的骨头。

"不惹麻烦也好……对的,阙金媚没结婚,怎么要说自己怀孕?"

"这我要问你,她亲口跟你说的?"

"是,也不是。"小边回忆了当时情景,又说:"当时有个小女孩把鸽子全买了,阙金媚想要一只,就跟女孩那么说。"

"她就是这种人,为了要女孩让一只鸽子,她随口就能编。再说她那肚皮,哪时看上去都像里面有货。"

一餐饭吃下来,话题始终绕不开阙金媚。陈凤说别看阙金媚长得不怎么样,但是骚劲管够,媚人有术,白天上班晚上泡吧,经常喷着酒气。去年一年,她配错三次药,科主任和护士长想打发她走,她有本事纠缠院领导,好歹保住工作。陈凤认定,阙金媚肯定让某位院领导用过。虽然长相一般,毕竟算得年轻,院领导搞女人的口味不拘一格,兼收并蓄。

小边说:"这话不要乱说,你又没证据。"

"说一说都不行?我跟你说话还要掏证据,这是法院?"

陈凤声音一大,小边赶紧不吭声。他想,陈凤累了一天,发发牢骚也是解乏。陈凤又说阙金媚疯玩了许多年,男友、床友不晓得交了几车皮,一晃就到二十七八岁,心里着慌,正想找个男人嫁出去。据她自己说,最近盯上一个在旅游区卖银器的小老板,正进一步摸对方底细,如果各项指标都达到预期,就尽快把他变成自家男人。

"她什么都跟你们说?"小边觉得不可思议,这些事应是做得说不得,"她看得上,小老板就一定娶她?她当自己是小燕子赵薇,人见人爱?"

"不要小看她,这种人有的是手段。"

小边知道,陈凤嘴有些尖酸,但不编造,好人她就夸,贱货她就骂。正是这一点,让小边心里踏实。他不想和她继续谈阙金媚,想扯一扯带她回家的事。两人认识时间不短,他父母也听说儿子交了个女朋友,打电话叫他带回家看看。正儿八经的事,总让人不知从哪里提起。提起了又能怎样?他猜得出结果,一提带她回家,她就反问你几时买房。虽是小城,房价也响应全国大局势,蹿起来老高。

小猴子见那个胖护士面熟,再一想记起是谁。当她过来给母亲换吊瓶,小猴子冲她笑一笑,喊了声阿姨。胖护士奇怪地睃来一眼,问有事吗?小猴子摇摇头,她只是想打个招呼。胖护士扭头走掉,小猴子心想,她肯定记不住我了。小猴子只是奇怪,三个月前胖护士怀了毛毛,肚皮略微鼓胀,三个月过去,怎么还是现样子?她猜想到胖护士可能碰到难过的事,所以记性也变差。

麻二躺床上很平静,刚动了手术还没拆线。她时不时冷哼一声,小猴子就走过去给她擦擦额头的汗。挨得近,小猴子看得清母亲脸上的沟壑皱褶,她觉得,此刻母亲不再是任何动物,只是母亲。麻二半月前挨了别人一顿打,然后就住院,先是住外科，一检查查出子宫肌瘤，转到妇科来做手术。庞老大告诉小猴子，挨打不是好事，但这回因祸得福，要是发现得晚，容易癌变。

"晓得什么是癌变？"

小猴子摇摇头。

"也就是说，以后没有你妈，你只能跟老子过了。"庞老大呆了呆舌头，盯着小猴子。小女孩身上总会发生些不可思议的事，两个月前她胸口还空空荡荡，他只提了一个醒，那以后，她就懂事似的将胸脯撑了起来。乳罩还不晓得系，一路走一路晃。

小猴子设想只有这父亲的生活，吓一跳，扭头看看母亲，才稍稍踏实。坏事变好事，打母亲那个男人，无意中救了母亲。这种戏剧化转折的情节，小猴子当然搞不明白。

那晚麻二带着金秀和二玲去一家宾馆干活，完事之后客人看出来金秀弄在床上的不是人血，说那肯定是别的什么血，拒绝按事先说好的价格付钱。这时候就轮到麻二出面，据理力争："你说是什么血？要不要去公安局，搞搞DNA化验？你怎么这么不要脸，事情干完想赖账，提起裤子不认人？"这是母亲的职责所在，她要保障每次外出都拿到说定的数额，甚至更多。这可是血汗钱，鸽子出血，姐妹出汗，一分都不能少。那客人是条犟货，不肯被对方三言两语说服，扯得不可开交就动起手来，一动手肯定女人吃亏。麻二挨了打，庞老大才从容不迫地从天而降，就像孙猴子。凭孙猴子的能力，可保唐三藏不受一丁点惊吓，但每次他都等到唐三藏被妖怪捉去才动手。

那晚，客人不但付清事先说好的价格，还赔了不少医疗费。庞老大当时觉得医疗费会有多余，没想住院后查出子宫肌瘤。他很后悔，当时应该揪着那杂种不放，手术费都要他出。不过，麻二及时救治过来，庞老大还是松了一口气。他知道，这些年没这女人帮衬，自己的生意也做不下去。虽然两人都不是什么好鸟，他心里确有和麻二一直搭帮过日子的想法。

阙金媚当然认不出小女孩，这些天她正为自己小计得逞而暗自高兴。事情还没彻底办成，她一边顾着高兴，一边愈发小心，生怕别人觉察。以前她什么都不怕讲给人听，最近嘴巴闭得很严。真正的好事，是怕别人知道的，仿佛一走漏风声，就会好景不长，甚至乐极生悲。好长时间，她连酒都不敢喝，怕酒后漏嘴，烟就抽得更凶，上班时间也经常往厕所里钻。

她脑袋里反复记起那晚的事情，本来她没有经验，担心弄砸，好在那小老板赚钱精明，在女人面前还是容易犯糊涂。那天吃晚饭，她提出喝喝酒，小老板就陪着她喝。她看出来他其实还没她有量，但稍喝一点她就装醉。小老板说送她回家，她嗲着声音说不想回去，家里太闷。小老板突然明白是什么意思，不再多说，叫来出租车去郊区，沿路往僻静处找家酒店。事成之后，小老板一骨碌爬起来上了趟卫生间，出来时跟她说朋友又打电话邀K歌，是不是一起去？

"你们男人都不是东西！"她说这话，舌头有些僵硬。她不记得这话讲了多少遍，脸上总要嗔怒，心头滋味各异。

"怎么啦？"

"下半身动物，只顾自己。"她侧一侧身子，床单上洇开的一团血红就显现出来。

小老板迷惑地看了一眼："不可能吧？"

"你好意思……你是不是人？"她摆出怒不可遏的样子，喉咙一放开，就飙出哭声。哭倒不是装的，事情办到这个地步，她一颗脔心也悬了好久，老在想不要搞砸不要搞砸。心弦绷得太紧，眼下哭一哭既能迷惑对方，又是缓解自身压力。她边哭边看小老板的反应，还好，小老板脸上的疑惑慢慢转化为惊喜。男人各有各的复杂心思，但对待那层膜，总是变得一样的简单。

小老板抱着阙金媚啃起来，喃喃地说："我的天，我的天，亲爱的，你总是让人意想不到。"他心里说，这年月还撞上处女，简直打牌碰上了单调双大七对的海底胡，简直……瞎猫吃到了死老鼠。

阙金媚想起当时情景，回过神又考虑目前处境。小老板答应过几天就和她去办证，只有几天时间，却最煎熬人。她总担心有横生枝节，将好事弄黄，所以这几天尽量低调，尽量笑对身边任何事，任何人。

她又想，婚一结，老板娘一当，护士这工作就可当成破草鞋扔。以后在街上碰到这批同事，心情好打打招呼，心情不好根本不用搭理。

铃声骤响，又有病人求助，陈凤正准备去应付，阙金媚急急地跑过来，说我去我去，你早点下班吧。陈凤感到诧异，上班时间，阙金媚是最喜欢在椅子上赖着不动的人，和她搭班的人都要自认倒霉。这几天，风向有变，哪家门前的千年矮被刮成钻天杨了？陈凤心里说，我可不是小边，看人看事不晓得转弯。我倒要看看，阙金媚能勤快到几时，背后有什么不可告人的秘密。

一念到小边，他就狗似的闻到味，打来电话。

"下班了吗？"他买了几只卤鹌鹑，要是她还以为是鸽子，他就会快活地指出，呶这是鹌鹑，不是鸽子。

"又来了病人，要加一会班。你自己吃饭，不要等我，有工作餐。"她挂了电话走向更衣室。

"小颖，你妈住院要好多钱，现在老子都结不了账了，晓得不？要是欠钱不交，你妈就不能出院。"

"我也没钱。"

"不是要你出钱，你也长大了，该帮老子做点事。"

"做什么？"

"你先说，你答不答应？反正是你做得到的。"

小猴子想了想，点了点头。父亲说话这个味道，她知道肯定不是好事，但这几年，楼上那些姐姐吃什么样的苦受什么样的罪，她都看疲了。不知怎的，她不是很怕，她隐隐有种感觉，女人都是这样活过来的。

庞老大欣慰地看着小猴子，想摸摸她脑袋，被她灵活地躲闪开。庞老大又问："晓得鸽子血怎么用么？"小猴子依然点点头，虽然没人告诉她鸽子血拿来做什么用，但她确实知道。鸽子是她买的，怎么用，她通过别人零星的话语拼出了步骤：先放血，再浸棉球，然后带在身上，趁男人闪神时弄在床单上……就能挣到钱，一只鸽子能换来几百只甚至上千只鸽子的钱。庞老大还是不放心，想开口，竟有些难为情，毕竟，继女也是女儿。他朝楼上喊几声，金秀趿着拖鞋跑下楼。庞老大把这个任务交给金秀。金秀听他把事情交代完，用看畜牲的眼光看着他。

"你好好教，等下要是小颖做得不对，我连你一起打。"

"庞老大，你真是个畜牲。"

庞老大赶紧将金秀扯出门，冲她说："你搞清楚，她又不是我亲生的。"

"那你也是个畜牲。你本来就是畜牲。"金秀骂着，却又笑了。她被庞老大打习惯了，打皮了，现在骂他几句，是难得的机会。

"你是好人，你是圣母。该干的事你给我干好！"庞老大将金秀推进房里。金秀看看小猴子，她多么希望这女孩是庞老大亲生的。小猴子脸上永远是无辜的神情。金秀说服自己，小颖脑袋有些呆，所以，迟早都会被庞老大这狗杂种弄去干这种事。她跑不脱，这是命。

刚要开口，金秀忽然想到什么，又出去找庞老大说："你这是脱裤子放屁。"

"你他娘的……又怎么了？"

"小颖要用鸽子血干吗？她以前没交男朋友，今天又是头一回放出去……"

"你能想到的我想不到？女孩自己不小心弄破的还少？今晚这个客不在乎钱，但一定要处女。处女不处女鬼讲得清？见红是一定的。教她用鸽子血，就是上一份双保险。"

金秀只好点点头。以前她以为庞老大粗鲁愚蠢，要赚钱就靠手脚毒辣管教住一帮女人，现在才发现这狗杂种粗中有细，想事周全。

到了点，庞老大和金秀把小猴子送到君悦达生酒店，那里是市公安局直管单位，绝对安全。小老板已经坐房间里等，抽着烟，烟蒂扔地毯上，等着赔，一个烟洞也就五十块钱。当一个人搭上了终身幸福，就知道钱这东西太不值钱。他心里琢磨着，等下人来了，要和对方再重申一遍，绝对保真，这种事情谁还造假，操他祖宗十八代。人一进来，小老板看了看小女孩，就不吭声了。纵是经验不多，他一眼看出来，这女孩就是阙金媚的反义词。他爽快地掏两刀红钱把到庞老大手上，说明天还会给小女孩小费。庞老大赶紧道谢。

时间还早,看着小女孩一脸懵懂的样子,小老板心里骤然紧了一下。父亲是个老公安,晓得儿子干这种事,会不会大义灭亲,用枪敲他脑袋?当然,他意识到头脑中这些顾虑,只不过想证明自己并不是彻头彻尾的坏人。小女孩纵是惹人心疼,今晚他也不会放过他。他想,谁又肯放过我呢?他又想,我可以把手放在《毛选》上发誓,王八蛋可不是天生的。

"随便坐,想玩什么?"他指了指桌上的电脑,示意她可以上网。

小猴子眼睛盯着床头柜上巨大的手机,小老板就把手机递过去。她找找文件夹,说:"植物大战僵尸,没有。"

"喜欢玩那个?好的,这就给你下。"

小猴子很快进入植物和僵尸的世界,她可以一会儿是豌豆,一会儿是大嘴花。眼前这男人是什么呢?她想他是不是雪人僵尸?是不是跳舞僵尸?是不是僵尸博士?全都不像。男人看上去是个好人。

小猴子玩得投入,小老板却在走神。他马上就要和阙金媚结婚了,婚期定下,朋友都已知道,请柬设计得别出心裁,印着两人的婚纱照,一打开,就播他俩齐声朗诵的邀请辞。这个女人脑袋里很多想法都让他意外,她文化不高,但有白领小资的胃口。他也愿意掏钱实现她的想法,把婚礼办得庄严隆重,让来宾都感受到他俩的幸福。

前几天他请人宵夜，来了几个铁兄弟，举办婚礼时他们都是骨干力量。酒一喝多，他一时痛快，向别人宣告，这老婆虽然年纪不小，却是罕见的处女。

"阙金媚怎么会是处女呢？你这人，早点打听，到处都打听得到真相。"有个朋友当场笑喷了。

"你说什么？"

别人拉扯那个朋友，他借酒劲憋不住地说："你不早讲，早晓得你娶的是她，我肯定要说真话。我要是乱讲，全家不得好死！"

朋友敢咒死全家，小老板这才醒过神。他想，这么经验十足的女人，怎么可能还是处女？怪不得，阙金媚反复提醒他，还没结婚，不要把两人的事告诉别人，她不想别人知道只属于两人的幸福和隐秘。小老板前后一想，那女人的许多举动，可以构成完整的证据链。但这么长的时间，怎么一直没有觉察？简直像被人下了蛊，简直是被鬼摸了脑壳。

第二天他酒劲未消，拌着怒火找到阙金媚，质问她是不是和赵某钱某孙某李某都发生过恋爱关系。说恋爱关系，还抬举她了。小老板等着看阙金媚方寸大乱手足无措的样子，甚至，把她一下子搞得崩溃，也正合心意。阙金媚只是冷笑，并说："我俩已经扯证了，你计较这么多，自讨苦吃，要不得。"

"还没办酒。"

"法盲，扯证就是结婚，办不办酒不说明任何问题。"

小老板意识到这女人蓄谋已久，而且已经得逞，就像纱布掺着血结成了疤痂，不揭是块心病，揭开了血肉模糊。小老板顾不上脸面，和女人骂难听的，这反倒碰上了阙金媚的强项，她嘴里脏话一吐一串，骂一刻钟不带重复，小老板占不到半点上风。小老板有些气馁，坐下来想抽根烟缓缓神，阙金媚马上又靠过来，施展媚功，劝他想开一点，又说自己马上考到正编，两口子一个是国家干部一个做生意赚钱，简直是绝配。

两人斗了几天，小老板权衡利弊，不敢再有离婚的想法，婚期照旧。

但他也不想伸着脖子挨宰，总要有些挣扎。想来想去，便想找个处女妹子，在她身上捞一点血本回来。

小猴子还在玩游戏。小老板没了耐心，嘟哝一句："别玩了。"小老板扔掉最后一枚烟屁股，缓缓走向女孩，步伐忽然僵硬。小猴子抬头一看，男人一张脸是青的，意识到这是个僵尸。虽然刚才看他像好人，但有时候，好人转眼就会变成僵尸。小猴子想发几发炮弹，却发现自己只是一朵路灯花，根本没有反击的能力。

今年考编陈凤下足了功夫，临考前一个月怕影响发挥，每晚把小边关在客厅睡沙发，不让他碰自己。小边自当全力配合，守在门外像个太监，不听召唤不敢进去。考试时陈凤也发挥了水平，医院一共招六个人，一百多人报考，她考到第四,按说拿一个编制是闷罐里捉王八,笃定的。只是还欠体检一关,陈凤要小心应付。她有大三阳,不过听以前考过的同事说,体检前灵活一点,探听到由谁负责血检,稍微联络一下感情,就能应付过去。医院里不少护士都过了这一关,稳稳地拿到编制。

更令她欣慰的是,一共六个名额,阙金媚考得第七。还有同事编口号:大快人心事,老阙考第七,明年称老二,本院招第一。不过阙金媚也不在乎,这是她最后一次考编,得之我幸,失之我命,心态拿捏得很稳。她月底就要结婚,考上拿财政工资,考不上当老板娘吆喝小伙计。

反正即将离开,阙金媚破罐子破摔,现在把谁都不放在眼里,上班纯粹是磨洋工,把活都留给同一班的护士,嘴上还说:"我就要脱离苦海了,你们继续,别跟我这种货一般见识。"

想到要忍也忍不了几天,自己又等着进入正式编制,陈凤自然不会理会阙金媚。从阙金媚身上,陈凤进一步理解到那句老话:狗改不了吃屎。前一阵阙金媚态度忽然变好,原来是小心翼翼等着嫁人,现在目的达到,本来面目更加显露无遗。但想到这里,陈凤又忍不住问自己:你又比她强几分钱?前个月她也搭上了一个小领导,刚进副科,在乡镇挂着,一进城就能扶正。她不敢跟小领导说自己只是聘用护士,这种小领导最在乎身份。等编制搞到手,她就打算找机会从小边那里搬出去。

想到小边，她有些不舍。有时候，自己累得像条狗一样走进小边租住的小屋，一桌热饭热菜马上让她找回做人的感觉。她想这也怨不得我，到铺子里买斤猪肉，一复秤斤两不足还要跑去退，结婚是一锤子买卖，哪能不多做些选择？小边也不是头次恋爱，进城做生意后就和一个乡下妹子撇清了关系。小边跟陈凤解释多次，是那妹子喜欢他，他一直找不到感觉，陈凤不肯信。她想，嘴都长在各自脸上，嘴都是主人的帮凶。

陈凤在医院里到处打听，一直探不准哪个医生负责血检，隐隐感觉事情不妙。那天正上着班，护士长通知她去护理科开会，她走进护理科，前六名都聚齐了。今年医院改变了体检方式，搞突袭，六个妹子被120的急救车拉到相邻的广林县体检。

体检果然卡在血检上，阙金媚作为第七名提上来补位。陈凤觉得命运这东西毫无道理，小时候老人家讲的故事，总是善有善报恶有恶报，按说阙金媚这种女人要吃报应，可是人家双喜临门。这几年，陈凤认得的许多人，碰到的许多事，似乎总是该吃报应的人笑得最欢。

那天，陈凤从广林一回来，就打算躺到小边怀里痛哭一场，小尚却串门过来喝酒。陈凤不停地摆脸色，小尚这人有些麻木，好一阵才发觉自己今晚不受欢迎，赶紧告辞离开。陈凤迫不及待地扑进小边怀里。小边身上总有鸽粪味，以前闻着烦躁，今天使劲吸了一鼻子，却得来一种踏实。小边问她怎了，她有点语无伦次，好一会才把事情讲清楚。

"不晓得怎么搞的，以前都只是在本院体检，今年突然变了。"

"政策总是要变。"小边也是刚知道陈凤的病情，想安慰几句，竟不知道如何开口。

"她是冲我来的，她就是冲我来的！那个阙金媚，她肯定和领导睡过了，耳边吹风提出这么个毒招。阴险小人！"

"你这么想就是为难你自己了，人家好歹……也不是冤枉你。"

"你有病啊，我是被陷害了！"陈凤摆出要哭的模样。

小边意识到话又说重了，哄孩子似的搂紧陈凤，并说："你想，现在人都是这样子，好人怎么不吃亏？要是你从来不上当，从来不被人陷害，你又怎么好意思说自己是个好人？"

陈凤一腔哭声本来压在了嗓子眼，听小边说这话，她又硬生生收住。她吓了一跳，忽然觉得小边其实是个明白人，道理懂得多，事情也看得透，只是平时不愿意多说。

小边忽然不说话了，陈凤头皮就有些发麻，将脑袋往他怀抱的更深处钻。

小边其实是被地方台播出的一则新闻吸引去了。刚才喝酒时，小尚说买鸽子那女孩的父母都被警察抓了。小边忍不住问，那女孩呢？小尚摇摇头，不清楚，说今晚的地方台新闻应该会播。小边有些心神不定，老想那女孩又会怎样。地方台的新闻不紧不慢地播到这一条。

"……在将近一年半的时间里,该犯罪团伙一直在我市进行诈骗活动。女性成员以鸽子血伪装处女,男性成员则在适当的时候出现,动用武力迫使当事人就犯。该犯罪团伙在我市共计做案八十余次,诈取财物折合人民币近三十万……公安局早已摸清该团伙的犯罪事实,对团伙所有成员进行布控,此次收网行动抓捕涉案人员十七人,主犯庞光明、麻银花……"

"干了一年半,十来个妹子,怎么才做案八十余次?十七个人总共才诈骗三十来万,怎么活?"陈凤坐直身子,也在关注电视新闻。小边解释说:"是指用鸽子血装成处女的次数,平时正常的出去做生意不算。"

"正常生意?你们男的都不是好东西。"陈凤在他头上戳了一指头。又说:"鸽子到你那里买的吧?你也是个帮凶,不老实我就揭发你。"

"别乱讲!"

电视画面上,出现了一个小女孩,虽然她脸上蒙着马赛克,小边还是不难辨认,那就是经常来他摊点买鸽子的女孩。买我鸽子原来是干这个的?小边心里一凛,随即又替那小女孩感到难过。小尚不点破她的身份之前,小边以为她是个学生,家人不断地买鸽子给她补身体,等着她考取好大学。那天小边知道了小女孩家里的情况,他也认为她不会干这个。虎毒不食子,她父母祸害多少妹子,也会保护自己的女儿。

电视里解说，在这未成年女孩的裤兜里搜出了主要证物。

那天完事后，小猴子被金秀从君悦达生酒店带回住的地方，就发现自己下面一直在流血。但她不敢跟人说，悄悄地用纸擦去。拖了半天，她走路都摇，摸一摸额头并没有发烧。

"都这样，一开始碰这种事情，都有好一阵不舒服。"庞老大事多，有点照应不过来，对女孩只能敷衍一下，让她躺在床上休息。

"我妈几时回来？"

"快了快了，小颖，你妈知道你也能挣钱，病就好得更快！"

小猴子躺在床上玩手机，还是不断地出血，还是偷偷地擦。她觉得这是件丑事，不好让别人知道。脑袋越来越晕，她躺在床上越来越能睡，有时在夜里睡去，睁眼一看天还没亮，以为自己没睡多久，看看手机发现过去了一整天。

那晚房门忽然被踢开，几个警察走进来，要小猴子穿上衣服一块出去。小猴子想坐起来，浑身依然虚脱。有个女警察指着一张靠背椅问她："这些衣服都是你的？"小猴子点点头。警察从一件裤子的兜里找出用真空袋装着的棉球，浸在里面的血液早已板结凝固。

"这是你的？"

小猴子点点头。那晚从君悦达生回来，衣裤都堆在靠背椅上，自己没力气洗，别人也没空帮她洗。

按照警察的说法，抓这小女孩，其实也是救了这小女孩。小女孩体格孱弱，下体又有挫伤，一直在流血，没被人发现，拖了几天造成严重贫血。如果女孩不是被抓，再拖下去命都难保。在那种人渣堆里，死个人也不算什么大事。

小猴子被送到医院妇科治疗，所有人都知道这女孩就是那晚电视上报道过的犯罪团伙成员。

陈凤这天和阙金媚一个班。阙金媚顺利通过体检，成为医院正式职工，在聘用护士面前也摆得出领导模样了。奇怪的是，现在这帮姐妹对阙金媚的嘴脸很适应，仿佛她本来就是个领导。以前编顺口溜的那妹子，现在成天阙姐长阙姐短，把自己搞成个小跟班。陈凤现在晓得要缩着脑袋夹紧尾巴做人，体检结束，自己的病情已经藏不住，别的人有意无意躲着她。虽然她们都知道，这病并不会通过常规途径传染。医院没有给她编制，但按照相关规定，在合同期内不能解除聘用关系。现在，陈凤才觉得聘用岗位也是难能可贵，在医院干活累是累，收入在这小城不算低。她学了五年护士，不干这个，还能干什么？

陈凤处理完一个意外流产的老女人，听了一耳朵牢骚，终于抽身离开，正往护士站走。铃声又在响，按说下面这个病人应该由阙金媚去护理，但她坐着嗑瓜子。看一看灯号，正是公安局送来的那个小女孩。

"你怎么不去？"陈凤压不住火，杵了阙金媚一句。虽然阙金媚装得像个领导,好歹要说她一句。

"我怎么能护理那种贱货?我过几天就结婚了,打死也不沾她身上的霉气。还是你去合适。"阙金媚把瓜子壳一吐,歪着嘴笑。

陈凤不敢和阙金媚纠缠,扭头又往医房赶去,心想,那女孩要是还啰嗦,别怪我不客气。换药时,小猴子不停地问护士,阿姨,我什么时候出院?护士们要么敷衍一声快了,要么懒得吭声。

要是小女孩还问……陈凤琢磨着,自己应该这么回答:你急什么急,出了院也是蹲班房!

老大你好

总的来说，小丁是个老实人，平平静静打发自己的日子，同时，他心里相信这世界上有江湖存在。但"江湖"是看不见摸不着的东西。小时候，小丁以为江湖跟班上爱打架的小孩有关，但他们不屑与小丁为伍，甚至不肯收小丁当跟班。再大一点，小丁以为"江湖"是港产片里的逞勇斗狠，但多年看下来，老是看那几个演员板着脸装模作样的神情，久而久之，小丁也就看出来，那无非是人家编排出来骗钱的玩艺了。现在，他三十多岁，慢慢地不太对"江湖"两字感兴趣，却忽然接到一个电话，说老大马上要来。

只消听得"老大"两个字，小丁忽然又闻见了"江湖"的气味，竟也有些激动。当年，他这个没人要的小马仔，多年以后终于也拥有了自己的老大。

电话是童学盛打来的，打来时他还在上班。图书馆和别的单位不同，节假日要加班，方便群众借书，五一当然也不例外。虽是加班，但在图书馆上班实在清闲。小丁管理二号图书室，整个下午根本没人来借书。桌上有电脑，但只开通局域网，接不上他要的那款大型网络游戏"奇迹"。没玩"奇迹"之前，他在单位的电脑上玩连连看、采石场、蜘蛛纸牌等小游戏，也自得其乐。现在不行了，他再没心思玩那些小游戏，就像喝多了茅台，再搞苞谷烧，漱口都嫌塞牙。

百无聊赖之时，他接到童学盛的电话。童学盛在电话里说，晚上在光哥酒店科罗拉多包房吃饭，老大来了。

哪个老大？

还有哪个老大？行会的老大，小丁，你真是贵人。……今晚别请假，你不来不行。老大刚才打电话，还专门提到你的名字。他说一个行会搞得一年多了，还没正经地碰过面，很愧疚，专门从朗山赶过来见见大家。

行，我跟老婆请个假。

好的，要不然把你老婆带来一起吃也行。我订的那张桌子，十几个人坐得下，但我们县里的行会兄弟，就四五个，凑不够整桌，多的是空位子。

方便不？

哪有什么不方便？你家小廖比你更有男人味咧，搞起酒来也比你爽快得多。叫她来，她一来老大肯定更有兴致！

小丁哦地一声，挂了电话。挂下电话一想想童学盛刚才说的话，似乎不对。我老婆难道是用来让大哥更有兴致的？但人家也没说错，他知道，老婆廖琼真的很爷们。小丁怕老婆。婚前，他以为怕老婆是一种美德，现在他晓得，一物降一物，怕是真怕，偶尔有朋友邀饭局，他打电话去请假，嘴皮子都哆嗦。下班之前他打了老婆的电话，问她有没有空一起吃饭。廖琼正在一个闺蜜家中，饭肯定也是就地解决了。小丁放下电话松了口气。

下了班小丁就往光哥酒店去，一路上胡乱地想些事情。大哥网名"一统江湖"，很有魄力的名字。从小，小丁就被老师教育要有远大的理想，有理想，才有巨大的动力。小丁在生活中一直找不到具体的事例，找不到有理想并实现理想的亲友；上了"奇迹"游戏，反而从行会老大身上感悟到了。行会老大当初一上"奇迹"游戏，还是初级生手，就敢取这样一个网名，招风惹眼，别人看见了都恨不得多砍他几刀。但他既然敢取这名字，自有一番雄心壮志，慢慢就拉起自己的行会，队伍壮大，再想砍死他就不容易了，有一排排小弟在前面帮老大挡着。在"奇迹"网游官方服务器的西南片区，"一统江湖行会"名不虚传，一年多时间里就发展成为排名前十的行会，而且后势强劲。老大"一统江湖"久有凌云之志，不满足已有的成绩，不混到第一的位置，看样子是不肯罢休的。

小丁几个月前才被罗威和童学盛拽进这个游戏。生活中，小丁几乎没什么朋友，好歹读了多年书，小学初中高中大专，按部就班地混了十好几年，才积累下这两个好朋友。"奇迹"这游戏，先是罗威拉了童学盛，两个都玩得入迷了，就拽着小丁一块玩这款游戏，进同一个行会，这样一来，多年的交情便可兑换成游戏世界里的肝胆相照。

小丁进入游戏时，"一统江湖行会"已经赫赫有名了，已脱离见人就拉壮大队伍的时期，一般的玩家，不是想进就进得去。罗威和童学盛在行会里已经混成两员骁将，很得老大的赏识。两人联名保举，小丁这才得以顺利加入"一统江湖"行会。一个菜鸟刚进游戏就加入大行会，引发了网络上一片艳羡的眼神。刚加入的时候，小丁给自己取个名叫"公孙小犊子"，老大看了就说，这鸟名字不好，又是大家合用的孙，又是小王八犊子，你还能有什么战斗力咯？换一个，换一个，我看，就叫"十步杀一人"好了。十步杀一人，二十步就杀两人，多有气派的名字！既然老大开了金口，小丁就将网名改成"十步杀一人"。虽身在大行会，也不是说就可以少死几次，由于级别低，交战中小丁被敌人三番五次地"砍死"，好不容易攒起来的装备一次又一次爆掉了。老大就是老大，养小弟舍得下本钱，咬咬牙赠给小丁一副"御宇天龙铠甲"，从此以后小丁每天才少"死"几回。

小丁走进去，好大一张圆桌子，站在桌边任意位置都可以打乒乓球。童学盛来了罗威还没看见，对面三个人，搞不清哪个是老大。哪个是老大？小丁在童学盛拉开架势搞介绍之前，先看了看对面的三人。对面三人迎着小丁的目光微笑着，中间的瘦高，两边的个头要宽一点。小丁觉得他们三人谁也不像是老大，反正，和他心中的预想有差距。他觉得他们三人都是扔在马路上就消失于人流的男人，没有任何能让人一眼就记住的特征。这显然不适合当老大呀，当老大就应该与众不同，在群殴事件中扬着旗帜般的脸孔冲锋陷阵，任何时候都那么醒目，让手下马仔们瞟来一眼就恢复了体力加满了血……

这就是"十步杀一人"丁小宋！童学盛已经在介绍小丁了，小丁第一次被人带了绰号介绍，自己都新奇，脸色也微微一窘。对面三个人却听得煞有介事，左右两个家伙站了起来，点了点头，还双手抱拳。这架势就有点专业了，小丁港产片里看过的，抱拳也是有诸多讲究，有手法，还有念各样的诀，都有不同的含义，代表不同的帮派不同的级别……

又他妈港产片！小丁暗自喝骂道，小丁，港产片是你妈呀！

我是"一剑封喉"侯照泉！

哦，你好，欢迎来俾城。你们第一次……小丁不知道怎么打招呼，童学盛扯了他一把。

"左手杀人右手放火"王岘生。

久仰久仰，失敬失敬！

站起来那两人，各自自报家门，左边扁脸的是"一剑封喉"侯照泉，右边脸更扁的是"左手杀人右手放火"王岘生。小丁想，中间的就是老大了？他的眼光再次飘向中间那人，越看他越瘦，像根柴……且不说像根柴，眼上还架一副眼镜。老大这副模样，确实有点掉出他的底线了，以至他马上提醒自己，人不可貌相啊。

……十步杀一人和我想象的差不多，是个白面书生的模样，果然。不可貌相的老大笑了起来，又说，这个名字还是我给取的，只是没想到，你竟然这么胖。

其实也不胖，和老大一比，他就显得有点丰满了。童学盛凑趣地说着，老大更是呵呵哈哈地笑起来，很豪爽的模样。但是他又瘦又柴，笑得太用力了，胸前两排肋巴骨就晃动起来，小丁甚至有点担心他会咯血。

一听这声音，就知道此人必是行会老大"一统江湖"无疑。小丁很熟悉这个声音，在游戏中，行会如果要发起什么行动，都是老大用他的声音在网络里指挥着，运筹帷幄。如果攻城，他会命令哪几个抢什么位置，哪几个去堵哪个方向，哪几个主攻哪道门。如果守城，他会命令哪几个守哪道门，哪几个作为机动部队随时驰援，安排得妥妥当当，井井有条。要是没这本事，他们的行会也不可能一天天壮大起来。当初，老大发布命令，听到命令的人赶紧动起来，老大还是觉得不爽，又定了规矩，说要是喊到谁了，谁就答一句"得令"，让我心里有数，不要不吭声嘛。他一下命令，比单位领导讲话还起作用，大家便小声地回复"得令"。这两个字念起来古怪，大家有点不好意思。老大就点名批评了个别声音特别小的会友，杀鸡儆猴。慢慢地，所有人回复的声音都大了起来。发布命令时，要是谁憋不住笑，老大就严厉地喊话，是谁在笑，是谁？严肃点！……今天我也就不查清是谁了，你自己心里要清楚。都是江湖朋友，都在并肩作战，互相给给面子。以后我说话的时候，不要再出现这种不严肃的声音，知道吗？憋不住也给我吞肚子里去，下次再犯，我要踢他出会，就不再废话了。老大的声音不严自威，行会里的兄弟慢慢地也不再随便发笑了，加强了军纪，再去打仗，战斗力果然立竿见影地有所增强。老大还会配乐，进攻的时候放激烈的电子音乐，让人热血很快沸腾，见到敌人露头便疯狂地想砍；防守的时候老大就放嘻哈乐，那些听不懂的说唱字词像鼓点子，使得行会的弟兄步调一致，紧密地配合起来。一俟打了胜仗，老大就总是放那支《猪八戒进行曲》搞气氛。因这首曲子反复播放，小丁暗自猜测着，老大应是一个胖子，今天得以一睹真容，免不了有些意外。

罗威此时进来，童学盛正要介绍，老大及时制止了童学盛说话。他说，唔，我知道的，这位就是"阿修罗狂刀客"对不？童学盛赶紧撅起拇指夸老大英明。

小丁看得明白，童学盛在单位里对领导点头哈腰已是习惯成自然，今天冒出来这么个老大，他有意无意也把老大当成领导搞了；反正，平时也是把领导当成老大搞的。

酒喝开了以后，童学盛掐了掐小丁的肩头，小丁就眼睛犯晕地看着他。童学盛只好摆明了说，今天老大好不容易来我们俾城，你还不快点敬一杯酒？老大反应很快，举起杯冲小丁说，来，我敬小丁兄弟一杯。童学盛转过头去跟老大说，小丁是在图书馆上班，成天不想事光看书，所以有点迂，不晓得敬你酒。老大说，没关系没关系，别把我当老大，当朋友，朋友就对路。

小丁讪讪地说，我不喝酒，我什么酒都不喝。盛宝，你又不是不知道。

童学盛脸色微愠地说，怎么搞的？平时不喝就算了，今天老大老远过来，凭什么不喝？嗡？他说话时端来一杯鹿龟酒，说，你就当是药，闭着眼睛喝下去。

从小到大，小丁被童学盛安排惯了。他有困难的时候，童学盛确实主动站出来帮忙，眼睛一转一个办法，久而久之小丁对童学盛有些依赖。他没想到童学盛突然变得这么严厉，心里发怵，不知所措地把那一杯酒扪了下去，呛了几口。老大就在对面夸他，果然是条爽快的汉子，嗯，我喜欢。

得了老大的夸奖，小丁便跟自己说，是啊，来的是老大！老大仿佛也不是领导，要是别人不叫他老大，他可能也会换一副谦和的脸孔。但是，老是听人叫自己老大老大，他就变得不一样了。是不是这样？小丁恍惚间又记起读小学时的事情。童学盛本来是个轻言细语懂得礼让的好孩子，三年级当上了组长，忽然就严厉起来，在朋友面前变了脸，说话时嗓门也粗了。隔半年，老师让小丁当了学习委员，童学盛对他又变得客气几分，因为要经常一起开班干部会。童学盛的这种客气，使得小丁为当上学习委员暗自庆幸。正在庆幸的时候，他就敏锐地觉察到，原来称谓是能改变人与人之间的关系的——老笑别人拿着鸡毛当令箭，来得轻巧，但一朝鸡毛在手，你自己也未必知道这只是根鸡毛。

侯照泉和王岘生在游戏中是骁勇的战将，现在一桌吃饭，嘴巴子也十二分地能说，两人配搭起来，像是讲相声，讲的内容，总是围绕着老大"一统江湖"。老大本姓肖，叫肖小文。侯照泉和王岘生说起这老大，在朗山也是人人皆知的人物，过马路跟人打招呼，常常都累得嘴巴起泡舌头抽筋。有这样的江湖盛名，倒不是他打架如何厉害，而是为人急公好义，扶危济困，在钱面上特别过得硬。有朋友来朗山，老大要是没钱，把胯下摩托车当掉，也要好酒好肉地请朋友……所以一直落魄，现在都还是个光棍。

呃，我看这和及时雨宋江差不多！听了对面两人的介绍，童学盛若不拍上几句，嘴巴皮似乎会痒。小丁听他俩，还是很有触动，再看看老大，狭长的脸上，确有某种说不出的气质。他想，这老大，岂不是当代活雷锋么？他暗自这么想，旁边的罗威嘴快，他站起来又要敬老大酒，并说，老大简直就是朗山的活雷锋嘛。

老大一听这话,却不肯喝酒。他把酒杯稳稳地放在桌面上,严肃地说,你不要拿主旋律那些东西灌我米汤,我不吃这一套。我干这些事,不会记日记让人家知道哟。

罗威赶紧说,那是那是,雷锋是雷锋,老大是老大,各有各的人格魅力。

老大听了这话,才痛快地把酒灌到肚里。一桌人拉拉杂杂喝了个把钟头,酒不算喝得快,几乎都没事,老大却已是一脸醒醒的模样了。他忽然想要叫个女人陪着喝。童学盛说,老大,不急不急,今天你能过来,我们这边肯定是一条龙服务,吃了饭去洗洗脚,洗舒服了,再去唱唱歌,怎么样?

那要得!

童学盛和罗威都在好单位里混,接待工作早就搞得轻车熟路,要想让谁舒服,一定会搞得他哼哼唧唧地叫出声来。反正,他俩都有签字的权力,这一夜花销再多的钱,他们自己钱包里也不会损失一分。洗脚的时候老大睡着了,去到歌厅,他恢复了精神,不停地调戏陪他喝酒的歌厅妹子。歌厅妹子看看年纪不大,但业务熟练,对付一个醉鬼游刃有余,又哄老大喝了很多加冰的洋酒,却不让他在自己身体上讨到任何便宜。用她们的话说,对付醉酒的顾客,分明就是捡死鱼。

老大再一次躺在沙发上睡着了,竟然鼾都不打。

……把他弄到你家去睡一晚。童学盛拍拍小丁,解释说,要是平时还好，去开一间房就百把块钱，但现在是五一。罗威也说，是啊，这个月我签的单也足够多了，前天开会，领导都特别提到黄金周尽量不要去开房。小丁，你看，饭和洗脚是童学盛请的，唱歌是我请的，你就负责老大晚上的住处吧。你家房子大，住他们三人根本不是问题。对吧？

小丁也知道，佴城是旅游城市，一到黄金周，所有的酒店就好几倍的飙涨房价，沿江的水景房甚至涨到一千多一个标间。既然他俩把话说到这分上，小丁也不好多说什么。他单位虽然穷，但市里划拨来的地皮有蛮多，所以集资房面积大，最小的都是一百八。他有两百二十个平米的小跃层，楼上楼下，住进去几多清静。他父母自己有房，单位的房子，就他和老婆两个人住。廖琼当初看不上小丁别的，对他们单位的集资房却很是眼馋，想到住这大房子诸多的好处，这才嫁给了他。小丁知道，老婆虽然脾气大，但完全是个男人性格，好客，带几个人去家里住，在她那里根本用不着打招呼。每个人总有自己的优点！小丁带着三个朗山人上出租车时，进一步体会到老婆的好来。

下了车，侯照泉和王岘生一左一右扛着老大上楼，用不着小丁费神。他俩简直就是老大的左膀右臂。他安排他们三个人睡在楼下。楼下有三间房，其中两间房里都铺得有床。侯照泉还客气地说，丁老弟你上去，别让弟媳等久了，我们自己安排。

小丁上楼进到自己的卧室，躺在廖琼身边，她就醒了。她问他刚才搞什么去了，他就说来了几个朗山的朋友，都睡在楼下。廖琼哦地一声，就睡了过去。他估计她也喝了一些酒。她像个男人，于是也像男人一样的喝酒。可能还抽烟，他们接吻的时候小丁觉察得到，因为他也不抽烟，对烟的味道特别敏感。还好，廖琼从不当着小丁的面抽烟，所以小丁也懒得把此事说破。他也不知道自己怎么就被廖琼搞得神魂颠倒。婚前，他的朋友都劝他，这个女人虽然长得不错，但没几分女人味，而且脾气还特别大。朋友们说，小丁，你是个老实人，为什么偏要找一头母老虎呢？

他也不知道，稀里糊涂地把婚结了。结婚以后，他才越来越发现，原来老婆身上满是自己想有却没有的东西。两个人能够成为一对夫妻，志同道合固然是冠冕堂皇的理由，如若彼此性情互补，那才是最牢靠的基础。

五月二号小丁上半天班，中午时拎着刚卤好的猪头肉往家里赶。他估计三个朗山朋友刚起床，早餐午饭一顿搞，加些猪头肉，正好喝早酒。于是他又买了两瓶二十几块钱的玻瓶汾酒。走进自己家，小丁猜得不错，四个人全都围着餐桌吃饭，有说有笑。饭是早餐的模样，廖琼出去买的面点还有咸菜稀饭，几个人掰着吃馒头夹着吃咸菜，用稀饭漱口往肚里吞。小丁把猪头肉摆上桌，还有几分余温，廖琼就主动提到喝酒。

大哥，是不是喝两杯？刚才你不是说你挺能喝么。

现在还早,这么早就喝酒……

反正下午也没什么鸟事,喝两杯吧。廖琼老不爱把自己当女人,所以说起话来嘴里时不时蹦达出几枚脏字,小丁也见惯不怪。小丁很配合地把刚买的玻瓶汾酒摆上桌,廖琼看了一眼就不悦。她说,哪捡的这两瓶酒?你们单位发的?

楼下小超市买来的。

丑人!她说,人家千里迢迢从朗山过来……他说还是你老大,对吧?你就让老大吃这种便宜酒?你上面不是还有两瓶酒鬼么?

两瓶内供酒鬼,小丁本是打算拿去孝敬父亲的。廖琼话一说,就噔噔噔上了二楼,取一瓶下来,砰地开了瓶,让小丁措手不及。既然酒已开了,小丁也热情地冲老大说,这酒你尝尝。

肉香引得小丁养的雪瑞纳从角落里钻出来,到餐桌底下到处嗅,找不到肉,就舔廖琼的脚趾。老大一看小狗,煞是喜欢,抱在手上举到嘴边亲了又亲,并挟起猪头肉,和狗分吃起来。老大把酒给狗喝,狗不喝。老大抿了一口,皱皱眉头,说这酒不合口,你还是开那玻璃瓶吧。我平时就喝那种酒。小丁翻了翻眼白,无奈地打开汾酒,看看桌上的酒鬼已经无法复原了。给父亲送酒,只送一瓶他会怎么想呢?再买一瓶哪来的钱呢?

廖琼也说,肖老大,这酒好几百块一瓶咧。

我吃的是自己喜欢，管它值多少钱。

老大这么一说，廖琼就好像听到了名人名言，冲老大撅起了大拇指。她根本没想到，自己那三脚踹不出一个响屁的男人，竟然带回来这么个义气大哥。廖琼也把装着酒鬼的杯子推到一边，换个杯子往里面倒汾酒，和老大干起杯来。老大就说，妹子，你这酒量……你也来我们行会吧，有你这样的妹子，我们行会还会壮大得更快。

你们行会是搞什么的？

就是"奇迹"游戏，你不知道啊？现在网上玩得最火的就是这个。

网上？游戏？廖琼撇了撇嘴，她从不玩游戏。

你不要小看这款游戏，里面的装备都是卖钱的。有一个老总要掏好几千买我的一套宝甲，我还不卖，把它送给了你家小丁哟。要是没这套宝甲护身，你家小丁不知要死多少回。

好几千什么钱？QQ币？

当然不是，人民币，真金白银。你问你家小丁是不是。老大分明比小丁还年轻几岁，但一口一个小丁，已经很麻利的了。小丁在一旁配合着，连连点头。

廖琼也听说过，现在网络游戏里的东西，也是可以拿来卖钱的，听老大这么一说，赶紧帮老大添满了酒。她和三个朗山人只是初次见面，但谈得特别投机。侯照泉和王岘生在廖琼面前颇有点卖弄地说起老大的江湖往事，说起逞勇斗狠，说起他对兄弟的照顾，说起他的急人所难，廖琼全都听得顺耳。酒喝起来也就快了，一瓶很快见底，廖琼还要去开第二瓶，老大赶紧讨饶，说晚上再喝，中午喝这么多已经足够了。

老大不肯喝，廖琼便说，肖大哥，难得你来一次，今天中午就随便吃点，等下我出去买菜，晚上再好好地请你们吃一顿。廖琼说得轻巧，小丁听着头皮又麻了起来。中午随便吃了点，加上开瓶的酒鬼酒，已经是大几百块钱了。不当家，不知道柴米都贵。

老大说，弟媳妇，你别客气，今天晚上用不着你请。知道我过来，广林县的一帮兄弟都高兴得不得了，下午就会赶过来，他们一定要请我吃一顿。到时候，你不能不去哟。

廖琼说，这不好吧？

老大说，你这么爽快的性格，我喜欢，有你在，我们喝起酒来兴致都会高好多。你不去还真的不行。

那行，我中午喝多了，晚上少喝点。

廖琼一天两顿酒地喝，小丁不是很舒服，但想到省了一顿饭钱，心里多少还是有些宽慰。在这个家里，廖琼不想事，有了什么想法，钱面上都是小丁掰着手指划算半天。性格都是天许的，他变不成廖琼，廖琼也学不来女人该有的细腻。

广林是离佴城最近的一个县份，六十几里地。他们行会里面，广林的会友不少，起码十几人。他们也没见过老大是什么样子，知道老大来了佴城，都憋不住想来见见面。晚上吃饭时，小丁看见广林的会友几乎全来了，有的还拽了家小，少不了十五六号人。他们在佴城政府酒店里包了最大的一个包房，里面的大圆桌能坐下二十多号人。童学盛和罗威赶过来，加上小丁两口子，一张大桌挤得满满的，气氛也相当热烈。广林的会友里有一个曾老板，是在拥有遍布省内的货运网络，整个广林县都数得着的有钱人。他做的东，那一桌特别丰盛，水井坊扛来了整件。

小丁不得不感慨，老大就是老大呀！这个虚拟世界里的老大，在现实生活中也享受着同等的待遇。这个世界，虚拟和现实越来越扯不清白了。

酒一喝起来，老大拽着廖琼一起去应付朗山来的朋友，他一遍遍地介绍说，这是我弟媳妇，能喝的，能喝的……廖琼一看这风云际会的场合，也兴奋了起来，喝起酒来者不拒，一杯一杯的白酒往肚里灌，老大和别的人就围着她高一声低一声地叫好。越叫好她就越来劲。老大也确实为认识廖琼而高兴，有这么个能喝的漂亮女人，酒席上搞气氛特别出效果。老大拽着廖琼的胳膊同行，游弋于密密麻麻的广林人中间，一喝酒就双双举杯迎客，仿佛他俩才是一对人。

难得老大这么高兴，小丁在一旁看着也欣慰，想想自己老婆这么出得场合上得台面，不啻是件好事。童学盛反而有些看不过去，低声地跟小丁说，老大是不是……呃，你家小廖是不是……

怎么啦？

他俩是不是挨得太近啦？老大会不会打你家小廖的主意哦？老大可是个光棍，你家小廖长得又实在不丑。

小丁也被逼着喝了几杯酒，晕晕乎乎地，看着老婆跟老大走在一起，不以为意。他说，虽然他是老大，但瘦得像麻秆，真的落了单，我家廖琼搞起事来他恐怕没见过。他真要是敢动手脚，就会晓得厉害。

没准你还等着廖琼找着个借口拿老大开练吧？童学盛快活地笑出声来。

你自己这么想的吧？马仔其实最愿看到老大挨打了。

童学盛就接着笑了。这两天。他嘴上老大老大地喊个没完，慢慢就憋不住得来一股恶狠狠的心思，想看看这老大真格地动手打架，到底会耍什么把式。

老大其实很快地又醉了，他不胜酒力，兴奋起来又丝毫不知节制。电影里的老大往往是很冷静的人，很阴暗的人，具有杀人不眨眼的气质，但眼前这个老大显然不是，他是个性情中人，他也不敢杀人不眨眼，显然，他是晓得要遵守法律的。这天晚上，老大没几下又躺到沙发上睡去了，散席的时候，曾老板有心搞一条龙服务，叫大家都不要回去，往下还有内容。

这时候，廖琼已经回到小丁身边。曾老板宣布还有内容，她就撇撇嘴跟小丁说，呶，你们男人都是这德性。

我可不是。小丁马上表清白，他心里确实怵着老婆。

那是你还没赚到钱。

廖琼这么一说，小丁就松得一口气。这说明老婆是相信他没到外面乱来的。

曾老板主要是想招待好老大的。虽然他有钱，但一旦上了那个游戏，自己就成小马仔了，要乖乖地听从老大的吩咐。曾老板看着躺在沙发上的老大，不禁有些遗憾，说今天看样子他是走不了了。

侯照泉说，没事，我两个都还没事。

罗威和童学盛当然也没事，他们搂着朗山兄弟的肩头往外走，不管是洗脚或是别的，都是他们喜欢的活动。罗威洗脚时把妹子洗怀孕过，童学盛倒是不敢，但是一见比自己老婆漂亮的妹子，他就腿软，不想离开。他老婆长得又丑，所以他几乎天天晚上都愿意在外面泡着，老婆下十二道金牌他都不想回家。

人将散去时，他们四个人一致跟小丁说，既然你不去，那你就把老大搞到屋里去睡吧。小丁点了点头，他喝得不多，还清醒，把老大架了起来。老大很轻，比看上去更轻。他觉得，其实自己把老大抱起来，也不会怎么费力。再一想，还是不好，要给老大面子，所以只能架着他，不能抱着他。

他凭一人之力就把老大弄回了家，架着他上床，还帮他脱鞋。老大身上有臭味，再一想也不奇怪，老大这次过来，身上竟然一个包也不带,显然没准备换洗的衣服。这个光棍,平时怎么过日子的?他打算着,等老大一走,就把床单洗一洗,洗之前用84消毒水泡一泡。他再去到自己的卧室,廖琼已经睡死,打着鼾。她的鼾不重,但他想,相对于别的女人而言,廖琼的鼾声应是不轻,虽然他没听过别的女人打鼾。

翌日清早,是楼下的响动声把小丁惊醒了。身旁的廖琼仍然睡着,睡得沉,还哼出轻微的声音,似是酒精发生着作用,不知几时才能醒来。女人毕竟是女人,喝起酒来硬是比男人少一个肾的功能,昨天看着没事,酒精在她体内打着隔夜拳,这时见功夫了。小丁顾不得廖琼,往楼下走,见是侯照泉王岘生两人回来了,老大跋着拖鞋穿一条短裤开的门。那两人一串串地打着哈欠,嘴角还残留有心满意足的蠢笑。

昨天怎么安排你们的?老大问。

王岘生说,曾老板随便我们怎么搞,要我们别替他省……

小丁也走到了门边,见老大的脸色突然变了。老大说,你们真是的,胀死的胀死,饿死的饿死。

侯照泉赶紧说,没办法,昨天怎么弄你都不醒。你遗憾,曾老板比你更遗憾,他今天白天还要处理事情,晚上会过来接你去广林玩几天。还说,过几天找个车把我们送回朗山。

这他妈还算有良心。老大仿佛高兴,但依然是骂人的口气。小丁示意老大声音小一点,纵是发火,也不必咆哮,以免吵醒楼上的女人。老大抬头看了看天花板,压低嗓音,冲那两人说,下次不许这样了啊。人家本来是请我的,你们两个是来搭秤的,心里要明白。两人赶紧点头称是。

老大又问侔城的妹子怎么样。侯照泉咂了咂嘴说,不错,这里是旅游区,外地的妹子来得多,讲普通话和四川话,好听,长相也是以漂亮的为主。不像我们朗山,交通实在不好,大部分店子里头,都只有本地的柴火妹子。

老大说,昨天你们去的哪个店?

叫什么什么娱乐城……两个人都没记住店名。三个人说着说着走进一间房里,似乎还要睡觉。

小丁看时间已经不早,去下面街上买了包子油条还有豆浆回家,摆在餐桌上。这些贪睡的人,哪时起床,睁开眼睛就能吃得着。然后他去上班。捱到中午,小丁跟领导请了下午的假,还提前一点下了上午班,跑超市里买了好几样菜,回去好好做一顿饭。小丁做菜的手艺也不错,廖琼看上他,除了那套小复式,再一个亮点就是做菜了。老大晚上就要走了,小丁想着这顿中餐无论如何要丰盛一点,算是饯行。

一走进屋,他就发现气氛不对,只有廖琼一个人坐在饭厅里吃东西。她身上糙糙地穿着他的一件T恤,一只脚踏在椅子上,一只手拿着半截油条,正把一碗冷稀饭喝得稀里哗啦地响,显然是有情绪。其他三个人看不见。

怎么了?

你带回来的都是什么样的狗东西!

廖琼故意抬高了声音，小丁就知道那三人还没走，应是在房间里。廖琼这句话是讲给他们听的。

到底怎么了？

廖琼把碗一摔，伸长了腿到餐桌底下找拖鞋，然后上了楼去。小丁注意到，因为贪凉，老婆没带乳罩，乳房耸起来老高。廖琼不太肯注意这些，也天生地不喜欢带乳罩。两只乳房，肯定是因为一直没得到拘束才鼓得那么老高。看着老婆的背影，再想一想老大的神情，小丁就觉得肯定出了什么事情。但估计不会闹大，他对廖琼很相信，不是哪个男人随便就能吃她的豆腐。她的豆腐硬，吃在嘴里肯定弹得牙齿生疼。这一点，小丁是特别放心的，老婆的性格，就是她身体的保险箱。

现在，小丁走进老大睡的那间房，三个朗山人都坐在里面喷烟，烟雾缭绕。老大脸上有清晰的血痕，一看就是偷鸡不成蚀把米的气色。

怎么了？

侯照泉说，没哩，我们在聊事情，挺好挺好。

还没吃早饭吧？等一等，我干脆早饭中午饭一起做了，好好地吃一顿。

那三个人都没有吱声，小丁就走出去做饭。菜很快弄了几道，他摆在桌上，把屋里的三个人喊出来。三个人刚走出来，廖琼也换了一身衣服，橐橐橐地下楼，看样子要出门。老大的脚步迟疑了，看见那只雪瑞纳躺在沙发腿边，吹了声唿哨，那狗就一蹦三跳地朝老大跑去。狗还是蛮喜欢老大的，老大喜欢抱它，顺着捋毛，和它一双筷子吃肉。老大把狗抱起来，对着狗嘴狠狠地亲了一口，廖琼就看见了。

她暴喝一声，它刚吃了屎的！

老大赶紧把狗子放下了，用手擦擦嘴。廖琼又吹起唿哨，让狗过去，然后把狗抱在怀里往外走，重重地踢了门一脚。小丁招呼他们三人吃饭，嘴上还说，哎，女人就是这样，你们别介意啊。

照样还有汾酒，但这一餐饭吃得很闷，老大灰着脸，夹一筷子菜嚼上半天，仿佛在想什么重要的事情。小丁招呼了几声，也就管不了那么多，任由场面冷下去。

过一会，王岘生率先憋不住了。他说，丁哥……

呃，怎么啦？

其实刚才也没什么，我们都在的。老大是有这个毛……习惯，说着说着话，手自然而然就放在人家肩头上了，没有别的意思。老大能是那种人么？

侯照泉也说，是啊是啊，刚才是老大和你爱人聊得开心了，忘了她是个女人，一手就搭了过去。我作为旁观者说句公道话啊，你的爱人是个豪爽之人，很容易搞得人家忘了她还是女人哟。

王岘生又说，弟媳妇那一耳巴子，打得真是不含糊，虽然不是打在我脸上，但是我都觉得眼前金光闪闪。

你不讲话会死人啊！老大冲着王岘生咆哮起来。

原来是这样！小丁听他们这么一说，暗自好笑，知道这一回，廖琼一耳光毫无征兆地打了过去，老大肯定始料未及。他赶紧说，不说了不说了，吃菜，喝酒！

这顿饭没几下就结束，几个人都懒得吃饱。饭后无所事事，广林的曾老板打了电话说要五点多钟才能来。他们三人想打牌，小丁不会，就上楼去睡午觉。三人打起了斗地主，彩头小，一张牌两块。

小丁一觉睡了个把钟头，又被奇怪的声音搞醒了。是女人的声音，从楼下传来，但很陌生。小丁无端地觉得情况不太妙，套了件衣服往楼下走去，果然，眼前的景象还是有点让他吃惊：王岘生带来一个妹子，化妆很浓，穿着吊带衫，显出前突后翘的身体。老大正要叫女的往房间里去，小丁突然出现了，他们几个都始料不及。

小丁正不知要问些什么（其实他心里已经清楚了十之七八），那妹子忽然摆出不耐烦的表情，冲王岘生说，哥哥，怎么搞的，你不是说就一个男人吗？你们这里这么多男人，是不是我都要陪一陪啊？

王岘生指着老大冲妹子交代，你只要陪他。

小丁脾气虽然很好，但这时候，觉得自己再不开口说些什么，简直是条王八。于是，他清了清嗓子说，老兄，你们这么搞太不像话啊，我老婆万一回来了，可怎么得了？

197

老大显然已经憋得不行了,懒得听小丁说些什么,拽着妹子的手就往房间里去。侯照泉和王岘生如同哼哈二将,把在门口,见小丁走了过来,就板起笑脸迎上去解释。

老大昨晚就上火,捱到现在实在憋不住了。侯照泉说,兄弟,反正弟媳不在,除了我们几个,哪有别人晓得这事?

可也不能到我家里啊。

王岘生说,出去开房很贵咧,老弟,你也照顾照顾,一到黄金周,你们俫城什么都贵死了。你想想,都是兄弟,只不过借你一间客房嘛。

小丁以在话本小说里看见过"龟奴"这一称呼,老想会是什么样子,老想不出个所以然,现在忽然就理解透了,眼前一摆就是一对。他感到一阵恶心,也为老大刚才摆出的态度感到愤怒。小丁明明冲下面问话了,但老大是如此地视而不见充耳不闻。虽然他是老大,但小丁强烈地知道,这房子是自己的家!小丁要去拍开那扇房门,他不得不提醒老大注意:你是在别人家里。你在别人家里嫖一个妹子,这对于这家的主人,意味着什么?嗡?

小丁已经想象着自己说话是什么样子,反正一点也不能怯,必须理直气壮,义正辞严。但侯照泉和王岘生真是具有职业精神的马仔,他俩依旧板着笑脸堵住小丁,不让他拍门。他俩说话细声细气,不停地劝小丁不要生气,手脚上却使了力的,小丁想要过去,他俩就构成一道挤不破的人墙,兜住了小丁。

伸手不打笑脸人，小丁看着他俩没完没了的笑容，一开始总还是忍着，后面发现怎么也靠不近那道门，终于发起火来。小丁暴喝一声，说你两个闪一边去，这里没你们什么事。再不让开，老子就拨110了！

像小丁这种好脾气，甚至可说是有点窝囊的人，忽然暴喝了一声，他自己也始料未及。眼前这两个，一个绰号"一剑封喉"，一个绰号"左手杀人右手放火"，如果他俩拉开架势要打架，我可怎么办？小丁吼完了后，自己乱七八糟地想了许多，想着想着就有点怕。但这两人，见小丁来真的，还擎出了手机作势要报警，立时就有些蔫，不敢再行阻拦。小丁看他俩竟然让开道了，心里暗笑，心想，他俩的绰号，原来也和我的"十步杀一人"一样，都是扯卵淡的。现在什么年头了，十步踩一只蚂蚁都不容易！

小丁正要去拍门，老大自己忽然把门打开了，他只穿一条平脚裤。小丁隐约看见后面那个妹子，蜷在床上，衣服还没来得及脱去。老大眼睛里有说不出的失望，这情形，太像国产的臭电影，每当太君要咪细花姑娘时，总会有个愣头青冒出来搅事情。

你到底要搞什么！老大肺活量看似不大，吼出声音却也中气十足。他脸上竟是十二分委屈的表情。小丁本来想摆一摆理直气壮的表情，但老大终归是老大，他脸上一显委屈，小丁底气就不足了。

小丁兄弟！老大忽然压低了嗓音，一手搂住小丁的肩头，示意他跟自己一同坐到沙发上去。小丁不想任人摆布，但还是鬼摸了头似的，跟着老大在长沙发上坐下，促膝而谈。老大给小丁发了一支翻盖的白沙烟，很惭愧地说，很差的烟，别嫌弃！

都一样，都一样。小丁把烟夹在嘴里。

老大燃上了烟，深深地咝了两口，然后才慢悠悠地说，有些话，我也不好跟你们怎么说。别的行会的老大，根本没有我们行会搞得这么大气势，但手底下的兄弟对老大那个好啊……你是不知道。那些老大去哪里，小弟都跟见了皇上似的，恭恭敬敬一条龙服务，哪用得着老大自己开口说自己缺什么？不说别的行会，我去过的地方也不少，到处都有自己人，我去别的地方也不像来你们伢城……

老大把话头顿住，又抽出两支烟，侯照泉王岘生两人赶紧走过来接住。老大指着他俩说，他俩跟着我，什么地方都到过，知道的。别的地方的兄弟，说实话，招待我们远比你们……哎，真的，这些话我原本是不打算说出来。

侯、王两人站着狂点头。三个人半环着小丁，小丁被老大叫屈的样子搞晕了，不知道怎么回嘴，于是三两口就把烟抽短了。

兄弟，只是借你个地方，钱他妈还是我掏，你还要说什么呢？老侯又适时地添了一句。

老大见小丁勾了脑袋不再吭声，就懒得多说什么，一扯脚又往屋里走，像是怕里面的妹子摆冷了。进去以后，老大本来要用脚踢门，刚要出脚又收住了，换成手轻轻地关上，啪地一声反锁了。

小丁不知道说些什么，做些什么，他脑袋里满是蜂鸣的声音。他想去恨老大的嚣张，一不小心又恨到自己头上。那支烟抽得飞快，他几乎从没这么快地抽完一支烟。他把烟屁股狠狠地扔在地上，还踩了一脚，一抬头，侯照泉又把一支蓝屁股的烟递了过来。

不抽！

兄弟，你抽烟也看人来啊？老大五块一包的烟你都抽，我给的烟你真好意思不抽？侯照泉懂得如何没完没了地笑。

真想不抽了。

难道抽烟都能抽饱肚子？

小丁懒得跟他啰嗦，接过烟来继续叭唧叭唧地抽。抽完两支烟，他心里变得释然多了，看着那扇门，听着里面隐约的响动，心想，算了算了，忍一忍，估计老大也就是个快枪手！

没想老大很久没沾荤腥了，在里面折腾得起劲。过了一阵，里面的妹子忽然说，还要啊，还要就得加钱。老大肯定是点了点脑袋，所以那妹子马上又不吭声了。这搞得外面的侯照泉有些焦急，他冲里面喊，老大，我身上的钱带得不多。

老大在里面说，不是还有老王嘛。

王岘生无奈地笑着，冲侯照泉点点头，侯照泉脸色这才好点。小丁估计这两人也是掰着手指过日子，跟着老大到处跑虽能蹭吃蹭喝，但有时老大要揩他俩的油，他俩也只能硬起头皮挺着。

广林的曾老板说五点钟过来，却提前了，四点多一点就到了楼下。广林人喜欢成群结伙，曾老板一行共四部车子，下了车十来个人由童学盛领着往楼上走，下楼倒垃圾的住户见了他们都赶紧往一边闪。他们进了小丁家里，问老大在哪。老大听到外面嘈杂的声音，颇不耐烦地说，等一等，就好就好！

老大搞得一个女会友？曾老板问小丁。

不是……是不认识的妹子。

曾老板于是明白了，冲侯照泉说，昨晚没安排老大，看把他饿成这样。曾老板又冲小丁说，你这样的兄弟还是真够意思，请还到家里请，呵呵哈哈。小丁兄弟，钱掏了没有？要还没掏，那你就省一省，算我的。

听了曾老板发这话，小丁脸色更烂了，与此同时，侯照泉王岘生的心情当然就好起来。老大果然很快出来了，他走在前面，那妹子跟在后面，找侯照泉要钱。曾老板是个爽快人，抢着掏出钱包来，微笑地问妹子干了几次。

这时候，廖琼抱着狗，忽然也回来了。她其实没有走远，下楼后，就坐在对面麻将店里，牌位紧张，无人下桌，她只好坐在一边眼巴巴地看。刚才她见童学盛带了这么多人往上走，就知道肯定是去自己家里，于是后脚就跟了上来。她看见那妹子跟着老大从客房里走出来。曾老板数了五张纸钞，递到妹子的手里。

妹子要往外走的时候，大家才注意到廖琼突然出现了。妹子愣愣地从廖琼身边走过，廖琼问她，你是从哪过来的。

妹子说，管你怎么事？

廖琼也不多说话，伸开手臂拦住妹子的去路。妹子看看廖琼粗壮的胳膊，这才小声地说，红沙发娱乐城。

廖琼就放她过去。童学盛赶紧跟廖琼打了个招呼，别的昨晚喝过酒的也一声一声地叫着弟媳，然后纷纷从廖琼身边走过。老大不一样，他又要搞视而不见充耳不闻的那一套，甩开步幅要从廖琼身边走过，廖琼一手就扯得他打了个趔趄。

你要给我洗屋，再买香和纸钱，敬神！

怎么搞？老大在笑。

地上拖一遍，墙面也用水抹一遍。

要是我不搞呢？老大仍是笑。

廖琼毫不犹豫地抽了他一巴掌，脆响的声音把正在下楼的人又招了回来。老大脸色陡变，做势要发火，廖琼一把就揪住他的衣襟。她说，你不听我的，你今天别想走出这门。

放开！

洗屋敬神，你搞不搞？

你先放开！

你搞不搞？廖琼的唾沫星子喷到了老大狭长的脸上。

老大眼巴巴地看着几步之外的那些兄弟，他们死板板地站着。这是在小丁家里，出了这样的事，谁也不好说什么做什么，齐刷刷地用眼睛看向小丁。而小丁，这时候勾起脑袋，双手插进裤兜，用脚尖不停地捻地上一只看不见的蚂蚁。

老大等了一会，终于开口说，好，你放开，我干就是！

老大老实地用拖布拖着地，他平时不干活，拖地都拖得左一下右一下，毫无章法，廖琼还得在一旁指指戳戳，说这里，那里，嗡！老大这时很温顺，指哪打哪，不敢怠慢。老大毕竟是个有悟性的人，廖琼见老大拖起地来慢慢上路了，这才懒得浪费口水，绞着手，大马金刀地守在大门边，倚着门框。

来接他的兄弟们，只好在外面等，不知要等到几时，只好抽起烟来，说说笑笑。他们徐徐喷起烟圈，都说，老大毕竟是老大，能屈能伸的一条好汉呵。

一统江湖

说到佴城的运动健将,人们往往记起一个矮个,他每天上下南盘山两趟,沿着沿河大道跑五个来回,再到河里泅水。他冬天也不必穿衣服,路人都记住了他耸起来的肌肉。他也不爱跟人说话,不知道的人都以为这是个低调的运动爱好者,其实他有着长远的盘算。他的盘算,我多少有所了解。

这个人叫柯羊,是我高中同学,且是上下铺的关系。柯羊当初和我一样是想考中文的,他想当作家,我也毫不怀疑他是这块料,因为他脑袋里充满想象,不是一般人的那些想象,全是一些意想不到。和他待在一起,我总被他弄得一愣一愣的,但我偏偏喜欢这种感觉。

比如说,有一天,他突然问我,知不知道佴城烟厂垮了以后,会怎么搞?佴城烟厂即将倒闭,这是大家都知道的事。垮了以后还能怎么搞?树倒猢狲散,只能这样了。柯羊就微笑,说你不知道的，美国生产万宝路的那家厂子，马上过来兼并佴城烟厂。我又是一愣，说不可能吧。他却说，明摆着的事，怎么就不可能？你脑子真是有毛病。

又比如说，另一天他突然告诉我，矮我们一个年级，最漂亮的，叫侯丽丽的那个妹子喜欢他。……不可能吧？我又这么质疑起来。在他面前，其实我不想老重复这句话，但偏偏舌头不听将令，自动弹出这句话来。柯羊果然又板起脸来，说你这人怎么老是这样？我哪时候骗过你了？你哪天才肯信我一回？是啊，我暗自揣度了一下，虽然我老觉得不可能，但他说出的来话，似乎也被证明为扯淡。比如万宝路兼并佴城烟厂的事，虽然过去了整一年，但柯羊仍是信誓旦旦地说，人家还没来。跨国的兼并，能是一下子就能搞好的？我再一想，似乎就明白了，在读高中，同学们纷纷情窦初开时，喜欢人家，往往也会误以为人家喜欢自己。我说，是你喜欢侯丽丽吧？他也不置可否，掏出一封信来，信皮上写着内详，要我去交给侯丽丽。我母亲恰好认得侯丽丽的母亲，彼此脸熟，撞见了打打招呼。我说，柯羊你要有把握啊，要是搞砸了，搞不好会弄得我妈都晓得。……又不是你送，怕个鸟。柯羊整了整衣服，很是自信的样子。我看他说得那么自信，再说彼此随时玩在一起，难以推辞，就帮他把信送出去了。但事实证明，柯羊的感觉存在偏差，侯丽丽以我们眼下首要的任务是学习学习再学习为借口，婉拒了柯羊搞对象的请求。

当时正值高考，柯羊的成绩本来也就是中流水平，但经过这事情一刺激，高考时竟有了超常发挥，考到学校前几名。估完分，老师就劝他不要读中文系。在老师看来，中文系大概只应是我这种成绩的学生去读的，柯羊既然有了超常发挥，就应该去读那些有前途的专业，以便时机成熟时混出人五人六的样子。师命难违，再说读中文的理想实在也弃之如敝屣，柯羊就去学了法律专业。

然后他去读名牌大学的法律系，我在佴城读大专，写过一两封信，后面就没了联系。我快毕业的时候，忽然接到他一封信，说他已经休学，在河南练武术。看那地址，是从河南登封发过来的。我印象中，中原大地有几个地方，人人都会武术，诸如登封啊，温县啊，沧州啊，那里随便来一个人放到我们佴城，都能轻易地撂倒一片人。我相信，柯羊没几年也会练成一个胸肌特别发达的人，但他个不高，再一浑实，岂不就圆了？当年他瘦弱，还挺有几分帅气，要是武艺未成，打架不行，身材也没有了，以后怎么泡妹子？想到这里，我又有点替他担心。我往河南的地址寄了信，问他武术练得怎么样了。他又来信说，李小龙晓得吧？双节棍晓得吧？我现在在练这个，一般国产的质量不达标的双节棍，我只要撂出去，撂直了，中间准断！我不知道他双节棍要到几级水平，但我估计他说的这是一项技术硬指标。但他练这个有什么用呢？国外的造双节棍的工厂难道会请他去当质检员？反正，我对他说的话总有点搞不明白。

我毕业在社会上混了三年，他才毕业。毕业后在外溜达了一圈，回佴城，进到一家律师事务所。他练武太用心，律师证竟还没有考上，只是个法律工作者，在律师事务所里也只能打打下手，案子不容易接到。钱挣不够，他就搭着我住，每晚上喝便宜的酒骂所里那几个王八老板，都他妈半路出家当上律师的，还斜着眼看人。他还说他想掏出双节棍，嗨嗨哈嘿，把他们的王八斜眼全都打正了。说话时，他时不时会呼啸出一些语义不明的声音，据他自己讲这是练双节棍的人都会养成的习惯。这声音像米饭里夹着石子，经常搞得我牙疼。

我一开始劝他，不要埋怨领导，埋怨领导总是没有一点好处。可是我发现，越是这么劝，他就越是骂得更起劲，说话时不但夹杂着尖啸，还会做挥舞双节棍的手势。他痛惜地说，可惜，以前买的双节棍都让我给打断了。有一天我走过一个杂货铺，看见里面有卖双节棍，不锈钢制，不像一打就断。再说价格也不贵。佴城人不喜欢双节棍，青皮们往往喜欢买杀猪刀直截了当地捅进仇人的肚皮，而双节棍显得文质彬彬，成了滞销货。要是我买两根，老板肯定送我三根，但我用不了这么多，这东西又不能抓痒。我只买一根。我就买了一根回去。晚上柯羊骂老板的时候，我掏出那一根双节棍，摆在他眼前。

我说，好的，别老讲没用的了，明天你就给你们领导治眼病去吧。

柯羊拿着双节棍，看了看 Made in China，有点看不上眼。我说我觉得还是比较扎实，你试试打不打得断。他说何必要弄断，你给我买的，多可惜啊。我给你练一套。于是他就练了起来，双节棍果然被他舞得风生水起，煞是好看，我的眼前铺开了一片片滞留的影迹，他的脑袋在影迹中晃来晃去。虽然好看，但又觉得像是玩杂耍把式，能揍人么？

我以为柯羊舞双节棍基本属于杂耍，没想到他真的拿去揍了所里的老板。那天喝了酒，他当面把老板们痛骂起来，老板一回嘴，他手上就多了这么个玩艺。他把双节棍晃得几下，几个老板就犯起眼晕来。接下来他们任由柯羊搞事，柯羊敲了他们脑袋还敲尾骶，当老板们用手摁着尾骶痛得转过身去时，一根根阴茎又直接地暴露在柯羊眼前了。他们都是律师，嘴皮子利索，但手脚一般不用。所以，柯羊在这堆牙尖嘴利的人里头，反其道行之占尽了先机，忽然动起了手来，打得他们几乎没来得及想还手。那几个律师挨了一顿打，回过神来，赶紧拨打了110。警察赶去的时候，柯羊已经从我这里取了东西，从容离去，回书塘了。

翻过年头，柯羊的运气不错，参考公务员，一口气考上了司法局的岗位，坐办公室。他回佴城，单位发一间房子，不要在我这里挤。这是好事，慢慢地他有了锅有了灶，时不时也会打电话叫我去他那边吃夜饭，喝酒。喝了酒，他还是要骂领导，以前律师事务所里的老板们喜欢斜眼看人，这里的领导虽然不斜眼看人,但只是混上副处的,就敢把自己当是中央领导,说起话来就小柯长小柯短,很慈祥;一边说一边还把柯羊的脑袋摸来摸去,仿佛他脑袋毛茸茸的……就差不拿柯羊叫小鬼了。柯羊其实最受不了这个。

现在还想打领导不?

不打了,他们是国家干部,记仇。以前事务所那些老板,是国家不管政府不问的领导,用双节棍将他们敲了也就敲了,他们挨了白挨。不过,现在在司法局混事,总还是有一点好,以前被我打的那几个,现在见了我还要挤出笑脸。要是他们不挤笑脸,我就敢拿屁股对着他们。要是他们敢在我屁股上踢一脚,我就会跷起拇指夸他们是好样的。柯羊说着呵呵哈哈地笑了起来。

我有个体会,人一走上社会,总是要有几年穷困。经过最初的摸爬滚打,慢慢地到三十来岁,每个人总能找到赚钱的法子,日子一点点好起来,一天天安稳下来。情况好的,不但能赚到钱,而且人五人六,晓得如何对别人吆三喝四。比如柯羊。三十那年,柯羊就活得有点像个领导了,单位的车他可以借来开,撞了的话单位帮修,此外他屁股后头总是跟有一两个年轻的小伙子。有一个会帮着他挟着手包。有时候他抽烟,他会叫另一个不挟包的小伙子点烟,要是这小伙子不灵敏,那个挟包的就赶紧把冒着火苗苗的打火机递到柯羊的嘴前,把烟点着。看着柯羊呲着烟的样子,我又想,可能人们各有所好,我喜欢用自己的手做事，他喜欢把自己的手省下来插在兜里，关键时候干大事，比如拿着棍子向对方吆喝。

我以为柯羊会在单位混领导，但他忽然又留职停薪了，回到以前那家事务所当律师，并摇身一变，成为股东之一。以前被他用双节棍打过的那几个老板或者领导，现在称兄道弟。他们喝酒，有时候顺道叫上我去。他们喝兴奋了，甚至还夸柯羊好鞭法。

鞭法？柯羊搂着合伙人的腰（其实他总是想搂别人的肩），不满地说，日你，是棍法咧！

好的好的，棍法棍法。

他们继续喝酒，商量着某个案子能值多少钱，办的过程中还能搞多少额外的费用。听着他们讲的那些话，我就初步认识到官司基本上都不是人打的，我打什么都好，还是尽量少打官司……多谢柯羊免费给了我这样的教育，所以我一直没有找个人打官司。柯羊之所以不在司法局里干，是因为比来比去还是打官司赚钱。以前他在事务所搞不到案子，辞了职考上了司法局，在局里他拿到律师资格，又熟知了行内很多规则，再回到事务所就成了一个有出息的律师。我不知道，这个过程算不算轮回——不是轮回又应该把它叫什么。柯羊这一出一进，不再逞勇斗狠，嘴巴子也灵活了，不再老想着干那些脱衣服摸刀子的事。他打官司我没去看过，虽然见面时他也告诉我，接下来某天他有场官司，叫我有空去看看。但我总是提不起精神去看。

听他本人的说法，做律师还是很赚钱的。……没个几十万的穷案子，我就撂出去打发徒弟！他跟我是这么说来着，现在抢着给他点烟的愣头青也确乎比以前多了几个。律师是公认的赚钱行当，但又过了不久，柯羊拥有了生命中第一家店子。是一家干洗店。

对于这个，我真是有点想不通，觉得就好比，一只狗天天有得肉吃，为什么还去吃屎呢？除了狗自己，谁又能理会其中的道理？

回头再碰面喝酒时，我叫他柯老板，说你转行转得真快。他说，哪转行了？当律师是做生意，这个不也是做生意？我又问，这些生意一做，你还有心思帮人打官司吗？打官司要做很多准备工作的，不是开了庭比谁嗓门大，不是么？他呵呵一笑，说你这个脑壳，就是转不过筋来。在你看来，我既然是个律师，就要把主要精力放在打官司上。但我不这么想。我觉得生命中充满着各种各样的机遇，这些机遇好比女人，哪种机遇讨我喜欢一点，我就和它发生更多的关系。他拿女人打比方，是很有说服力的。他天天锻炼身体，到处泡女人不怕肾亏。

他又说，你要做好准备，我会把店子一家一家开下去，摊子越铺越大，少不了要多找几个人帮我。你我相信的，我们这么多年了，你忠心耿耿……

我忠心耿耿？我被他嘴里的这个词搞了一下，不知是痒是疼。他也意识到用词不当，拍拍我的肩说，我不是那个意思，兄弟，这是好事情，你那个单位要死不活，你应该出来跟着我一块干事，一块打拼。打虎亲兄弟，兄弟同心其利断金，以后混出局面了，亏不了你。

柯羊，我们不是亲兄弟。我说，再说你这家店才刚开张，还没赚钱，就急着再开别的店？忙不过来，要亏的哟。

柯羊有些失望地看我一眼，嘴皮尒动几下，想说话没说出来。他眼球有点往外鼓凸，看样子是想表达某种难以表达的意思。过一会，他忽然问，我问你，你愿不愿意打官司？我说不愿意。正常的人都不愿意打官司，打官司和生病一样没完没了，有些事情你私底下一想孰是孰非如此地清清白白，但这些东西一摆到法院去，全都变成了哥德巴赫猜想，论证起来，让人觉得有十张嘴巴也不够用。

是啊，你不想打官司……你不想打官司，但你能保证自己从不遇到麻烦？柯羊抿着酒，眼神揶揄地看着我。我只得摇摇头。我的一个兄弟为了少找麻烦，挑了一个在他看来长相又丑又老实，看上去像保险箱的女人当老婆。没想到这么丑的人，偷起人来就像打酱油，而且还回回都偷得到。你看，人在家中坐，祸从天上来，谁能保证不遇到麻烦？

又有麻烦，又怕去打官司，你说这事情该怎么办？柯羊还是那么循循善诱，喝下的几杯酒，仿佛使他更有耐心了。我没有吭声，接下来，我由得他说，看这气氛，聊天已经变成讲课了，柯羊乐意诲人不倦，而我有个毛病恰恰就是虚心好学。……总要有这样的人，黑白道通吃，威望极高。只要他坐在扯皮的两伙人中间，像居委会大妈一样苦口婆心说几句话，调解一番，一天的乌云马上散开了，两伙人立马达成和解。柯羊挥舞着烟杆说，你看，本来要流血甚至要丢命的事情，因为有这样一个人在，全都避免了。办这样的事情，他拿一点钱是不是应该？你想想，别人办不好的事情，法院办起来三年五年的事情，他几分钟就解决了，这样的人，他是不是为社会和谐做出了巨大的贡献？他该不该得到一笔辛苦费？

我完全明白了，我说，你说的这就是江湖老大，黑社会，地下法官啊。说真的，柯羊，我没想到这话是从你嘴里说出来的……如果我没猜错的话，你现在仍然是个律师，对吗？

不一定就是老大……其实江湖老二也有老二的威信，人不能太贪。柯羊喷笑了起来，说你就是个死脑筋，活该一把年纪了也泡不下个女人。这种事情，尺度的把握很重要，要特别懂法，有分寸。把握得好了，就是前景广阔的生意，要是把握得不好当然就是黑老大，一严打就被一枪打掉了。那些老大，再横行霸道，也不能挨枪不死，是不？……其实，除了江湖老大，也干这种买卖的人多了，市长难道就不是？

那要叫白老大。

介于两者中间，既不黑也不白的那种要是你愿意理解，就当是灰老大好了。非黑即白，总是要不得的。

那你想当灰老大就去当灰老大嘛，还开这些店，不分散精力？

所以说，你就是一个苕瓜，头痛医头，脚痛医脚。你以为，这样的人想当就当得了？多少个人都想当，但后面当得上的只有一个。……首先身体要好，男人身体强壮了，才有一股气势。再说，即使以德服人，万一有人动起手来，你总不能让人家一拳就打趴在地吧？你虽然爬得起来，但一张脸哪还捡得起来？这是其一，切记了。其二就是要有经济实力，现在你也知道，没有经济实力，放屁也不响，你没钱，别的人跟着你受穷？看着你有钱，跟着你混的人心头自然就有希望。

但你开几家店，经营不善，全是亏的，哪来的经济实力？

老弟，到底是先有鸡还是先有蛋？他又很认真地看看我，眼神里流溢着"朽木不可雕也"之类的感叹。他一句话先把我砸懵，然后又说，要在社会上混，你可以没钱，但一定要显得有钱，怎么才能显得有钱？人家一介绍，这是柯老板，开了八家店子……只会介绍这么多了，别人哪还会具体介绍开了八家什么店子。洗衣店？烤红薯店？擦皮鞋店？你们单位的副局长，当着面，你会带着副字喊出来吗？一样的道理。……先把台面上的东西摆出来，真有一天当上了老大，甚至统一了佴城的江湖，我开什么店子没有生意？我开个网店卖茶水，也有人掏钱正儿八经喝！到底是先赚钱还是先当老大？别人都不会知道，只有这个人自己知道。

他问我听懂了没有，我点头表示懂了，他脸上就有点高兴。一般情况下，他不是轻易就能说得让每个人都懂的律师，所以，打官司的胜率并不是太多。以前他老是叫我去现场看他辩护的案子，我提不起兴趣，主要也是因为知道他语言的逻辑性经常混乱。试想，如果他在庭审现场也抛售诸如"万宝路烟厂要合并佴城烟厂"之类的见地，并举证若干，台下会不会有人当即笑翻过去呢？一般来说，法庭理应是严肃的地方，不能开玩笑，亦不能把论证说得像是开玩笑。作为他的朋友，我更不便在那一时刻笑起来。

今天说到当老大，我觉得他思路还是蛮清晰。照此看来，当老大是他的特长也不一定。以前我想，天生我才必有用，呃，到底又有什么用？看到柯羊说起当老大的事情，我忽然明白，人找到自己的特长，是幸福的，从此以后，我才必有用便是迟早的事情了。现在柯羊找到他施展拳脚的地方，我却还没发现自己的特长所在。我的特长不至于是给他当马仔，或者管理一家干洗店吧？我也心有不甘哩。

那以后柯羊就按照他的计划有条不紊地搞事了。锻炼身体，选择在中午或是下午下班的时段，这样，他在街上光着膀子戴着粗大的金项链跑步就会吸引尽可能多的目光。有时候他会叫两三个腰圆膀粗、个头高大的小伙子陪着他一起慢跑，他们围绕在他周围。因他个不高，那些小伙的身体几乎将他遮蔽。恰恰得是这样，路人们反而踮起脚，手搭荫棚地眺望跑中间的矮个子是谁。半年下来，他已经开了四家店子，都只一个门面的小店，他也不去管理，到书塘找一个房族亲戚帮着看门面。他跟我说书塘的亲戚普遍具有忠心耿耿的气质。他好几次微笑地对我说，我们那里盛产藏獒！月底盘算一下，这些个店竟然都能保本，当然也赚不了什么钱。柯羊对此很满足，他原准备着多少贴一点。我怀疑他认得需要洗钱的领导，我在这个城市已经混了十来年，很容易看出来哪些店子是用来洗钱的。某个领导可能认准了，靠着柯羊开破店子洗钱，捎带着培养佴城未来的江湖老大，一举两得，当然是不错的买卖了。

而我，没资格陪他跑步。我的单位清闲得让我不好意思报出名称来，柯羊的计划到底打动了我，与其闲着没事，不如去帮柯羊开车。柯羊不知从哪里搞来一辆二手丰田车，他每天晚上都喝酒，所以需要人帮他开车。他想到了我，我也就屁颠屁颠地去了。我刚拿到驾照，手正一天到晚地痒着，没车，所在的单位也没车，所以柯羊几乎是雪中送炭地给了我机会。

喝酒是件奇怪的事，只要一个人愿意喝，酒量足够大，在桌面上有足够的表现力，喝高了也不过于失态，就会不断地受人请。甚至，慢慢地，这人像是圈内的名人一样，凡喝酒他到场，就增添了气氛，花钱的主脸上就有光。柯羊看到了这一点，每天中午晚上总是在喝酒，甚至一晚上赶几个饭局。他每天锻炼身体，攒起来的体力大部分其实是用于和酒精较劲的。因为能喝，他在佴城混熟了很多人。

但是酒精这东西，既是兴奋剂又是抑制剂，想完完全全地把握它，的确不容易。我给柯羊开车，他就交代我说，你要注意了，我要是喝得控制不住，你就装着跟我耳语几句，然后跟别人说有急事，把我拽走。知道吗？我点点头，当时以为这并不难做。

柯羊一开始还是蛮能控制自己。他的意志力，是通过长期的锻炼和发达的肌肉证明了的，他能喝又善于控制，所以喝酒对他来说简直就是显示真我风采的机会。别人都夸他好酒量，夸得多了他也难免飘飘然。到后来，我是看着他越喝越不能自持，想控制的时候，别人多夸他几句，拿着杯子一个劲找碰，他就把持不住了。这时候，我就粉墨登场，按照柯羊事先交待的那样，走到他身畔，弯一点腰，嘴巴凑近他耳郭轻声说几句。然后我扶着他一只胳膊，用歉疚的声音跟在座别的人说，我老板还有别的事，必须先走！

我俩一直配合得很好，我一次一次顺利地替他解套，摆脱有可能发生的尴尬局面。但有一天他抽了我一耳光。那天，我仍是按部就班地办事，但他喝得兴致正高，说到要走，一脸的不情愿。于是我又凑过去想提醒他该走了，再喝下去，势必醉倒，溜板凳也不一定，掏出鸟就撒尿也不一定，这些都是他最担心的。我话还没说完，他一耳光就打了过来。我说，柯老板，你怎么能打人呢？他眼睛滚圆地将我一瞪，另一耳光狠命地打过来。此时他步履很是踉跄了，我下意识地一躲，他用力不小,手臂一挥把自己全身都带动了,脚一打滑便栽倒在地下。我把他扶起来时,他本来要说谢谢,刹那间看清了我的脸摆在哪里,终于找到机会又狠命地抽了我一耳光。

当然,一桌别的人都过来帮着劝,说柯老板,你喝多了。有人知道我跟他的关系,说柯老大,这个是你同学啊,帮你开开车,你也不能打人家是不?

他是练过功夫的人,手上劲大,我的半边脸全肿了。一旁那些人虽然也帮忙解劝,处理这突发事件,但脸上却隐隐地挂着笑意,看了一场把戏似的。我毕竟第一次遇到这样的情况,脖子几乎支撑不住半边肿脸,看着柯羊把眼睛闭了去,我把他的车钥匙扔到地上,一扭头就往外走。

我们好几天没有联系。我以为我结束了短暂的"江湖生涯",回归平淡的日常工作和生活。我的脸很快就不肿了,试图忘记以前的事情。我还得去泡个妹子当老婆,这才是正事。

有一天我从单位走出来,一辆"四环素"嘎地停在我面前。我正要绕开车子往前走,有人叫住我,我一扭头,就有个东西飞过来。我一接,是钥匙。柯羊打开车门,示意我坐到驾驶室去。我想说些什么,但我还是坐了进去。我好几天没摸方向盘了,在回忆中,我觉得踩油门时整条右腿就像阴茎一样充血。我暗骂自己真贱,然后笑了。我把车开起来,问他往哪去。他说随你便吧,想吃饭就找个馆子停下来。

他又说,我推了三个饭局来找你。

车子跑上速度以后，他跟我说，你见过哪个老大不打小弟的？哪个小弟不挨打的？既然跟着我，就要有思想准备啊。

你打我还打对了？

男人嘛，总要皮实一点。我就要磨磨你这臭脾气，要你老这么不肯忍，女人几时才能找得到？他苦口婆心，仿佛真是为我好。

你要找个开车的，会开车的到处都是。

你以为我找不到？知道我的司机闪人了，好多人争着来帮我开车，但是我一概拒绝。兄弟，兄弟跟酒一样，是要讲年头的。现在见我日子搞起来了，才想到跟我混的，我心里能信得了么？还是我们……还不解气，你打我好了。当着人的面你让着我，背着人我一定任由你还回来，不让你吃亏的。他呵呵哈哈，挺大气地笑起来，那笑声中又夹杂着说不出的狡诈。他又说，现在我混到这份上，真还不愁没人帮我。这个社会上，其实什么样的资源都备足了的，就等着有能耐的人冒出头来，然后资源找着这人砸。就好比做矿生意，只要你手中有上好的矿山，担心没资金？担心没人跑腿？笑话。你知道吗，到那时你什么心都不要操了，矿队找着你承包打洞的活，钱不必先付；买矿的抢着把钱打到你账上，求你出了货先给他；至于女人，呵呵哈哈，……只要别人看出来你是块当老大的料，那么就会抢着来当你的老二老三，来慢了，就只能当老八老九。

几日不见，他仿佛又窥透了这个世界更多的更深的秘密，又有新的东西要灌输给我。我知道，他对他要干的一切越来越有把握了。我更知道，其实我愿意跟着他，看看以后到底会发生些什么。

他又说，在我的心目中，你就是我的老二！

你才是我的老二！我觉得这时候还装白痴，那么就真是他老二了。

你多心了，我不是骂你的意思。我怎么会骂你呢？他放声笑了起来，伸手一定要摸摸我的脑袋，然后示意我继续开车。

那以后柯羊的生意果然好了起来，倒不是经营得法，而是佴城忽然变成了重点的旅游城市，游人潮水般涌来，临街的门面租金顺势翻了几番。柯羊开了六七家要死不活的店面，此时只要一转让门面，转让费就能捞到不少。他当然不会干一锤子的买卖，所有门面保留着，生意全都因时而变，紧跟旅游的形势。他没打定主意干什么，五心不定，换是干别的事情肯定难成，但佴城有这么好的机遇，旅游产品市场一点也不成熟，柯羊打游击的搞法反而有了优势：见做什么赚钱，马上跟桩！他在姜糖店旁边卖姜糖，在银饰店旁边卖银楼，在手工艺品店旁边搞批市。他求大，求洋，把门面搞得比别人阔气，摆明了抢生意。虽然那些店都标注是百年老店，不过是虚张声势的噱头罢了，佴城短短几年的旅游生意，还没有打造一块金字招牌，要抢都抢得过来。

也确实有人抢着给柯羊办事，他已经名声在外，而且肯帮人忙,在别人心目中树立了义气大哥的名声。这也是他孜孜以求的结果。有几次,我看着有青皮避开我跟柯羊谈事情,事后柯羊告诉我,他们有的是想代替我开这台车,有的是想带着兄弟一齐投奔柯羊。有些青皮头头,手下带着十来个兄弟,张着嘴天天要吃。要是跟的老板栽进去了,那么他们第二天就得断炊,只得硬着头皮另寻靠山。柯羊跟我说到这些,喷着鼻子笑,说我还没开张哩,就把我当大户搞了。……再说,早几年的时候,养小弟都是能赚钱的,但现在严打搞得猛烈,养小弟像养狗一样全都要倒贴。倒贴的生意,谁他妈愿意接过来砸在手里啊?

之后,他拍拍我的肩,说,我们这里人太多,太他妈多啦,任何位置都是有人盯着,有人准备来抢的。不要身在福中不知福呵。……你点点头,给点面子,点点头表示听明白了嘛。我操,我的呆兄弟,呵呵哈哈。

柯羊现在顾着这些店面的生意,完全脱产不干律师了,每天叫我开着车转几家店子,这里看看那里看看。店面都实现了电脑收银,这确实也很好控制,进货有库存明细,出货有销售明细,这些五六百块钱一个月请来的小工们,都兢兢业业,不晓得捣鬼。要是晓得捣鬼,就不必干这么低收入的活了,抱着理想去读大学是正事。

再过得一阵,真正赚钱的,是帮外来的商户搞门面。伴城旅游区是做生意的好地方,外地商户当然也眼馋,但他们想来这里做生意，不认个本地人可不行，最起码，门面都拿不到手。柯羊交际了这么多年，喝了这么多伤身体的酒，在佴城混得人头熟络，这时候就用得着了。外地商户看上了哪个门面，找关系先认识柯羊，柯羊点点头答应试一试，十有七八都搞得定。房东他大都认得，偶有不认得的，随便打听一下，总能找到一个彼此都熟的中间人。中间人两头撺掇一下，就能一桌上喝酒了，一喝酒，对方往往只能久仰柯羊的大名。然后，在这种气氛中再谈别的事，彼此心里无端端地就多了一层默契，甚至是惺惺相惜的美妙感觉。一帮男人喝酒喝得尽兴，拽着友情的话题发挥起来，往往肉麻得可以。肉麻归于肉麻，很多问题的确也是迎刃而解。

事情办妥，门面拿了下来，外来的商户接下来该怎么办，明白得很。这钱不像民工讨账，敢打白条，敢拒付。有时候，柯羊根本不必说出账户，那些钱也会如数到账的。他那账号仿佛是钱愿意钻的地方。外来那些商户安顿下来做生意，找着机会请柯羊吃饭喝酒。柯羊既然在本地吃得开，那些人知道，往后求得着柯羊的时候还多着。

再翻过一个年头，想请柯羊吃饭就不是那么容易的事。

那时候，他不再独自光着膀子跑步，也不是带着三五个壮实后生。跟在他屁股后头的，足有二三十号人，有男也有女。这些后生都是他那七八家店子里的伙计。别的很多店子，一早起来要集中员进行励志训诫，让他们手握双拳大声地喊"我行我可以",或者喊"今天工作不努力明天努力找工作",诸如此类。柯羊却不爱搞这一套,他要求自己店子里的后生还有妹子早早起来跟着自己慢跑,不再沿江,不再爬山,专跑城中心区域。在人多的地方,柯羊就起个头要他们喊口号,这帮后生还有妹子早被柯羊拉练出来了,柯羊带头一喊"一二三四",他们就整齐地、气壮山河地喊"锻炼身体保卫祖国"。一年半载下来,有一次他们遇到消防队的一彪人马也出来晨练,双方跑至并排,柯羊跟对方领队使了个眼色,就比了起来,比爬南盘山。没想那一次,柯羊雇的几个妹子都跑在几个消防队员前头,这一下,名声马上就在俚城传开了。不少家长乐意让孩子到柯羊的店子里打工,这不光挣钱,而且也放心。

他挑了几个后生练拳脚,练了拳脚防他们手痒打人,又弄来舞狮的道具套在他们头上,让他们舞狮子发泄过剩的精力。以后他要祝贺某家店子开业,就比别的人多一份厚礼,让几个后生耍狮子,兴致来了,他自己舞着狮头朝着领导,朝着别的老板频频点头示好。要不弄一只没点睛的狮子,舞了一阵请某领导给狮子点睛,领导一个个乐得嘴都歪了。

接下来,他按部就班地搞搞慈善,支助几个贫困学生读书。他也爱上报纸,找人写写事迹材料,在地区和省内的党报上搞一块版面,连同照片一块登出来。他对照片很是挑剔,请人照了好半天,挑出一张特别标准的"标准照":发型板正,脸相端庄,淫光尽敛,不苟言笑。但是因为他没有级别,党报不肯登载这样的照片，要他换上生活照。那以后他又对怎么搞上人大代表和政协委员感了兴趣，我和他回到书塘，找着宗亲查一查有无海外关系……当然，柯羊的所作所为，一俟我说出来，总是显得简单，仿佛这么混社会，只是些简单的技术问题，其实不是。在这个过程中，柯羊的个人魅力发挥着至关重要的作用，这些道理我也明白，但事情还得是他去做，换是我，一样的搞法，完全不一样的效果。在人群中长袖善舞进退裕如，其实也就像小时候考第一、当三好生一样，需要一些自娘胎里带出来的天分。

那年初夏一过，他就不要我帮他开车了。他把那台二手丰田让给我用，自己另找了个司机开"四环素"。现在，有些事情柯羊要是觉得难度不大，就一个电话打来，说二兄弟，你去找某某，帮我办个事……我跟着他跑得那么久，认得他的人往往也认得我，见我去办事，就知道其实也是柯羊的事。我只是代表柯羊办办事，因为他没生得三头六臂，亦不会分身术。但是别的人见了我纷纷叫二哥，即使有些人年纪大了，看着像我父亲那一辈的，也这么叫我，我哪里吃受得起，赶紧要他们别这么叫。但他们坚持这么叫，我也只好恭敬不如从命，他们叫我我就点点头，要不就会显得很没礼貌。

别的人先是叫他柯老板，慢慢地，把后一个字省去，叫他柯老。那时他才三十多岁，一听别人这么叫来着，起先装得不快活，眉毛一耸冲对方说，我有这么老么？别的人总是笑笑，说发自内心，也就这么叫出来了，叫你柯老，老字不一定是指年纪大，其实也可以指德高望重的意思，你当之无愧呵。既然别人解释得这么恰切，他也就笑纳了。

俰城的旅游连年发展，街上青皮与商家的冲突、商家与商家之间的矛盾、游人和商家时不时地扯皮，这些事，都和柯羊发生着千丝万缕的联系。他越是能解决问题，就有越多的问题亟待他去解决。他的身影闪现在一个个事发现场，有时候比110还快。有的时候是110比他快，他到了地方，见110的兄弟已经走在前面了，便掉头离去。要是110提出的方案不满意，扯皮的双方没有达成和解，待110撤出后，自有人指导他们说，你们这些生瓜蛋子，在俰城，打什么110啊？找柯老出面，哪有这么多麻烦？

至于那些人对他赤裸裸的恭维，我是看得太多了。他还算是个明白人，能够冷静地面对这些马屁话。好多次，得了他帮助，刚摆脱麻烦的人设宴请他。推杯换盏间，对方总是爱说，柯老，你是我心目中永远的老大！

不要那么说，不要那么说，老大一般都是挨枪的哟。

你不一样，你以德服人，谁不服你谁才挨枪。

不要说了，喝酒喝酒！这样的时候，他总是拿酒去堵对方的嘴。

有几次，我们在酒店里吃饭，柯羊碰到熟人主动打个招呼，对方应得一声就走别桌去了。过一会，我们这桌总会有人不声不响地离开，把先前那人揪过来给柯羊敬酒。敬了酒的人畏畏葸葸地离去，揪他过来的人还骂骂咧咧：柯老主动打的招呼，竟然还不知道敬酒，敢当这里不是俥城么？

你看，哪有你这么多讲究？柯羊总是一脸的笑，轻声地喝斥起来。

另有一次，两伙青皮差不多打起来了，群殴，双方都拿着先进武器，据说还有仿制的枪械，又是柯羊及时摆平的。下午还要斗得死去活来，晚上却又一桌吃饭了。来敬酒的一个青皮跟柯羊说，柯老，俥城这个地方你就是老大，就算是市长敢不服，老子也揪他出来打一顿。

那你去打他一顿吧。柯羊抿着酒冲青皮开玩笑地说。

柯老，干脆你也别遮遮掩掩了，挑个时机，把该聚的人都聚起来，找个地方摆几桌酒，钱我们出。到时候，把话说明白，你就是老大，在俥城，一统江湖。这么一来，我敢肯定，兄弟们以后都会少惹好多麻烦，老老实实听你的，一心一意去赚钱。还打什么架啊……

你这家伙，不要说了。你真是看香港电影泡大的，人家里不一样，五十年保持不变。我们这里什么地方？一统江湖，亏你说得出来，哪有什么江湖？我们这里，只有人民当家作主的新社会！柯羊训斥着那青皮，我们则吃吃地笑起来。这些青皮，体内的荷尔蒙大都是港产的江湖片激发出来的，所以从小不爱学习，一心混街头，甚至觉得这是很有面子的事。他们父母感到丢尽了脸面，他们自己还沾沾自喜，你拿他们有什么办法？当然，我也不能老说他们，跟着柯羊混日子，我难道没有隐隐约约地感到爽吗？他们就是我们，就是我。

谁敢笑话你，老大。你一开口，保证一呼百应！

我不是老大，我做生意，你叫我老柯也行，叫我柯老板我也认。

老大……那个青皮酒劲上脸，青筋暴跳，咧着嘴还想说些什么。柯羊的脸上就有些不高兴，说，你再老大老大，你就站到马路上叫去好了，不要在这里搞怪。我们一起喝酒，没有老大，只有兄弟！说到这里，柯羊站了起来，举起杯说，没有老大，只有兄弟，干杯！这两拨数十个青皮，当然也齐刷刷地站起来，大口喝酒，并重复着柯羊刚说过的话，仿佛那是一句名人名言。

酒后，我开车送柯羊回家。在车上，他喷着臭嗝，问我，刚才的事你怎么看？我说，有些事，不摆明的话，往往是众望所归，一旦摆明，反而就僵局了。

哦，僵局？你再说明白一点。他晃了晃被酒精泡大的脑袋。

你知道的，当年孙中山组建中华革命党时，要所有人宣誓效忠他个人。黄兴本来也算是忠心耿耿，但是……

不要说了，你一打比方就掏大个的，吓人啊。……是这样，呃，你说得对。

他走进家门以后，我忽然觉得，他其实认为我说得不对。我将他前前后后地想一遍，估计他并不喜欢人家叫他柯老。他宁愿人家都叫他老大。正是冲着这个，他这些年才一直精神振奋地做着各种事情。

很快，到去年九月的时候，他三十六岁，逢本命年，皮带上扎红绸。他三十六岁时，已不折不扣被别人喊了两三年柯老，以至于他经常下意识摸摸自己的脸，看看是不是真的褶皱起来。佴城的习惯，谁的父亲还在的话，谁就不能请生日宴，否则便是催父亲快点去死。柯羊要请客，不好说是过生日，就又找个门面开一家店，以这个借口请人来吃饭，并嘱咐发帖的诸人，送帖时不妨似不经意地说一句，那天柯老正好过生日。这么一说，别人就明白怎么做了。混到他这份上，请客吃饭便是赚钱的好机会，他当然不会错过。

那天，在光哥国际小酒店的二楼，来的人很多，偌大一个饭厅可说是座无虚席，我们这些打下手的穿来走去接客安席，一刻都消停不下来。一开始他还正常，这么多年他一天不断地喝酒，酒量远非一般人可比。但喝到后头，慢慢就有些过了。来敬他酒的人太多，他到底忘了矜持，开始来者不拒了。我们想给他挡酒，想替他喝，平时这些都是管用的招，但这一天他兴致太高，见我们插手管他的事，就烦躁不已。他拨开我们，挤向陌生人多的地方，见酒就往自己嘴里灌了。我真担心他突然就不省人事了。除非在电视里面，我从没见一个活人喝这么多酒。

要是他真的不省人事，倒也好了。我没想到，我的担心都过于肤浅。他到底有着铁打般的身胚子，摇摇晃晃就是不肯倒下。忽然，他踩着一张椅子，然后踩上一张桌子。桌子上杯盘锅筷撞着响了，那一桌菜没法吃了。他拿手去摸裤头。我怀疑他要解开皮带子转着圈撒尿，这样的事，他干过的哟。我的心悬了起来，幸好，他从裤兜里掏出几张纸，摊开了，看着像是讲话稿。原来他是有准备的，要在这个场合上向来宾致辞。

各位先生各位女士，赖迪斯安得尖特曼！

场面迅速安静了下来，所有人都扯着耳朵想听柯羊到底要说些什么。接下来一阵沉默，他拼命地辨认写在那几张纸上的字，可能是字迹较小，酒一喝犯起眼晕，他努力了半天也没能把字迹看清楚。于是，他把纸捏成了纸蛋，扔开了，之后一脸灿烂地说，脱稿讲，不念那些狗屁的套话了，兄弟们，兄弟媳妇们，欢迎你们今天来到这里，替我庆祝三十六岁生日。我在这个地球上混了三圈，才认得你们这些好兄弟……

他稍一停歇，掌声便如潮水般涌起。大家弃座挤向柯羊站立的那张桌子，众星拱月般，现场气氛有点像是搞小型的个唱晚会。

柯羊这时候问，你们说，我是谁？

柯老板、老柯、柯老大、老大……下面嚷嚷起来。柯羊做了个手势示意大家安静，听他说。场面再次安静下来后，他款款步下桌子和椅子，站在地上，站得很稳。他用手掌罩在耳郭上，收集大家的声音。然后，他说，对的，终于等到了今天，我可以说说心里话了。大家心知肚明的，在佴城这个地方，我就是老大，柯老大。你们叫我老大我很高兴，但心知肚明还不够，我喜欢被人正大光明地喊成老大，用不着偷偷摸摸。你们都知道，组织关系不明确，纪律不严明，是没有战斗力的，所以我这个老大，从今天起就要摆明了当，决不含糊！

这时，有几个家伙哄地一声笑起来，他们以为柯羊说这些话是在搞气氛。但他们刚笑出来，柯羊就用打雷般的嗓音盖住了他们的笑声。柯羊又说，谁在笑？谁在——笑？哪个狗杂种这个时候还当我他妈竟然是开——玩——笑？嗡？

为了增强音效，他往桌面上擂了一拳，又往地上砸了一只盛汤的海碗。这一来，整个大厅内鸦雀无声了。又是一阵沉默，我觉得气氛转眼间压抑起来，甚至吊顶上挂下来的一柱柱灯光也变形走样了。

要认我当老大，必须正儿八经地认，今天，真心认我柯老大的，我们喝杯血酒！说着，他举起一根指头，放牙齿上一磕，就磕出暗红的血珠子来。他冲服务员们说，来，把酒给我倒上！服务员见这阵势，哪还敢过去？我只好摸了一瓶白酒走过去，却并不倒酒，而是扯着他的胳膊凑着他耳朵说，柯羊，你喝多了，别说话。你再这么乱放屁，明天一觉醒来，会后悔死的。

他还是有理智，听我这么一说，脸皮竟然微红。他喝酒时，脸反而不会红，甚至越喝越白，隐隐发青，像瓷器一样泛着质地十足的釉色。他往一边闪，想躲开我。我挺负责任地欺近几步，继续冲他耳朵眼说，有些话，大家心里明白就行，别说出来！

他推了我一把，表情进一步严肃起来，严肃得甚至现出几分谵妄。他说，我难道是在乱放屁？这些话，我已经憋在心里很久了，今天借这个机会讲出来，一点也不是开玩笑。认我当老大的，你们就过来和我喝一杯血酒；不认的也没关系，闪到后面，但现在一个都不能离开。你们不认我可以，但要留下来做一做见证人！

柯羊想象中一呼百应的情景并未出现，回馈给他的仍然是一片寂静，死寂。有个人想悄悄溜走，柯羊冲他大喝一声，柳歪头，你要是敢走，明天老子正式和你翻脸！那人赶紧停住脚步，这一手杀一儆百，本来偏着脑袋准备开溜的，都纷纷站定不动了。不动是不动，所有人也没有别的反应，柯羊不管怎么说话，都像是在演独角戏。他需要互动，于是他冲他们说，要是谁不服气，可以出来过过招。

我注意到，身边那几个人听到这话，还有点不肯信。这话说得，简直跟港产片一模一样。柯羊却一点都不含糊，脱去衬衣，露出一件白背心。他胸肌有够发达，所以白背心乍看上去有点像乳褡子，可惜一点都不性感。

依然没有回答。

柯羊便用一种带着点沮丧的腔调说，既然诸位好汉存心让着我，我就给大家耍几路拳脚吧。双节棍怎么样？双节棍，可不是唱歌那小孩的花把式哟。

他没有双节棍，吆喝我去买。别的人都不动，我也不想动，于是他冲我吼，老二你听着，马上买个双节棍回来，要不然明天我就炒了你，你还回你畜牧局干那些劁猪劁狗的丑事！于是我赶紧往外面走。我跟着他混了这么久，现在收入终于好起来，真被炒了又要去过贫贱夫妻百事哀的日子。我已经结了婚，老婆冲我有能耐有收入开着丰田车才嫁给我的。

我走到以前把双节棍当处理品卖的店子，那批货已经处理完了。我吓了一跳，不知怎么办才好。幸好，街心花园有个半大小孩在耍双节棍，他戴着大耳机，嘴巴里嘿嘿哈嗨地叫嚷着。我躲开他的棍子，摘掉他耳机让他停下来。我愿意用高价，一百块钱买下他的棍子，因为这根棍子事关我的收入。小孩不卖，他说是朋友送的。真是个重情义的好孩子，我很想夸夸他。于是我说，柯羊知道吗？伻城老大知道吗？他要耍一套自创的棍法，你想不想去看看？

是双节棍法？能自创？

你手中的棍有几节他就玩几节，狗骗你咯！

小孩爽快地答应跟我走，去看看。

我带着小孩回到光哥国际小酒店，进到饭厅，忽然发现里面空空如也，只有柯羊一个人坐在那里抽闷烟。别的人，都开溜了，对他耍双节棍，没人愿意看。我想打发小孩走，小孩不愿意扫自己的兴，他扯着柯羊要他耍几路。柯羊打起精神耍了起来，酒毕竟喝多了，棍子时不时抽在他自己脸上，啊哟啊哟叫唤个不停。

小孩看完就笑了。小孩说，嗯，还算过得去。等他酒醒了我再跟他讲几个动作要领。棍子老是打在自己脸上，毕竟不太舒服呀。

婴儿肥

那天,那个女人——很快我会知道她叫夏丽——就这样走入这个门店,出现在我面前。她看看我,眼神似有些茫然。很快,我看出问题所在,不是她眼神茫然,而是,她有婴儿肥。如果一个人,脸上两坨肉因肥硕而微微下垂,那他(她)看人的眼神,必然显得茫然。

我也有婴儿肥,我很确定。

是五月,万物生长,繁花似锦。我们推销空调。天气渐热,空调生意刚开始动起来。我在这家店干了五年,他们叫我经理。我要时常提醒自己,你一月底薪一千,他们也是一千,因此万不可生出高人一等的错觉。事实也是这样,虽然他们收入并不比我高,甚至还叫我经理或是前辈(搭帮该死的韩剧),但是,他们按部就班搞起了爱情,而我从未撞到哪怕一个可以用来恋爱的妹子。

——因为你有婴儿肥！

曾昶反复提醒我。他是技术主管，店里卖出每一台空调，安装维修都由他负责。他跟我同年，已带了五六个徒弟，所以走到哪都是人五人六。当然，搞安装维修，曾昶自认为是业余爱好。他的主业是搞女人，搞女人对某些人来说难于登天，对他而言，简直是天底下最容易的事。有人夸他帅气或者魅力难挡，他谦虚地说是名字取得好。我看过几起因他而起的女人之间的口角，有那么一两次，甚至发展为撕扯和扭打。女人打架甚是惊心动魄，她们一溜粉拳伤不了对方，便相互扯衣撕裤。曾昶在一旁叼着纸烟，慢悠悠解起劝来，说，我对比武招亲不感兴趣。我又不是战利品。所以，别的不说，谈女人，我只能虚心听他教诲。

夏丽进门时，店子很空，早上十点，顾客不会进门，债主不兴讨钱（讨债必须过午）。导购小吕迎上去，看看她，忽然回头看我，知趣地退到一边。小吕是要把机会留给她的顶头上司，可能也暗含了一层意思：不要把主意打到她身上。呃，我可能是想多了。

我走了过去。

她将展柜上的样机环视一遍，然后看我，似乎在笑。是不是笑了，我拿捏不准，这女人和我一样，不笑时也有几分像在笑。我问她想看什么样的空调。她说，随便看看。稍后她又说，呃，其实我也是卖空调的，我代理一个牌子，夏阳。你不知道，是新品牌。这事要找你们谁联系？她虚心求教于我。我告诉她，经理。她点点头，问你们经理在吗？我说，我就是。此言一出，她像下蛋的母鸡一样，咯咯咯地笑起来。

每到五月，经常有这样的情况，走进店子的，很多也是空调推销员，层级比我们高，更准确的称谓是"厂家代表"。他们要干的活，是把新的品牌推销给各级空调经销商。

厂家代表一般都是男人，之前我几乎没见过女人干这个。他们衣装笔挺，发式考究，一根皮带上拴了手机呼机商务通，此起彼伏叫唤着。我看她着实不像干这一行的，不光因为她是女的，还有她一脸不知所措的表情。厂家代表必须沉稳自信，代表了品牌形象，这是工作手册上开门见山的一条。她还没将拤包里的产品宣传资料拿出来，我知道又是一种杂牌机。那时候，空调还没形成显著的优势品牌，销售领域一片乱象，各种杂牌机应运而生。相对于品牌机，杂牌机质量缺乏保证，且没保修，所以价格放到最低。有些企业跨行抢入空调市场，投资数千万数亿定制一批空调，自创一个品牌，叫人弄一个LOGO贴上去，卖完就撤，搞一锤子买卖——所以又叫"贴牌机"。

女人要掏产品说明书，一想程序不对，先将名片掏给我。名片上明白无误，是厂家代表，叫夏丽。产品说明书随即递到我手上，厂房照片是PS出来的，我起码在三份不同的产品说明书里，看到同样的厂房——只有浮在半空的霓虹字不一样，这一份固然写着夏阳，另两份则写着坤宝或者金大洲。

那么，好的……我尽量摆出一个经理应有的姿态，问她，这个牌子以前真没听说过，你介绍一下。

资料上都写的有。

但我还是想听你介绍。

那么……我不可能讲得比资料上更清楚。这个名叫夏丽，有婴儿肥的厂家代表，此时非常无奈，甚至是无助地看着我。凭我捉襟见肘的人生经验，也不难看出来，她根本没背产品资料。怎么说呢，这犹如一个司机不认得油门，犹如一个护士没扎过针。要知道，除她以外，任何一个厂家代表，只要我愿意侧耳倾听，都会立即开闸放水，滔滔不绝。但她讲不出来，在我面前露出难色。当然，出来混都非等闲之辈，她就那么眼巴巴看着我。于是，我不想让她失望，一目十行，将产品说明书翻完。但我保证，绝不是敷衍塞责，那几年我看过的产品说明书几乎一模一样，大多数词句和段落，我能脱口而出。

好了，看完了。我冲她说。

记忆里，夏丽如此真实、清晰地冲我又笑一个。毫无疑问，这是个笑点很低的女孩。夏丽紧接着又问我，经理，你是姓……

我说，我姓丁，叫我小丁。

我不叫你小丁，我就叫你丁经理！她尕了尕嘴皮，认真地说，你已经看了，觉得我们的产品，呃这个夏阳，到底怎么样？

很好，非常之好，出乎意料！我也回以一脸认真，告诉她，我有一个朋友，住在美国华盛顿，刚买了一台夏阳空调，告诉我，这个牌子非常非常好。他还跟我讲，如果有机会卖夏阳空调，一定不要错过。

那太好了。丁经理，你看你们是不是，就做我们空调佴城的，那什么商？

如果你们店是佴城代理，我们就做分销；如果你们是省城一级代理，我们就争取拿到佴城二级代理。我有义务给她普及一些常识，她一定用得着。她给我的名片上，也写明了情况。她就在佴城。

啊对，丁经理，你真的是……

但这种事不急。

又怎么了？她的微笑和惶恐切换很快，层次鲜明地叠加在脸上。我不希望她太担心，又没法马上和她签代理合同，只有跟她讲，一般来说，代理空调不会一两天就谈成，更不会一刻钟就谈成。如果厂家代表这么好当，那么别的人都抢着干这一行，你这碗饭就吃不饱肚皮。一定要多沟通，多商谈，让代理商和产品有更充分更深入的了解，就好比是谈恋爱……

谈恋爱？

我也觉得这么比喻有失贴切，又讲，反正，夏阳再好，还要和我们老板商量。

还有哪些规矩，丁经理多给我讲。她很谦虚。

她是个用来笑的女人，一逗就笑，再逗再笑，不逗也会笑。有时候，我俩眼神不经意一碰，又引发她一阵爽朗的笑。在那个充满欢笑的上午，时间过得飞快。临到饭点，我请她共进午餐。她要推托，我就说这也是规矩。她便公事公办地点点头。我在店子里一众妹子的窃笑中，领她往外走。

她是一个漂亮的女孩——我是说，将她放置在芸芸大众之中，她的面容也是中等偏上，那在婴儿肥患者当中，就一定算是顶漂亮了。请夏丽吃晚饭的事情，在记忆中同样如此清晰，仿佛就在昨天。能将时光推远，让记忆归位，在于我仍能说出那天点了几个菜，花了几个钱——十八块！现在十八块想请一个女孩共进晚餐，只好要一份盒饭，再多抽一双筷子。那真是很久远的事。桌上一碟香芹炒爆腌肉，人民币八元；一碟摆椒拌皮蛋，人民币四元；一碟蒜蓉炒上海青，人民币三元；一海碗西红柿蛋汤，人民币三元。米饭自己盛，管够。

……太丰盛哒！

我还记得夏丽欣喜得每个毛孔皆涂有满足感的神情。总价为十八元的四个菜，琳琅满目，摆在我和她之间。她狠狠搛了一筷，噗哧又笑了。

我俩也必然有了更多交谈，以我问她答为主，得以很快摸出一些情况。她是德山人，嘴里自是不断进出"哒哒哒"的发音。她来自农村，跟着一个哥哥来到佴城，干了很多种事情，现在机缘巧合成为我的同行。接下来，她又说她本不喜欢读书，又被留过级，所以更不喜欢读书了，所以她的最高学历，一直保持在初中没毕业。

其实，这正是我有疑问的地方：既然初中都没毕业，哪个厂会请她当销售代表？即使是杂牌空调，一台也要几千，一个厂家代表少则几百万的铺货任务，一份不错的学历是最低的入职要求。但我不会问出来，只是小心翼翼看着她，看她的笑容和因笑而颤个不停的脸颊。有时我俩目光撞在一起，她的眼神越是无助，我眼神就越发来劲。她讲自己那一堆事，脸颊时而一抽，就清脆地笑几声。这样很好，我看着并听着她的笑，仿佛有些上瘾。

午饭吃了几个钟头，我还有心请她晚上撮，两顿之间去轧一下马路是不错的选择，也利于消化和排空。一闪眼，窗外的路灯纷纷亮起，我俩坐在一堆更丰盛的晚餐前。夏丽不时望向窗外，眼里有一丝不安。她是按时回家的好孩子，她的哥哥，会像慈父一样掐表等她夜归。我记得，那天在分开的岔路口，我最后冲她说了句，夏丽，你的小名一定是丽丽。以后我可不可以叫你丽丽？

你怎么知道？她惊讶且开怀，仿佛我有足够神奇。

我怎么知道？我就是知道，这似乎并不难，难的是怎么向她解释我就是知道。

当我有了那个想法，就去找曾昶商量。长期以来，他都是我的主心骨，我对他甚至有那么点依赖。谁叫他天知一半地知全，却还能心悦诚服地叫我经理？这些年他帮我不少忙，比如，数年前当我想谈一场恋爱，曾昶就及时给我介绍了妹子。当然，别的人也给我介绍，但好长一段时间内，只有曾昶介绍的那个妹子，叫杨贵妹，初次见面以后还同意有下次。我已了然，杨贵妹不一定想见我，但一定要买曾昶三分薄面。曾昶办事细心，介绍之前还给我打保证，这妹子他没泡过。于是，一个风雨交加的夜晚，杨贵妹主动打来电话，叫我陪她夜班。她说，外面下雨搞得我心里有些乱。我暗自一喜，买了一些喜之郎、两包康师傅、一包卤蛋以及一提水果，风雨无阻地赶去市医院检验科。坐下来，泡面的间隙，她说，不如，我帮你测个血吧。于是，不由分说，我被她验了个血常规。看看化验单，杨贵妹啧啧地赞叹，是个好血源。

后来这事曾昶知道了，到处跟人讲，丁小宋是条狠角色，第一次单独约会，没把妹子弄出血，妹子先把他弄出血。

我倒不在乎谁把谁弄出了血，只在乎有没有下一次。她不准我打电话过去，只能是她打给我。此后我明显觉着日子被抻长，老在等她电话，却说不准这能否算是思念。思念这东西，十首情歌有九首会提及，仿佛对于人生很重要。

过一阵，杨贵妹果然打电话给我，不说见面，只说她家的宾馆关张，拆下了二十几台 1.5 匹空调，问我能不能帮她卖掉。或者……，她说，便宜一点，卖给你们，你们转转手，就有得赚。报一口价，六百八，有六又有八，简直让人难以拒绝。如果使用年头不长，保存状况良好，这个价格有赚头。我知道，曾昶经常做这种生意。所有的家电维修师傅都在做这种生意。他一听，把头一摇，说这批货我知道，不是刚拆下的，压在她家半年了。年头久想处理给我，报五百五，我不要。

为毛不要？我好歹也算资深从业人士，知道里面压缩机只要不坏，拆下来当零件就值这个价，其他都是添头。

鬼知道是几手机，从日本渔船上拆下的，本来要插110V的电。她家开宾馆那年从哪搞来的，我配的变压器。

于是，我跟杨贵妹说，我会留心这个事，有机会一定往外推销，哪要赚你家的差价？此后过了老长时间，她又打我电话，竟是邀我见面。我赶到地方，她身边有个帅哥，介绍说，我男朋友，在国税局上班。国税局收我们四个点的税，我不知道怎么推辞，遂坐了下来。杨贵妹叫我点菜我就点。她跟国税局的说，有没有合适的姊妹，介绍给丁经理？国税局的领导一样审视着我，说有点难，他脸上两坨肉蛋蛋挂下来，很减分噢。稍后，国税局的还建议说，你不妨找一个脸上的肉往下挂的。我帮你盯着，你自己也要睁亮了眼，这样的妹子不会拒绝你。话说完，我还稀里糊涂买了单。

很快我就后悔，不仅是那顿饭花掉几乎一整张老头票，我还痛恨自己反应迟钝，遇到这么点情况就乱了阵脚。如果这件事重来一遍，我会对国税局的说，谢谢你，但我不是要找个用来当镜子照的女人，我希望找一个鼻子眼睛红唇细眉都长得像杨贵妹的，别的我都不要。如果你碰到了帮我介绍吧，如果你不要了就让给我吧。如果当时这样回答，事后我或许会有一丝欣慰。这样的事，自不会让别人知道，但曾昶避不可免地知道了，扬着一张笑脸，前来补刀。

……我认为，你不妨考虑这个建议。

当我扭头往后走，曾昶绕到我前面摁住我双肩，用脑门顶起我脑门。他说，知道吗，像你们婴儿肥看上去都有些憨傻，别人跟你打交道，有意无意，就会居高临下。要是谈恋爱，免不了摆弄你。你换个思路，去瞄一个婴儿肥的妹子，她不会摆弄你，而你，说不定就找到得心应手的感觉，不容易！

最后，曾昶还说，一百块钱买这么个建议，我看值！

那天，当我见到夏丽并一连请她共进两顿丰盛的大餐，就明白他们说的都是真的。事后我脑子一直浮现夏丽的影子，非常具体。他们说的都是真的，我终于在夏丽面前体验到游刃有余，请她吃她就去吃，再请她还吃，眼里闪现着惊喜，多么地配合。她留下了电话号码、地址和QQ号。她的QQ号还是五位数。但我不想贸然去请她，吃饭谁也不缺，我想给她一些她需要的东西——无疑是一份订单。我估计，作为厂家代表，她生意还没开张。在我很小的时候，母亲就跟我讲，做人要雪中送炭，不必锦上添花。母亲和曾昶一样，简直什么都懂，唯一不能手把手教我泡妹子，但有曾昶来补角。

天遂人愿，很快送上门一个机会，章二找我搞一单生意。我看着章二，却想起夏丽，预感到，当两个婴儿肥撞在一起，必然有些美妙的事情发生。

这事必须先和曾昶打商量。我说我拉到一笔四十二台两匹柜机的业务，对方给价低，但对品牌不做限定。既然这样，用我们代理的品牌机去做，显然没钱赚……曾昶提头知尾，咬我耳朵说，恭喜你，你也能学会吃里爬外，我感到很欣慰！他夸得我脸皮一抽。韩老板之所以指派我干门店的经理，是他揣定我尚具有忠心耿耿的品质。之前的五年里，韩老板一直没看走眼。

广林县甲溪沟水电站刚建成，内装和家电、空调也一并包入工程。施工单位只管验收后拿钱，所以对空调的质量不关心，只想着多赚差价。章二找到我，说三千八拿货，开四千八的发票行不行？我想这也太狠了一点，我一台赚四五百，还要给章二近半提成，他们坐赚一千。但我马上点了头，若不然，多的是人等着接这业务。

我把夏阳空调的产品说明书和价格给曾昶。他瞄一眼就说，价格不是最低，质量嘛，杂牌机里哪几个更靠谱，我比你清楚。

定板了，就夏阳。有些时候，我会忽然想起我是经理，声调一沉。

有气魄。曾昶想摸我脑门，却拍了我肩，又说，因为那个妹子？

哪个妹子？

叫夏丽，长得和你有点像。他冲着我微笑。当天他并不在场，但门店里几个妹子都把我俩当戏看，在她们嘴里，这样的一见钟情，不定会讲成如何地惊心动魄。我没吭声，算是默认，曾昶追着问，这几天晚上，都在想她？

曾昶，我们似乎是在谈一笔生意。

我看得出来，你主要是在恋爱。

好吧，就算是，你意下如何？

这事我鞍前马后跟你跑定了。

我打电话给夏丽，她的手机号，却是个男人接。我以为拨错，挂断，再拨，还是那男人，自报家门姓申，自我介绍是夏丽的顶头老板。……她不在，手机撂桌上哒。您哪位？

我把情况大致一说，又确认了一下价格，两匹机三千四，量大再返点折现。

本来让两个点，给你三千三，我就上个量，这一笔全让你们赚哒。他的话音里拌着哮喘，气息浊重，但语调让人信任。

这一笔十五万的业务，让我之后几天一直揪心，害怕夜长梦多，也是想早一点见着夏丽。我的记忆具有某种浮夸的作用，经过这段时间发酵，夏丽的样貌简直和女电影明星有一比，尽管心里清楚，除了当年邓丽君，时下的明星妹子全都脸上无肉。

章二终于打来六万预付款,我心里有了底,拉了曾昶同去轩辕路的电器城。我经常去那,但夏丽名片上所写的万和家电商场,是新近开业,我没打过交道,甚至此前从未耳闻。门面很深,各种家电一应俱全,小小俰城冒出这么一家店子,我却一无所知,简直是工作中重大的失职。曾昶安慰我说,我他妈也不知道,这么大的商场,简直是空降过来的,简直是妖魔鬼怪变出来的。

走进去,一个妹子迎上来,我说找夏丽,稍后一个胖男人迎上来。他五十来岁,肥圆,腰围肯定甩了裤长一大截。他一开口,我就知道是申老板。

申老板,我们通过电话。

噢,想起来哒。夏丽不在,有事跟我讲一样哒。

我递了曾昶一眼,他就说,我们是和夏丽联系的,这笔业务……

我会把业绩记到她头上,请放心。

申老板,我们都是干这行的,打酒只认提壶人,谁的业务谁出面接洽,是规矩。幸好有曾昶在,他一讲总会像那么回事。又说,原本和她说好,十几万的业务啊,总要给些好态度不是?现在电话找不着,上门见不着人,这业务是怎么做的?你们这个店子,做生意跟别家都不一样嘛。

她下到县里搞业务哒。

下到哪个县？

我也……搞不清楚。她出门经常不带手机。

手机都不带，怎么搞业务？叫她尽早回来，联系我们。这笔业务只跟她做。

好的，我尽快通知她。

申老板摆出去来由人的态度，这趟来，我们热脸贴了冷屁股。换是别家店子，别的老板，一定看茶递烟请饭喝酒，说不定还找几个妹子敲腿搔背。曾昶把话讲明，我俩扭头就走，申老板也不送，只在后面小喘。

接下来好几天，我把手机放在桌上，当成座机盯守。我花两元人民币，将呼叫音转换成传统的"叮铃铃……"。那是很欢悦的声音，但那边电话一直没有打来。曾昶却很活跃，撺掇我改用坤宝，用名亿或者恒越，并保证更优惠的价格。恒越空调业务员不断跟我报价，两匹已跌破三千！我问曾昶，你敢用吗？曾昶蛮有把握地说，比你家的夏阳差不了两毛钱。我不为所动。对于钱我有纠结，但一想夏丽，我就不纠结。我相信她会将电话打来，问我这笔生意要经历怎样的流程。我懂的也许不多，但碰见夏丽，我好为人师。

……不要等了，很明显，姓申的不愿让你见到夏丽。你别看他矮胖，看上去一脸憨样，其实很警觉。曾昶说，我摸了他的底，两个月前才从德山迁过来。申其茂，在那边很有名的老板，去年离的婚，店子扔给前妻。他过来是另起炉灶，但很明显,这个哮喘,他另有目的。

我没吭声,我知道他要说什么,目的何在。

他憋了憋,又说,你要知道,夏丽显然就是……

不要讲,我已经决定了。

决定什么?

跟我走!

章二那边催紧了,容不得我再拖延。我拽着曾昶打车再次奔向轩辕路电器城,他只得感叹,丁经理,人家搞爱情,你搞童话。我说,再哼一声,扣你一台安装费!

申其茂微笑着迎接我俩。他今天穿得正式,裤带把腰束紧,人便长了一截。他叫妹子看茶,桌上有茶台,他自己沏,手法熟练,并且止喘了。我坐下来,曾昶把商场逛一圈,把每个妹子看一遍,再过来冲我头一摇,手一摊。申其茂泡好第一泡茶,头也不抬,冲我说,小夏有事回老家,这段时间不会过来。

我只是来拿空调的。夏阳空调效果很好,好几个朋友都装这个。

不可能吧?我是这一片的总代理,这个牌子,基本上还没有……卖出去。

可能是别的地方跳货。

呃,看来是块好牌子,货倒充足,四十二台两匹机,明天就可提。

先付六万。

没问题，韩棕喜我打过交道。

这点生意不用麻烦韩老板，有任何事直接找我。

我明白。申其茂又觑来一眼。他在这一行干了十几年，这点事都看不明白，简直对不起他姥姥。

付款开单时，申其茂又提一个要求，让他的一个司机送货。这是忌讳，这单生意我跟他联系，至于卖给谁，理所当然是商业秘密。

……没别的意思，请相信我。他喘定，继续说，我这个店刚开，说实话，基本没什么生意，请来一个司机一直闲着，我心里也过意不去。多少给他点事做。

顺着他的指向，我看见那个司机，在总台旁边跷起二郎腿坐着，捏一台掌上机手指飞动，也许是方块，也许是打坦克。

申其茂又说，他要多少，你只管答应，运费从货款里扣。

这样的事，自是让人无法拒绝。我点点头。付款开票以后，申其茂冲那边招呼，小虎你过来。

你俩凑一起，妈个别的太搞笑哒，一高一矮，一胖一瘦，一个精一个蠢，凑一起就凑一起，偏生不晓得给老子讲几段相声……

这个司机，我们叫他虎哥，开着车，嘴巴不肯歇。和所有德山佬一样，他讲话也不停地"哒哒哒"。同是一个发音，从不同嘴里喷出效果完全不一样，夏丽讲出来像是给我挠痒，虎哥像是放枪。他脸上几道口子，太阳穴贴着一张创可贴，中间还故意涂黑一块，看着更显得讨打。

一俟他开口，就知道这货不讨打过不得日子。

他又说，柴吊（他刚给曾昶起的绰号，因为曾昶高瘦），前天刚见你俩，我还当你是老板，瓜脑壳（当然，拜他所赐，我也多一个绰号）只能是个安装工。要我是老板，瓜脑壳来帮我干活我都不要，看那蠢样放不了心！

曾昶说，人不可貌相。

虎哥又问我，瓜脑壳，你也发表一些看法。来回有几趟，开车上山下坡拐来拐去最闷人，你们要晓得陪我讲话。要是我一蹿瞌睡，车子翻下坎，砸了空调，你们也划不来哒。

曾昶说，你家的车，你让它翻，我也只能拿眼睛看。

我说，虎哥，你要是翻车，只要能活过来，就必须赔这一车货。

我赔？虎哥呵呵哈哈笑起来，说要是有钱赔，我就不开车哒。

虎哥开的福田，若是将货码紧一点堆高一点，一次装下二十台机没问题，但他说怕货物超高被罚。这一来，一趟只能送十几台，四十二台空调，被他活生生拆成三个来回。去甲溪沟，别的福田车一般要价一百五，虎哥喊两百四。我这个人憋不住，还是代表申其茂将价钱谈至一百八。虎哥终于答应下来，提个条件，这一路的烟要我买。他抽烟不讲究，也就五块钱的盖白。如果他要德山产的王芙，二十五块钱一包，我就只好明讲，雇你车付了钱还要送礼？幸好你只是个司机，要是你当官，没得办法哒，只能是条狗官。上了路才晓得，他一天三包烟，开起车来，烟屁股续烟头，没个停。他的驾驶室处处附满烟垢，一不小心擦在衣服上，屎黄色焦黑色全有。

一路上，虎哥每句话总想挑事，我和曾昶则把颠簸如抽风的卡车当成摇篮，闭目养神。车偶尔驶到一段平路，我俩抽个冷子就睡去。虎哥个不高，瘦，柴吊用来贴他再妥不过，且还是枞块子柴，蜡黄色。他像一只猴子盘踞着驾驶座，精力旺盛，动作夸张，总显出一股使坏的劲头。有无路况，他都喜欢来一脚急刹，有时候忽然加大油门，我们身体就绷紧了。很快，有个徒弟小陶轻轻哕一声，虎哥耳朵也是极好，赶紧高叫，狗日的，莫搞脏我车哒，哕一口，给老子赔十块钱，还给老子洗车！小陶便艰难地往回吞，喉咙汩汩有声。

好不容易，虎哥安静下来，我俩又休息够了。曾昶问他，虎哥，你结婚了没有？虎哥说，结婚，我脑壳昏哒。我就结个脑壳昏。曾昶就给我递个眼色，是说，哎，我就知道。我也不奇怪，在曾昶看来，哪个妹子皮子痒要嫁给虎哥，还真不如考虑一下我。

我说，你们万和商场，好像是德山人为主。

虎哥说，也没几个。

夏丽应该也是吧？

夏丽你也认识？他反问，然后继续往前开。一个大急弯，他偏又不踩刹车、不减速，拧麻花似的扭方向盘，玩漂移。

她是厂家代表，哪能不认识？曾昶问，夏丽也没结婚吧？

他说，夏丽应该是没结，傻女人，谁娶她。

哦，这几次去你们店，都没看见她。

为什么要看见她？

业务一直是她在联系，现在给你们走货了，她又不出面。万一业绩不记在她头上，不就亏了？

申老板不会少她一分钱。

申老板有那么秉公执法？

虎哥不答，继续开一会车，忽然扭头，盯我一眼。

距离不算远，但路在翻修，堵得厉害，走走停停，快到中午一趟货还没送到。虎哥又抱怨，这生意亏下老本，赔了好多时间。

你要这么多时间搞么子？你又不是领导日理万机。

我不是领导，我有一家老小。

你不是结个脑壳昏嘛。

婆娘没有哒，小把戏扔下两个，两个老东西又一直不肯死，我的负担也好重，行不行？虎哥将车停在马路中间，扭过头，两眼是血地看着我们。我们没有再吭声。虎哥埋头将车开十几里，停下来，说要吃饭。旁边是个花酒店。那时候路边花酒店比加油站还多。我说，去前面吃辣子鸡，土垅坪的辣子鸡很有名。虎哥说，我饿哒，并且我对有名不发热。我就是个小老百姓，吃根油条，喝口咸稀饭，也喜欢有妹子陪。

我只好将曾昶徒弟安排到另一家店，然后陪虎哥往花酒店里钻。好在当时价格真是公道，里面不点菜，按人头算，人民币四十元一位，饭菜酒水还带妹子。那一桌五六个菜，口味竟是不错。妹子年纪大，一眼望去，普遍生过孩子。我和曾昶点也白点，曾昶根本看不上，我呢确实是头一回，没看说明书不知如何受用。于是三个妹子都归了虎哥，一边一个，一边两个，看着是有些不协调，但他脸上现出了满足。他要喝酒，那时酒驾抓得不严，但三个妹子灌他，一块二一斤的苞谷烧真是管够，虎哥没法细口细口品酒，咣唧一大口，咣唧一大杯就见底了。走出店子，虎哥深一脚浅一脚，只好我来帮他开车。他不同意，说老子能开。我把驾证掏出来，让他放心。

B证？

天地良心，如假包换，是个B证。说话时，我又塞他一包烟。

离甲溪沟十几里，一路都是上坡。在两处陡坎，福田车的前轮有些打滑，加大油门，驾驶室就蹿起一股焦煳味。

停车！

我继续开，虎哥就在我后脑勺拊一掌。我把车停在会车点。

离合片肯定坏掉了。瓜脑壳,这车就不能让你开。

我说,就一点点磨损,这个正常。

瓜脑壳,你正常了什么他妈都不正常。妈逼这趟生意,我倒血霉哒。我开这么多年车,我开车从来都……虎哥蹲在路边,语塞、委屈、难过,总之摆开架势不走了。我们等着下文。过半个小时,虎哥说,二百四一趟,我认了。

我说,索性,二百五行不行?

你吓死我哒,讲话要认账!

我把电话拨给申其茂,他在电话那头说,由着他,都算到我这边。

还是我把盘,车继续往前开,越来越颠簸。虎哥已经睡熟,脑袋连绵不断地磕在窗玻璃上,砰砰响。偶尔,我也想来一脚急刹,只是想想,打住。

三趟货,距离也不长,别的司机一天能送完,虎哥偏就能用三天,而且送了前两趟,中间隔一天,才送最后一趟。曾昶只带两个徒弟,水电站的安装状况复杂,一天装个七八台天就见黑,晚上工地要封场子,不能加班。既然有时间,我也没催虎哥。要跟他打商量,我嘴皮子先就抽起筋来,反正每一句话问过去,他总能以意想不到的方式答回来。第二天晚上,他倒主动给曾昶打个电话,明天不出货,家里有事要处理。曾昶说这种事你直接跟丁经理说,虎哥回答是,我怕瓜脑壳听不懂人话。当时我们在路边摊吃麻辣烫,曾昶挂了电话就把这当笑话讲。我把脸一扬,说,有这么好笑?曾昶搞起了分析,认为前两天都付虎哥现钱,他手头有了五百,非嫖即赌,明天当然出不来。我说,我看是他外面接了生意。曾昶嗤一声说,这种货,只有申老板给他生意做,要不然只好饿死。

第四天中午,虎哥将最后十四台货发来。甲溪沟没有花酒店子,他将就着吃下一锅酸汤黄鸭叫,便返回。虎哥开车刚走一刻钟,小陶家里打来电话。小陶是曾昶的徒弟,还没有手机,电话只能打给曾昶。小陶的父亲突然过世,说是喝酒跌下岩坎,要他马上赶回。甲溪沟水电站找不到车,一时无奈,我只好将电话打给虎哥,要他折回带个人。在我身畔,曾昶则给小陶加油鼓劲,说事已如此,不要怕坐虎哥的车,他再怎么折腾,总不至于搞死你。小陶勇敢地点点头。

我说,虎哥帮个忙,小陶家里,出了状况,一定要马上回俚城。

好,你们等着!虎哥这时却是爽快,还伴着喘笑。我放下电话,心悬了起来,但也只好等待。

过了一刻钟,过了半小时,过了五十分钟,虎哥终于将电话打给曾昶。……曾哥丁哥,你们在广林交警队有没有熟人?我车子在路边停一下,就被交警锁哒,日他妈哟开口就要罚五百。

你在哪里?

……墨斗塘。

你怎么就到了墨斗塘？

这里有一车货，装一下再去接你们那个小唐。

小陶！

是小陶。

我找找，应该是有熟人。曾昶电话一挂，跟我说，狗日的根本不打算过来，已经将车开到墨斗塘了。

墨斗塘已是俐城地界，这真叫人无话可说。我问，真有熟人？

真有，我有个表姐夫在广林公路局，交警队好打招呼。

有也不要联系，要不然跟你翻脸。

又花半小时工夫，终于把小陶送上一辆龙马车，看着他满眼噙着泪水，缓缓下坡。曾昶这才联系那个表姐夫，辗转一阵，对方回话说那司机已经交足罚款，开车走人了。挂了电话，曾昶冲我说，狗日的虎哥也姓夏，当兵的兵，夏兵。

那天我见到夏丽，分明以为是个开始，没想，这以后我再没见到她。这怎么可能呢？我这才意识到，一直以来我竟然相信缘分，就像戏剧里，一男一女眼神悄然会合后，这一辈子就有了神秘的联系，棍棒打不散，刀枪分不开。当然，我知道那是基于郎才女貌，配上对了，而我也并不是痴心妄想，无非一个婴儿肥，与另一个婴儿肥，在茫茫人世中劈面相逢，而已。另一方面，我觉得她也需要我！若不是我，她极容易被别的男人欺负。

从此我经常游弋在轩辕路电器城一带，围绕着万和家电商场转悠，却并不走进去。那家店子东、南、北三面都是玻璃墙，敞着玻璃门，我在外围游走，目光也可直视无碍，将里面的一切看个清清楚楚。里面有五六个导购妹子，年轻、漂亮，待人接物显然经过专业规训，手怎么摆起，走路怎么抬脚，屁股又要怎么收起，都有板有眼。据说，那都是申老板从德山带来的旧部。我从同行嘴里套出申老板越来越多的信息。在德山，他是将家电生意做至最大，大品牌都要先拜他的码头，请他代理。他不接，才轮到别的商户去拼去抢。忽然有一天，他离了婚，几乎是净身出户，但还是有些旧部，对他忠心耿耿，一块来了伲城，另开炉灶，徐图东山再起。他婚离得蹊跷，没人知道什么原因，前妻也没跟人透露任何消息，更不会骂街。前妻是市歌舞团的演员，当然样样好，不骂街可能是维持自身形象。当然，有人说这女人天生冷冰冰。气质好的女人，往往冷冰冰。现实生活中，有人喜欢李冰冰范冰冰，免不了也有人喜欢冷冰冰。申老板或许不好这口，或许这一口吃腻了，要换换口味。只能是猜想了，也许，在离婚前，申老板同意净身出户的前提，就是双方都闭了嘴。

我看见万和电器商场内，那些妹子有条不紊地忙碌着。假以时日，这个店子一定蒸蒸日上。我从业多年，看得出一些气象，这里的妹子，随便抓一个到我们门店，都够当店长。我从没看见夏丽,也没看见申老板,而虎哥……有时我会留意一下,万和店外停了一溜货车,没找见他那一台,也看不见他人影。去了多次,都是扑空,有时我会暗自怀疑,夏丽是不是一种幻觉?但申老板和虎哥绝对不会是幻觉,申老板一刻不停的小喘,虎哥随时迸射着阶级仇恨的眼神,如此真切,哪又能轻易从记忆中抹去?

……事实明摆着的,你何必摆出痴情的样子?曾昶一如既往地开导我,又说,你自己讲的,夏丽有个哥哥,她是跟哥哥来到佴城。那么,好,不管是来佴城之后还是之前,这个哥哥,一定是这个哥哥,将妹妹拱手献给申老板。这么一解释,样样都通了:申老板就算贴钱,也要养着虎哥。你那个夏丽,她其实可以什么也不干。有一天她想当厂家代表,申老板就满足她,弄一个杂牌子,让她玩似的去推销。没想,夏丽真就弄了一个大单,但申老板却开心不起来。

未必见得。

申老板知道,夏丽真就把空调卖出去,不会是推销水平如何高,而是……而是哪里出了问题。

你什么都知道?

那倒不敢说,但这件事,蛛丝马迹稍微串一下,前因后果就显出来,很清晰的……你心里早就明白,我倒多管闲事了。

申老板手底下那么多漂亮妹子,追随他,从德山到佴城,申老板随便挑一个,不是难事。随便挑一个,也比夏丽漂亮,是不是？

当然，我审美观没有问题。

那为什么是夏丽，你说说。

为什么？是个好问题。曾昶显然是在现诌，但这家伙总能诌得头头是道。很快，他就把话接上，因为申老板也是婴儿肥，没看出来？其实是有，但他一喘，别人就以为他在鼓腮。见我不语，他又说，这又进一步证明了我那个观点，只有两个婴儿肥，才会彼此入眼，天生一对。

我琢磨着曾昶的歪理邪说，一有空，又去往轩辕路，被鬼扯一样。有一天我竟看见了申老板。我盯他看一会，他忽然转过身看见了我。我俩隔了六七丈远，隔着一层玻璃，但彼此都看得清晰。他不喘，脑袋顶在脖子上如此硕大，脸上的肉难免是要往外翻，但到他那半百年纪，是否还叫婴儿肥，我拿不准。他认出了我，但没有做任何表示，只是静静看着我，似乎也希望我有所回应，希望我进去坐坐，和他喝一壶茶，随便讲点什么。我和他对峙了大约两分钟，扭头走掉。我的内心，有一层落荒而逃的灰暗，同时又认定，曾昶讲得没错，他前辈子过够了冷冰冰的日子，后半辈子却在那个女人怀里找到热乎乎的感觉。这是别的漂亮妹子都给不了他的，只有夏丽，她的笑容以及她浑身都那么热腾腾、黏糊糊。一定是这样，申老板即使净身出户，也体会到苦尽甘来。

我走出电器城，沿着大街一路走，街道很空，车很少，擦身而过的人都脚步匆匆,奔赴要去的地方,去干该干的事情。我在想,那么多女人当中,申老板认定夏丽,一定有他的道理。我又回忆请夏丽吃饭那天,在她脸上,我看到的其实是一种相信,一种对于他人的无限相信。这样的女人,一旦认定一个男人,会打开身体融入对方。顺着记忆中夏丽一脸亲切的模样,我又想到那种男欢女爱水乳交融的情景。在我们进入青春期,有了性幻想,以为所有的爱情都会是水乳交融,如胶似漆。稍微有些阅历,才知道这种默契和亲密稀罕得有如传说,不能去等待,要去争取,去偷,去抢,要不然传说凭什么是你碰见,而不是人家?

我和夏丽只相处了半日,讲了很多话,她似乎也足够开心。我以为她会记住我,至少短期内会忘不了,等着与我再次见面。也许,她根本记不住什么,早把我忘了。婴儿肥,本来大都有些缺心眼,像我这么瞻前顾后想了太多的,能有几个?一切可能都只是我的幻觉、错觉,但我也认。对于某些人,最可贵的品质是将自己一览无余地看清楚,但对于我,生活中最美妙的东西,只能是错觉……

……瓜脑壳!

正漫无边际地乱想,有人叫我。扭头一看,有一辆五十铃贴着我慢慢开,虎哥盯着我,嘴角一抽,似笑非笑。

瓜脑壳要叫车拉货?我换车哒,装货多,你要车我优惠。

我摇摇头,继续走。

是要结婚哒，我可以帮你拖女方的嫁妆。我去，帮你多拖一点，拖个姨妹子陪你一起过。

我说没有，加快脚步，但他只需将刹车踩松一点，又贴上我。

家里是不是死人哒，要不要拖棺材？你虎哥也没什么忌讳，死活都帮你装好哒，运到哒。

我说，虎哥，你会死在前头。

他呵呵哈哈地笑起来，还呛了一口，说你弄死我算哒，你以为活起来开心？

我就再不吭声，他跟一截，讲一堆，也是没意思，把车停下。我松一口气，不远处有公交站，聚了一些准备搭车的人。这时虎哥冲我说，不要再来打夏丽主意哒，她真的不在这里。

我放慢脚步。

她在帮申老板生孩子，肚子滚圆哒。申其茂那个老东西，枪都不行哒，偏偏夏丽这个蠢货，稍微弄一弄就怀上哒，怀上又不肯打掉……她还没结婚，你要是愿意，我帮你搭个桥，她肚子里的小杂种哪天生下来，讲不定就跟你姓哒。瓜脑壳，你是姓曾还是姓丁？

我停下来。

他把车开过来，又说，瓜脑壳，其实我还有点喜欢你这个宝……当他将车开至我身边，我抓起地上半块砖，砸过去，砸在车玻璃上。前面公交站的人纷纷看过来。所以，我俩打架打得很不畅快，总是有人解劝，拉住我时虎哥正好抽冷子揍我，拉住他时，我想拢过去，但好心人用身体拼起来，像一堵长城一样隔住了我。旁边还有一个警务室。

为什么要打架？

警察例行公事，支开纸笔，还扔烟给我们。虎哥说，兄弟两个闹着玩哒，哪有打架？

警察又问我，要我给打架找出合理解释，我嘴巴却堵住了。我能找什么理由？难道说，他不该作践他妹妹？警察一定接着问，他作践他自己的妹妹，跟你有毛关系？我不吭声，虎哥赶紧说，我跟他太熟哒，这么讲，他以后是我妹夫，我舍得打他？我疼他都疼不过来。小丁，你死活也哼一哼，是不是这情况？

我交了罚款，走出警务室，离开轩辕路，回到自己日常的生活。我再也不去那里，再也没见到他们。后来我谈了一个女朋友，脸上无肉，但彼此相处还过得去。恋爱时，她反复问我，丁狗子，你敢摸着良心保证，我是你初恋？哎呀妈呀，太难得，我好荣幸哦。每当她这么问，我自然就从脑子里翻找出夏丽，然后狠狠地、重重地点点头。

聊聊

"身体是个奇妙的东西。譬如老婆的身体,你用着即使十足麻木,要是换一个人再用,如果你为此愤怒,说明你愤怒之前产生过一刹那类似于神圣的情感。那一刹,你突然记起第一次打开老婆身体的感觉。你几乎已经忘了。"

"别人帮你翻新了老婆的身体,你却因此恨得牙痒痒,世界上充满这些有趣的事,活着才不至于太闷。你固然不肯承认,如果是别人老婆呢?"

李健坐在七路车上,车子很空,他盯着一个女人看了几分钟。这女人或者三十五,或者三十八岁,背对着他,身材保持得不错,随着车子晃动,腰际一线肉时不时露白。他定了定神,看得出皮肤那种轻度松弛。李健又想,为什么紧绷就是好,松弛就是不好?是不是各有口感?他知道自己又犯意淫,幸好只是心里面的小波澜,不造成社会危害。

李健掏出手机敲出文字，记录下脑袋中突如其来的想法，和眼前这女人没多少关系，但确是看着她突然蹦出脑子的。超了字数，只得发成两条微博。发上去，过几分钟就看一看有无回应，还真有。他有粉丝三千，这个不吭声，那个会来占座。虽然和那些明星博主、超级大佬一比，这个数未免寒酸，但李健还是有一种满足。他收听四百人，这三千粉丝算是干货，不像有些博主，粉人一万，回粉三千，赔着老本捞取粉丝。他相信，这是靠自己独特的表达和细微而又一针见血的感悟力博来观众。他写过诗，操起语言得心应手，以前写诗印了诗集送人人家都不看，现在写微博无心插柳聚敛了人气。有时候，他把当年的诗也发微博，粉丝并不买账，赞他像陶渊明加方文山，像李白加王兆山，像屈原加赵丽华，后面擎起谑笑的小图标。

那女人下了车，李健也下了车。那女人走进鸿信大厦，他也走进那里。那女人进一号电梯，他慢了几步进二号，上到四楼KTV，竟发现那女人鬼魅般穿行在烟雾缭绕的过道。他吓了一跳，莫非我在跟踪她？其实不然，他明确自己是被老同学的电话催来的。这时，邹海申的电话又打了过来，问他到哪里了。他说已经到了。"快点快点，你的梦中情人也快到了。"邹海申的声音不无挑逗，李健暗笑，真是个义务皮条客。

李健看见那女人拐进一间包房，走近抬头一看，门楣上写着"烟雨江南"，正是同学聚会的地点。他推门进去，有的人在深情唱歌，有的人埋头吃着牛排或者煲仔饭。现在流行吃饭喝酒唱歌一锅烩，都在K歌包厢里解决。包厢里空气成分混杂，气味越发难以捉摸。桌上空啤酒瓶堆了不少，瓶身秀气，但每瓶都抵得上两斤猪肉。李健瞟去一眼，这堆酒瓶大概抵上一条猪腿。他又想，今天肯定会喝掉一头猪的。

邹海申扒着饭嚼着凤尾腰花，抬头见李健走进来，一脸坏笑地抽了自己一耳光，说我还替你着急，原来你们是一块来的！

那女人抱歉地跟围上来的几个女同学解释，自己男人走错路了，耽误了时间。有人问她："来都来了，怎么不带进来？"

"那头猪，拿不出手，见不得人。看见他我就有气。"她扭过头才发现李健，摆出惊愕状，说你也刚来？

"刚才看见你把你老公打回宝马，我就不敢上去喊你。你老公这么帅都挨打，我肯定是要挨踢。"

邹海申站一旁摆起冷眼，仿佛洞悉一切。他说："你俩就别装了，地球人都知道。"几个人同流合污地笑起来。这女人是当年的班花宋苹。李健心里说，怪不得，刚才那一线白肉不但刺眼，还让人莫名怀起旧来。但他明白，自己当年暗恋过的不是宋苹，而是王艺宁。很多男同学喜欢宋苹，他就不想扎堆，盯上了王艺宁。王艺宁也漂亮，但文静得有几分自闭，当真就躲过许多男孩躁动的眼神。李健当时就爱写诗，自我感觉诗句反作用于自己，锤炼出与众不同的脾性。他当年在课桌底盖上刻了两行小字："不走寻常路，只爱王艺宁"。当然，暗恋其实是随年龄而来的一种情绪，即使内心翻江倒海，他也不曾对王艺宁有任何表示。

他就喜欢看那女孩瑟缩在教室一角，脸上挂着惊惧表情，随时扭头要跑的样子。在寝室里，男生聊女生，有次好不容易聊到王艺宁，某同学嘴皮忽然一歪，说那个妹子，不晓得前辈子遭了多大的灾，天生一脸被强奸状。李健听得一惊，"被强奸状"是什么样子，不得而知，但这形容惟妙惟肖。

王艺宁怎么没来？李健略微有些惆怅，至少也有十多年没见过她了。据说她嫁得不错，是个有钱的男人死缠烂打，旷日持久，才得以将王艺宁弄回家，然后将她变成少妇。美女宋苹挑花了眼，挑了一家纺织厂的小领导，纺织厂倒闭后小领导划入下岗名单。王艺宁不上班级的QQ群。女同学私底下在群里讨论，说王艺宁一脸苦相，没想却是她嫁得最好。李健却想，那个有钱的男人，漂亮女人见多了，众里寻她千百度，蓦然回首，却发现"被强奸状"最适合自己胃口。"英雄所见略同！"李健真想和王艺宁的老公交一交朋友。若那兄弟天性豁朗，不妨和他讨论女人，肯定能听到古怪而又犀利的见解。有些男人，聊起女人来简直就像是在解剖女人，寥寥几句剥皮抽筋，谈笑之间大卸八块。

包厢带有厕所。包厢总是带有厕所，将吃喝拉撒包圆。厕所门打开，一个女同学紧着裤腰出来。"紧着裤腰"其实是并不存在的动作，这女人穿着褶裙，李健的头脑，有意无意地给所见一切添油加醋，或许只是让日子不那么枯燥。这女的竟然是王艺宁，她和宋苹对视一眼，夸张地尖叫，拥抱，仿佛她们姊妹情深。

当她俩分开时，李健穿过众人，跟王艺宁打了招呼，并说好多年不见，你还是一点没变。他想让她听出来，纵是套话，语调却跟别人不一样。王艺宁客套地颔首回应，她的眼角只有一两道纹路，但勒得较深。他有点遗憾，王艺宁对他没表现出任何多余的感觉。

又有女人推门进来，屋内的女人围上去，惊讶、惊喜，群体展演久别重逢的好戏。同学会往往这样，女同学率先掀起高潮，喝酒时再轮到男同学后发制人。

从下午两点直到六点多，才将该来的人聚齐，K歌K到九点，有人纷纷说肚皮饿，换个地方接着搞吧。女的大都不愿意在K歌房里吃东西，已经饿了几个钟头。有人提议，她们纷纷赞同。有个女同学甚至还说，老喝啤酒老憋尿，又不见你们喝出状态，换个地方要喝白的哦。女同学都有这份豪气，男同学当然大呼小叫地应和。

众人开拔，在郊区找到一片旺盛的排档，钻进一个蒙古包样式的帐篷里。他们人多，挑了最大的一顶帐篷，班级同学会的会长，平时聚餐雷打不动的席长邹海申就被叫成了可汗。"都这么叫我，那我试试，我说话你们到底听不听。"邹海申这人，夸他是宝便当众耍宝，夸他是猴更是要翻几个王八斤斗。

同学聚会，没几号活宝还真搞不起来。他指手画脚，叫男女岔开了坐。他点了几个女同学的名字，指定她们座位，她们便笑骂，你这是把我们当小姐搞。你是可汗，又不是拉皮条。邹海申脑子好用，眼都不眨就说："那我们换位思考，让你们挑男的怎么样？女挑男，非诚勿扰啊，总没意见吧？"邹海申又一阵比画，男的隔一张椅子坐一个。

"好的，姊妹们坐过去啊！"女同学也懒得忸怩了，散开找座。同学聚会总是要打打擦边球，色而不淫，才能一次次闹出气氛。女同学嘻嘻哈哈地笑着，其实闹到这程度也蛮有心情。

王艺宁坐到李健身边。他看出来她是无心的。她让别的女生就近找位置，尽量朝远处走，这也符合她一贯的性格。于是，她坐在他的身边。这一举动，使李健认定王艺宁还被岁月好好地封存着，没有太多变化。李健内心倏忽一凛，清晰记起当年她的模样。

接下来也脱不开几个固有步骤，男同学喝了酒，纷纷陷入回忆，揭别人当年的糗事，互相说着损话，谁变脸谁王八。又喝一阵，便有人直抒胸臆，揪一个女同学，当着众人告诉她，当年我对你朝思暮想，晚上都睡不着觉……真诚和无耻比例适当，恰到好处抹在脸上。女的也早过了害羞的年龄，朗笑着，嗔怪对方这时才说。说来说去，最后都是捉对喝酒，女人一口男人一杯，开怀的女人也是一口喝光。李健掐了几张照片，心里明白，这帮臭男人一番表白，真真假假，假的比真的多，假话也把为数不多的真话包裹起来，女的便只当是助兴。为了照顾每个女同学的情绪，男人表白都不找重样的，而且尽量照顾身边女同学。

"王艺宁！"他冲她叫了一声，她便转过脸来，"那时候，我其实挺注意你的，一天没看见你心里就慌……你冬天有两件羽绒衣，一件是黑的，一件是米黄色的，黑的是毛领，米黄那件有泡泡皱。你穿黑的那件，就像是卖火柴的小女孩，穿米黄那件，又有点像长袜子皮皮。"

她怔了一下。

"有冤报冤有仇报仇，同学聚会，拆散一对是一对，"邹海申最怕冷场，喜欢高潮迭起，坐在对面催促，"谁不开口，罚酒三杯！"

她突然醒过神来，吃吃地笑着说："别闹了，我两个用不着说这些。"

"真的！"

"谢谢！"她举起酒杯，浅浅地舔了一口，嘴皮还是像遭了电打。他看见她嘴唇有纵向的皱纹，抹着炫彩口红，细微的光斑折射到他眼底。

邹海申眼光扫到这边，问他："李健，你装什么老实啊，机会难得。你想跟谁说？我们的女同学所剩不多了哟。"

"我证明，李健说了的。"王艺宁还举了一下手，像是回答老师提问，其实在帮他解围。

"谢谢！"来而不往非礼也，他不能非礼她，回敬了一句。她用手帕纸擦着嘴角，用眼神说没什么。他趁机又来一句："我说的都是真的。"

"李健，你真是有点怪，"她说，"你一张娃娃脸，读书的时候个子又小，就知道你爱写几句诗，没想到脑袋里也蛮多想法。"

"是啊，你坐后排，我扭头脖子都扭疼了，十多岁就有了颈椎病。"

"怪我啊？"

"能把手机号给我吗？"他凑她更近。她身上的香水味里，还隐藏着一股忧郁的伤湿膏味，竟然狠狠地撩拨了他一把。这时候场面活跃，男人们活灵活现地跟女同学倾诉。这在读书年纪是个禁忌，挨到此时此地此情此景，难免有些放肆。因为喧闹，李健的举动不会有不相干的人注意。

她吐出一串数字，他一边在手机上揿键一边说："不要糊弄我啊，我这就拨给你，你身上没有响声可不行。"一拨出去，她身上某个部位真的响起铃声，是《潮湿的心》。他又说："你也要存我的号啊，哪天我打给你，你喂几声，说不出我是谁可不行。"

"你会打给我吗？你们泡年轻妹子都泡油了，别拿我们这些老女人开心。"她当真不太肯信。

"有 QQ 吗，把 QQ 号也给我。"

"有是有个，不太用，记不住。你真想要，回头我发短信告诉你。"

王艺宁竟然也有微博，李健小有意外。同学聚会以后，王艺宁当然不会主动将QQ号发成短信告诉他，他发了个短信去催，于是要来一串数字，八位的。他没想她Q龄已经十年以上，太阳攒了三四个，看样子经常挂上面。

她竟然也开通了微博！

他觉得她的气质实在与微博控南辕北辙。他用自己一个不常用的QQ号与她联系。他打算以一派稍显木讷的形象与老同学联系，他不想让她知道自己妙语连珠，拥有众多粉丝。在她的心中，他还是读书时坐前排的娃娃脸，稍微出格的举动无非是胡诌几首口水诗。

两个微博控搞一夜情，会是什么样子？李健点开王艺宁的微博时，忍不住想了一下。那大概会有一定危险性，两个微博控各自操一块高性能手机，随时都不闲着。这种偷情使得彼此运动天赋最大程度调动起来，凌波微步，闪转腾挪，双方都力图护住自身，重点要护住脸面，同时伺机抢到对方最生动的表情。要是上了床呢？或者达成协定，彼此手机都暂时封存，完事后恢复使用；或者一路抓拍，做起爱来又多了一层乐趣，起码也造成身体更多的、更大幅度的扭动……时下的男女，个个都不是吃素的，完事以后，女的可能马上刷一条微博：绝对现场抓拍，嫖客最真实的嘴脸！男的当然更好发挥，不但刷微博，还有可能将照片弄进那些流氓网站，新开一帖，标题这么写：五百块钱叫来的，列位看官觉得值不值……

江湖险恶，人心难测，李健想至此，微微抽了一口凉气。王艺宁的微博列表已经展现在眼前，他一看又变得放松。王艺宁开了微博，基本不打理，只有十几个人收听她。她的微博毫无吸引人的内容，大都是些心情写照，或者从一些莫名其妙的地方抄来酸馊句子，写在签名档里，自动生成了微博。

"婚姻就是一场修炼，放不下的人才会吃亏。"

"风吹不动天边月，雪压不垮涧底松。"

"蓦然回首，终于发现，真正的幸福，不过是健康的身体加上和睦的家庭。"

"一个人即使什么也没有，也可以给予别人五样东西：眼福、口泽、身悟、心觉、意会。"这一条看得李健怪不舒服。他想，她大概认定这一句蛮有哲理，其实纯属胡扯。如果将"意会"改成"意淫"，倒能把这一句屁话激活起来，有几分搞笑意味。

虽然她也从名著上抄来一些句子，比如"幸福的家庭都是相似的，不幸的家庭各有各的不同"，总体看下来，《潮湿的心》之类的家庭主妇歌曲最切合她的胃口。最近一条，倒是让李健想到前次同学聚会的情景。

"见面问手机号，是客套；分开删号，是成熟。"

这样的微博怎么能有人收听呢？根本是就死微博嘛。她刚接受他成为好友，肯定在网，但她的头像灰着，一直都潜着水。他也毫不奇怪，有些人一上网就潜水，而王艺宁更是天生的潜水员。

"在吗？"他发了一枚微笑的图标，小脸人的嘴是一笔短弧。

过了好几分钟，对话窗才忽闪几下。"在啊。"后面也回复同样的图标。

"果然在啊，呵呵，聊聊。"

"聊聊。"

她键字速度很慢，看样子盲打都没有解决。不应该啊，她Q龄长级别高，难道只潜水不聊天？或者，她正在干别的什么事，偶尔抽空回复自己？他坐椅子上活络一下筋骨，本想常规性地问一句"最近过得怎么样"，一想没劲。他敲了这么一句："那天见到你以后，我处在返老还童的状态，并持续中……"王艺宁毕竟也是挨边四十的妇女了，这种话挠不透痒皮。没想，李健把这一句发出以后，那边就再无回应。过十分钟，他发了个抖窗，还是没把她抖出水面。不过李健丝毫不觉得气馁，相反，他觉得这王艺宁仍像十多年前在校读书时那样，一有男生靠近，就蜷缩成刺猬状。他喜欢狗咬刺猬无处下口的感觉，磨人耐性，吊足胃口。他给她发出一个有关"等待"的动态图：一只造型憨厚的猫在水凼边钓鱼，发现有动静就扯起钓竿，一无所获，便托着腮帮、用脚打着拍子悠悠然等待……

李健坐在电脑前陷入等待，脑袋里想起读高中时，晚上躺在床上想女同学的情形。他总要把班上看着顺眼的女同学琢磨一遍，最后出场的总是王艺宁，她每个晚上，于漆黑的夜幕中压轴出场，风情万种。那些表情，其实从未在她脸上出现过。十几岁的男孩，刚刚遭受荷尔蒙的折磨，不想睡。李健确定王艺宁不会出现了，随手将心情发成几条微博，等待有人探讨。粉丝们并不踊跃，他甚至想写几首破诗弄上去，这么一搞，捧场的即便不来，吐槽拍砖喷唾沫的肯定要露头。

对于女人，李健早已度过反应过激的年龄，王艺宁若是回应，他就会找足话题和她聊开；她不回应，他的心情也不会受到影响。每天，他总是礼节性地给王艺宁发去一个微笑的图标，不管她是否回应。

约莫四五天后，李健照常给王艺宁发去微笑图标，很快，她用同样的图标回应。他没准备，一时不知说什么。面对Q友和微博的留言，他总是张口就来，但在王艺宁面前，竟然有失语之感。她倒是跟他解释："这几天都忙，刚才才上网看看。"

"那天怎么突然就下了？我说话吓着你吗？"

"不是。你说话这么年轻，我都怕是你儿子讲出来的。我年纪大了，不适应。"

"我有一个女儿，没儿子。"

"我也是。"

"今天有空吗？聊聊？"

"聊聊。"

即使网聊不必碰面，他也能觉察到她的拘谨，说话是机械的回复。她显然是用全拼，有时候"回忆"打成了"会议"；被俚城口音干扰，"同学"会弄成"通宵"。他主动寻找她感兴趣的话题：打麻将、看电影、炒股票、买楼、养儿育女……她总是礼节性的回应，对任何话题都没表现出重点关注。要是聊女人买的衣服，他是一窍不通，即使这样他也打算聊一聊，同时打开搜狗，她想聊哪个品牌他立即查资料。她键字的速度如此之慢，他相信自己现搜也能接住话茬。但王艺宁照样不感兴趣。

李健冷静了一会，突然想到我太主动了，反倒让她无所适从。做个听众，说不定效果更好。他即时调整自身定位，做个安静而又贴心的听众。

"你过得好么？"

"不太好。"

"哦，怎么不好？"

"说给你听，又有什么用？"

"也许没什么用，你有话不妨说一说。我想听。"

"真想听？"

他发出去一个"发誓"的动态图标：一个小人儿指天发誓，一道闪电将他劈得通体焦黑，小人儿不屈不挠，爬起来继续指天发誓，另一道闪电又将他劈白。

稍微过得一会，她开始说话，骂自己的男人。她开宗明义，说自己眼瞎，找了天下最乌龟的一颗王八蛋。他知道这话题有点大，女人一旦想说这个，都搞得出长篇大论。他往后背一靠，等着她慢慢敲字。他也想到用语音聊，但老婆小玟说不定哪时就会回来。于是，就这样了。他抽着烟，看着对话窗口隔几分钟闪出一行字。他总结着她的发言要点，她的男人抠门、嗜赌、不关心人、早出晚归、外面肯定养的有小。他并不奇怪，每个怨妇都嫁给了这号老公。李健也明白，在小玟眼中，自己迟早也会变成这种老公。她看上的衣服他尽量买，有时候钱不方便，她脱口就说："花到别的女人身上了？"

李健偶尔键几个字，"是吗""哦，真的吗""不会吧"……不置褒贬，不干涉别人家事。那天聊了一个多小时，他明显看出来，她键字的速度在这一小时里有了明显提高。平时肯定缺少锻炼，一锻炼便有效果。小玟打来电话，叫他出去一块宵夜。他发给王艺宁一个抱歉的图标，说我要去接女儿下晚自习。其实他女儿在读小学，用不着上晚课。

"不好意思……我是不是说得太多了？"

"呃不，很好，你说的我都喜欢听。"

"不多说了，你忙吧。这狗日的世道，生个女儿确实要处处操心。"

"有空多聊，我一般都挂在网上！"

她最后发来一句："说说话真的舒服多了，谢谢你啊。"这句话在电脑屏上闪动时，他已换好了鞋。

既然接上了头，此后李健和王艺宁经常网聊。李健再给王艺宁发去消息，她总能及时回应，稍事寒暄，便聊开了。两人的格局已定下来，王艺宁是主讲，李健负责倾听。李健及时调整好自己的位置，在微博上，他的发言指哪打哪，随手拈来一个话题总有与众不同的见解，粉丝们都竖着耳朵收听。现在，一下子转为听众，他也是尽职尽责。聊上几次，王艺宁键字速度提升到每分钟八九十了，不日将要破百。她似乎也没什么正经事可干，成天窝在屋里不动。他想，她能过这样的日子，说到底还是嫁了个管用的男人。她早已吃穿不愁，但和自己男人一比，就总有分赃不匀之感，牢骚满腹。这又是何苦来哉？

当然，李健及时滤掉这些看法，不断回忆王艺宁读书时清纯的样子。想着电脑另一头的女人曾让自己晚上睡不好觉，她说的话又有什么听不下去？只是倾听，未免无聊，但王艺宁似乎不需要李健回应什么，只需确定他守在电脑前，在听，就已经足够。聊天时，李健打开一个影音软件，搜些新出来的电影看看。这天正看张艺谋拍的新片，一个骨肉架子还抻不开皮肤的细妹子担纲主角。据说这细妹子因为清纯脱俗，迅速成为宅男们最新一款梦中情人。他看这妹子脸有些歪，怀疑张艺谋心里头也有一段年轻的回忆，因是大导演，他可以循着回忆发掘出这个妹子，也许脸有点歪正是大导演记忆里的中心点。

王艺宁的中心点又是什么呢？想来想去，他还是想到"被强奸状"四字。

"你在看什么？看片？"王艺宁突然键出这行字，还加大字号，设为黑体。

李健心头咯噔一响，赶紧回复："我在听着哩。"

"集中精力，别走神！"王艺宁也不客气，训斥一句。李健被训斥得舒坦，多聊上几次，她对自己有了亲近感。他关掉电影，歪脸美女瞬间消失。他拿起当年学习文件的劲头看对话框里闪出的字，时不时回应一句，字数不多，力图夸在她心坎上。她说的无非家里那些破事，每次聊，都差不多，他不难整理出段落大意。她越说越来劲，还嫌自己打字速度跟不上，要和他接视频，在线通话。他便装成电脑盲，声称自己家里视频头没装，也从来没搞过在线通话。她批评他不爱学习，不求上进，只好接着键字。他夸她打出的字都越来越有神韵了，打印出来，裱成字画直接挂墙上。这个王艺宁，以前当她是敏感的女人，其实有些迟钝。他说凑趣的话，她往往敲几行字后才体会到，发来一枚掩面窃笑的图标。

李健心里不是没有别的想法，王艺宁若嫌网上键字太慢，聊起来不爽，可以去茶馆里坐着聊。他不提醒，要等她自己参透这层意思。

聊的过程中，李健渐渐意识到，虽然自己说得不多，其实是在向她展示倾听的艺术。现在，人多的场合，人人都抢着说，谁愿意安静地听？甚至，他怀疑身边的人渐渐丧失听的能力。在微博上他十足聒噪，但面对王艺宁，他听得细致、熨帖。李健要让王艺宁慢慢觉察，他安静却无处不在，他沉默但冷暖周知。

李健明白，若是自己说得多，王艺宁也许早就和他断了联系；只是倾听，她反而越来越离不开他。她肯定憋坏了，身边又找不到具有一点专业精神的听众。谁愿意听她这么多唠叨？除非她掏钱，按小时付费。

李健在一张A4纸上记录下王艺宁的说话要点。第一个段落总是她为这个家贡献之大，经多年含辛茹苦，方有今天的景况，无奈男人是个忘恩负义的东西，以为所有家业都是他挣来的，全盘否定她的作用；二是家里婆婆是天下最难相处的女人，一直以来对自己实施迫害，自己顾全大局，忍辱负重活到今天，现在婆婆已经卧床不起，她每天重复着以德报怨的行为；三是男人有钱就变坏，这话简直放之天下皆准，而今自己人老珠黄，老公到外面搞三搞四，越来越放肆，被发现了就找借口说是应酬，是逢场作戏，简直不知羞耻……王艺宁每次都机械地重复这些话。他甚至怀疑她患上健忘症，忘了这事情反复说过，但既已健忘，为何这发言顺序每次都丝丝不乱？甚至措辞也相差不多，简直记忆力惊人嘛。因为摸着了她说话的规律，她每说到一个点，他就在纸上相应的地方打一个钩，目光移到下一行字。这也是一种乐趣,偶尔,她遗漏哪个细节,他就及时提醒一声。她反应过来,发一个撅拇指的图标,说还是你听得认真。

当她说到自己人老珠黄,他就夸她其实没多大变化,还像当年读书时那样。她嗔怪地说:"别闹了,你这狐狸再怎么骗,乌鸦嘴巴里也掉不出肉了。"

"真的,我一直是你的崇拜者。"

"省着这些话勾细妹子去,别在我身上浪费!"

"真心的,骗你是狗。"

"我又不能变年轻,对不住你,压力山大哟。"

她总是闪避,迅速把话题扯开,转入她的常规路数。接下来她要说到自己女儿天资聪颖,天生丽质,无奈投错了胎,落到这种家庭不得好教,小小年纪就和那些染发刺青的少年混作一团,还偷偷地喝酒吸烟,做作业时,随手就把笔夹到了耳朵上。

他又给下一条打个钩。

其实,多听几回,他也有些受不了。她说的那些烦心事,其实让他更烦。家家都有本难念的经,结婚这么多年来,他日子一直过得不顺畅,主要是老婆和母亲,分明一对天敌。小玟何尝不觉得李健的母亲是天下最难缠的女人?来而不往非礼也,母亲对小玟也是同等看待。最近小玟又在紧锣密鼓地催他分家,离开父母单住。具有哲学眼光的母亲暗示他,用辩证的眼光看,离婚这种事,未必一定是坏事。两个人一杠上,小玟就成天外出打麻将,扔下这个家不管不顾。母亲随时想找锁匠换锁芯,被他一次次及时发现,坚决制止。他心里烦乱,独自待在屋里,还要承受王艺宁的喋喋不休。

但他以一种钓鱼的心情,耐心地听,等待她哪一天想通了,一个电话叫自己去喝茶。

王艺宁毕竟迟钝,让她主动体会到自己的心意,不知等到猴年马月。某天,李健实在听得烦乱,直截了当地说:"当面聊吧,到哪里开间房,聊得更痛快。"

"死一边去!"她凛然不可冒犯,驳斥他的非分之想,指明彼此是最纯洁的同学关系,劝导他好好听讲。他想,幼儿园的小孩好好听讲,老师还要发糖哩,还要往脑门上贴星星哩。我听了这么久,有什么好处?我又是何苦来哉?有了这想法,他就敲成字让她知道,心里忽然升腾起一种无耻的快感。

"你已经不是小孩了,真调皮!"她硬是将他摁回原位,要他接着听。看得出来,她越讲越过嘴瘾,要是他不肯听,说不定急得地上打滚。

一连几天时间,他打开QQ,看见她发过来的信息,问他在不在,他忍住不去回应。果然,她打电话过来,问他在哪。他说倒是没有出去,但最近上网太多,眼睛有些吃不住,这几天见光流泪,要好好休息几天。

"这么严重啊……要不你出来,我们茶馆坐坐。"

"就我俩？人多了我不想去，人多嘴杂，说话说不到一处。"

"嗯，就我俩。"她的声调没有丝毫暧昧，倒是有几分无奈。即使这样，他心子蹦了几蹦，又跳了几跳。电话挂了以后，他忽然得来一阵虚脱，真正达到目的，仿佛又没有预想中的滋味。

茶馆雅座的布帘掀开了一角。李健自是先去占座，见王艺宁从对面街角走了过来，整体打扮显示出家境小富、尚不安定的状况，墨镜是超大号，上捂额头下捂嘴，中间捂没了鼻梁头。他暗自好笑，只不过喝个茶而已，她搞得像是偷人。

"对不起，来晚了。"她在他对面坐下来，摘下墨镜，脸上乍然白起来。一时有些无语。茶很快端上来，还有话梅、开心果、槟榔。她润了润喉咙，变得有些客气，询问他过得怎样。他本不愿说家里的事，一想反正你说我说都差不多，便告诉她："不好，还是那种事，老婆和我妈。"

"哦！"她表示理解。

他以为她还会问"怎么啦"，但没有。"看来哪家都不得清静。"她空泛地感叹一句，又把话题引向自己家里，还是甲乙丙丁几个要点。因为说话比键字省力，她说的细节变得比以往丰富，但他照样听得索然无味。耳朵在遭罪，眼睛就变得活泛。她的领口较低，乳沟有一种流动感。小玟是一个A胸！因为最近战事升级，他和小玟疏离了房事，掐着指头算不出停了几天，按说应该达到"小别胜新婚"的程度。

他意识到自己想歪了，便暗骂，李健，你是一只动物，也就是说，畜生！

"我耳朵不太好。"他突兀地来了一句，不待她反应过来，就坐到她身边。她把身子挪了挪，继续讲。一旦过起嘴瘾，她就不容易被干扰。他盯着她侧面的线条，不够柔和，但起伏跌宕。是啊，她老说自己人老珠黄，其实另有一番韵味。而且，这个女人身上附着了自己早年的回忆，忆及往事，他身体意外获得生长拔节之感。这是多少年没有过的事了。他想起自己一个同事，妻子年轻，情人很老。在外面养情人毕竟是遭人唾弃的事，但由于情人老过妻子，这同事竟博得大家古怪的敬意……

他朝她靠近一些，几乎挨着，还是那种伤湿膏的气味懒倦地飘逸，在小小格间里弥散开来。他禁不住自己的手，轻轻搂住她的腰。"姐姐你生得俏啊生得俏，水桶腰啊水桶腰……"他耳际萦绕着昔日的童谣，那时自己还是小孩，边走边唱，看见矮胖的女人就这么唱。那时虽然条件不够好，面浮菜色的女同学，随时会露出纯天然无污染的笑……

"你这是干什么？"她投入地自说自话，稍过一会才觉察到他的手，一把拍开。她赶紧坐到对面，严肃地说："你不要误会，我可不是那种……那种女人！"

"就我俩！"

"人在做，天在看！"

王艺宁还想往下说，但集中不了精力，过一会就提议，我们今天散了吧。

此后一段时间，两人偶尔还网聊，但没有以前那么集中，她隔好几天才在电脑上发个会话邀请，他有时不接，有时接。一切照旧，他仍是忠实听众，仍是她的崇拜者。她力图找些新鲜话题，一岔神，还是说回原先那些事情。他真想告诉她世界很大，人口众多，地球第七十亿位居民将在世人翘首期盼中降生，或者出现在西伯利亚，或者落户于特立尼达和多巴哥群岛，也有可能就在你隔壁彻夜啼哭……总之，世界比你家那点破事精彩。但他什么也没说。上次在茶馆里他有冒犯举动，现在继续听下去，也有寻求宽恕的意思。

有一次正聊着，她又嫌键字麻烦，问他要不要去茶楼。他想了想，告诉她自己马上要接女儿，改天。

月底，老同学王科从东北回来。他高中没毕业就离家出走，在远方娶妻生子，这些年难得回来一趟。还是邹海申发起，组织一次小型同学聚会，打了李健电话。李健一口答应。以前他和王科关系不错，再说他最近在家里也待不住，正好出来换一换心情。宋苹打扮得很俏丽，当初王科追不到她才离家出走，从此有了不一样的人生。还是在鸿信大楼的K歌房。没想到，王艺宁也来了。她进来时，邹海申给了李健一个眼色，表明他也莫名其妙。王艺宁性格孤僻，同学聚会很少扎堆。王艺宁说从宋苹那里知道王科来了,就赶来聚一聚,还带了几瓶红酒。聊天时由王科主讲,搞得李健有些不适应,最近听王艺宁讲话,已经听出一种惯性。众人对北方生活知之甚少,问这问那。问他是不是大冬天里一小便就要抄起棍棍,一边排泄一边敲冰柱?王科说,哪能呢?冻成那样,手脚都不利索,操起棍子一不小心敲伤了小弟弟如何得了?众女士嗤他,他就笑得很恣意,开玩笑涮起别人,也是小品的腔调。那天人少,只八九个,气氛反而比上次融洽,用不着邹海申没完没了地搞气氛。

唱了一通,吃了一通,邹海申提议大家围成一圈,照样男女间隔着,玩一玩撕纸游戏。撕纸是用嘴巴撕,顺时针方向接力。当纸巾被撕得不能再小,下家再接力便会舔着对方嘴唇时,便举杯认罚。王艺宁主动坐到李健的上游,也斜了李健一眼,两人马上进入一种心照不宣的气氛中。李健抽空将同学表情逐一审视一遍,还好,他相信两人的事应该无人察觉。

游戏掀起一波一波高潮,起哄不断,喝酒也以加速度展开。大家都暗自等待王科和宋苹碰碰嘴皮,没想,李健和王艺宁两个闷人跳将出来抢了风头。一次交接中,他俩忽然吻在一起。嘴皮相碰倒也免了,两人竟顺势搂抱,以至让旁边众人立显多余。邹海申赶紧在李健背后拍了几下,两人才掰开。

"擦枪走火,擦枪走火!"邹海申总结了一下,想继续游戏,但众人已散开。他又说:"这事就我们几个知道,谁也不往外说。"

"哥哥嫂嫂放心吧,"王科摆出洞察世事的神情,操着遥远的腔调说,"这种事,灯下黑。"

"今天,有空吗?到茶馆里坐坐,聊聊!"她忽然发来短信。

他最近一直不上网,也不发微博,持续静默中。那天同学会的事让他不知所措。他不知道她会是什么反应,索性断几天网。看到短信时,他已没有聊天的心情。小玟和母亲趁他不在家来了一次肢体冲撞,小玟还算克制,让他年老体衰的母亲占得上风,但事后她就拎着箱包回了娘家。岳母打来电话,要他想清楚了,带着检讨书去领人。但母亲坚决不同意,担心李健去到那边,免不了一场围攻。"凡事要讲道理,谁对谁错讲清楚了再看怎么办,不能来不来就认定我们错了。"母亲一脸讲道理的样子,他只有自认倒霉。老婆是条好汉,老娘也浑身是胆,他夹在中间能怎么办?他委婉地给岳母解释一通,准备推迟两天再过去。现在已过去一天,他丝毫找不出应对良策。他哪还有心情听她聊天?一个家中失火的人听一个崴了脚的人大吐苦水,岂不搞笑?

他头脑中一团乱麻,不知怎么用一条短信向她讲明情况。他老长时间没有回复,她又发来一条短信:"不去茶楼,我在天外天宾馆8911房等你!"电话那一头,她可能下了一把狠心。这年头,舍不得孩子套不着狼,夫妻之间都这样。

他吓了一跳,浑身还是有奇妙的反应。他提醒自己拒绝,脚却已经动了起来。他试图记起她喋喋不休的样子,她却恢复了当年读高中时的模样,以躲闪的姿态等着他靠近。他一边痛恨自己,一边加快了步幅。他刹那间体会到,我们的自我批评或者老外的忏悔,不都是拿来让人蓄势待发的么?

认准房间号,他摁响门铃,她准确地出现在门背后。她今天精心化了妆,盘发、皎洁的脸、胸前有深V。摁门铃时,他以为两人一见面会有拥抱,伴之以长吻,但她一个得体的微笑让他瞬间冷静几分。往里走,走到椅子前时,他一转身,两个人猝不及防地吻了起来。他想,这女人,搞气氛倒有自己的一套。

撕开嘴皮,她问:"李健,勾女人你都是老手了。"

"呃,你有误解,今天开张头一次,"他平抑着呼吸,告诉她,"关于女人,其实我对乳沟和腹股沟还分得不太清楚。"

她会心地笑起来,前仰后合,幅度较大,这使他相信今天的她和以往不一样。接下来,她将他按回椅子,要他别这么急。她摆开说话的样子,他就摆出洗耳恭听状,但心情不同于以往。他想,即使两人各自拿一本《毛选》,前嬉也必然地拉开了序幕。他坐在椅子上,她坐在床上,形成对他俯视的角度,仿佛她在讲台上,他身前有张课桌。他耐着性子听她讲下去,因为没有带纸笔,他只能在心里为她说过的要点画钩。

他有个初步的计划,等她讲完四个或者五个要点,就干该干的事。

她穿着短裙,内有厚实的底裤,说着说着,她忽然疑惑地盯他一眼,然后跷起二郎腿。这仿佛吹响了总攻的信号,他身子一弓就坐到她身边,霸蛮搂住她辽阔的纤腰。她浑身僵硬。她挣扎了几下,嘴里嘟哝着,他依稀听她说出个成语"人面兽心"。他搂得更紧,心里回应了个成语,"兽性大发"。

"……先去洗个澡咯。"她换上了打商量的口气。

他忽然有点不耐烦。"少啰嗦!"他胸腔里飘出一声低吠。她不再动弹,身子随即也软了下来。她变得顺从,面对这种事情,她除了矜持就是轻车熟路。接下来两人三下五除二,将自己瓢子剥出来。他伏到她身上,没想自己却在走神。他忽然意识到,这次做爱以后,自己可能再也记不起她从前的模样。闭上眼,两个人紧密相贴,身上的褶皱仿佛也相互啮合。他觉得她也有一段时间疏离了床笫之事,身体语言向他讲述着抗拒、迎合、反攻的过程,这简直比她的唠叨更清晰,更有条理。他一不小心被她掀翻了,接着白光一闪,她跃身坐起,矫健干练,迅速抢占有利地形。有一阵,他搞不清她是情不自禁,还是想快点完事。

她是想快点完事,还是情不自禁?她是情不自禁,还是情不自禁……还没理出个头绪,她长长地吐了口气。他知道,事情已无可挽回地结束了。

"现在洗洗澡吧。"他抢着提议,生怕她穿好了衣服又摆出讲话的架子。他身体黏湿,是虚汗。

"你先洗。"她穿上喷着宾馆名字的睡衣,从烟匣子里摸出一支细瘦的香烟。

李健洗完澡,一打开门,王艺宁就抱着一堆衣服往里走,仿佛还像读书时那样,学校里弥足珍贵的澡堂格子必须排队争抢。他走出来,她就在他身后闩紧了门。他找不见自己衣服,床上摆着睡衣。他不由得苦笑,她竟怕自己干完了事悄悄溜走,所以将衣服抱进卫生间。她倒还明白,听她唠叨并不轻省。

王艺宁出来以后,问他饿不饿。他刚回答有点饿,就反应过来,她已经打算吃了饭接着再聊。幸好这天老婆不会打电话查岗,她等着自己腆着笑脸去求饶。饭菜被服务生端来的时候,他准备掏钱,她已经麻利地将钱递到服务生手上,还说不要找了。

他吃得快,肚皮确实饿得不轻。他想到,微博好几天不刷了,忽然手有点痒,想写诗。于是,他在手机上沓了这么几句:

感谢你

承受她今天的一切

只漏给我

往昔的记忆

一抬头,她还在细嚼慢咽,吃饭都被她搞成养生功。他问她:"我还不知道你老公叫什么名字。"

"少提那个死鬼,"她说,"姓崔,崔永刚。"

"呃,不错的名字。"他给这首破诗拟了个题目,就叫《给刚哥》。一摁键,刷成了微博。